일제강점기 일본어 시가 자료 번역집 3

식민지
일본어문학
문화 시리즈
27

國民詩歌

一九四一年 十二月號

엄인경·정병호 역

역락

▌머리말

문학잡지 『국민시가(國民詩歌)』 번역 시리즈는 1941년 9월부터 1942년 11월에 이르기까지 일제강점기 말기 한반도에서 간행된 '일본어 시가(詩歌)' 전문 잡지 『국민시가』(국민시가발행소, 경성)의 현존본 여섯 호를 완역(完譯)하고, 그 원문도 영인하여 번역문과 함께 엮은 것이다.

일제강점기를 통틀어 우리에게 가장 많이 알려지고 연구된 문학 전문 잡지는 최재서가 주간으로 간행한 『국민문학(國民文學)』(1941년 11월 창간)이라 할 수 있다. 중일전쟁 이후 일본이 수행하는 전쟁이 격화되고 그 지역도 확장되면서 전쟁수행 물자의 부족, 즉 용지의 부족이라는 실질적 문제에 봉착하여 1940년 하반기부터 조선총독부 당국에서는 잡지의 통폐합에 관한 협의가 이루어지고, 이듬해 1941년 6월 발간 중이던 문예 잡지들은 일제히 폐간되었다. 물론 이러한 정책은 일제의 언론 통제와 더불어 문예방면에 있어서 당시 정책 이데올로기를 보다 효과적으로 장악하기 위한 방책이기도 하였는데, 문학에서는 '국민문학' 담론이라는 형태로 나타났다고 볼 수 있다. 『국민시가』는 시(詩)와 가(歌), 즉 한국 연구자들에게 다소 낯선 단카(短歌)가 장르적으로 통합을 이루면서도, 『국민문학』보다 두 달이나 앞선 1941년 9월 창간된 시가 전문 잡지이다.

사실, 2000년대는 한국과 일본에서 '이중언어 문학' 연구나 '식민지 일본어 문학' 연구가 상당히 광범위하게 이루어진 시기였다. 그럼에도 불구하고 『국민시가』는 오랫동안 그 존재가 알려지거나 연구의 대상이 되지 못하였다. 한반도의 일본어 문학사에서 이처럼 중요한 문학사적 의의를 갖는 자료임에도 불구하고『국민시가』에 관한 접근과 연구가 늦어진 가장 큰 이유는, 재조일본인들이 중심이 된 한반도의 일본어 시 문단과 단카 문단에 대한 인식 부족 때문이라 할 것이다. 재조일본인 시인과 가인(歌人)들은 1900년대 초부터 나름의 문단 의식을 가지고 창작활동을 수행하였고 1920년대부터는 본격적으로 전문 잡지를 간행하여 약 20년 이상 문학적 성과를 축적해 왔으며, 특히 단카 분야에서는 전국적인 문학결사까지 갖추고 일본의 '중앙' 문단과도 네트워크를 가지고 있었다. 그 과정에서 그들은 조선의 전통문예나 문화에 대해 깊은 관심을 보이고 조선인 문학자 및 문인들과도 문학적 교류를 하였다.

『국민시가』는 2013년 3월 본 번역시리즈의 번역자이기도 한 정병호와 엄인경이 간행한 자료집『한반도·중국 만주 지역 간행 일본 전통시가 자료집』(전45권, 도서출판 이회)을 통해서 처음으로 그 존재가 알려졌다.『국민시가』는 1940년대 전반기 한반도에서 간행된 유일한 시가 문학 전문 잡지이며, 이곳에는 재조일본인 단카 작가, 시인들뿐만 아니라, 지금까지 널리 알려지지 않은 이광수, 김용제, 조우식, 윤두헌, 주영섭 등 조선인 시인들의 일본어 시 작품과 평론도 다수 수록되어 있다.

앞서 말했듯이, 2000년대는 한국이나 일본의 학계 모두 '식민지 일본어 문학'에 관한 다양한 학문적 접근이 광범위하게 이루어져, 이들 문학에 관한 연구가 일본문학이나 한국문학 연구분야에서 새로운 시민권을 획득했을 뿐만 아니라 새로운 자료의 발굴도 폭넓게 이루어졌다. 이런 의미에서도 한국에서『국민시가』현존본 모두가 처음으로 완역되어 원문과 더불어 간행되게 되었다는 사실은 매우 고무적인 일이라고 생각한다. 1943년 '조선문인보국회'가 건설되기 이전 1940년대 초 식민지 조선에서 '국민문학'에 관한 논의가 어떻게 이루어지고 있었는지, 나아가 재조일본인 작가와 조선인 작가는 어떤 식으로 공통의 문학장(場)을 형성하고 있었는지, 나아가 1900년대 초기부터 존재하던 재조일본인 문단은 중일전쟁 이후 어떻게 변모하였는지를 이해하는 좋은 자료가 될 것이라 확신한다.

2015년 올해는 한일국교정상화 50주년과 더불어 광복 70주년을 맞이하는 해이다. 이렇게 인간의 나이로 치면 고희(古稀)의 시간이 흘렀음에도 불구하고 한국과 일본의 관계를 비롯하여 동아시아의 외교적 관계는 과거 역사인식과 기억의 문제로 여전히 긴장관계가 유지되고 있으며, 이러한 문제가 언론에서 연일 대서특필될 때마다 국민감정도 악화일로를 걷고 있다. 이런 때일수록 이 당시 일본어와 한국어로 기록된 객관적 자료들을 계속 발굴하여 이에 대한 치밀하고 분석적인 연구를 통해 역사에 대한 정확한 규명과 그 실체를 탐구하는 작업은 그 무엇보다 중요한 일이라 할 것이다.

이러한 의의에 공감한 일곱 명의 일본문학 전문 연구자들이『국민시가』현존본 여섯 호를 1년에 걸쳐 완역하기에 이르렀다. 창간호인 1941년 9월호부터 10월호, 12월호는 고려대학교 일어일문학과 정병호 교수와 동대학 일본연구센터 엄인경이 공역하였으며, 1942년 3월 특집호로 기획된『국민시가집』은 고전문학을 전공한 이윤지 박사가 번역하였다. 1942년 8월호는 고려대학교 일본연구센터 김효순 교수와 동대학 일어일문학과 유재진 교수가 공역하였고, 1942년 11월호는 고려대학교 일어일문학과 가나즈 히데미 교수와 동대학 중일어문학과에서 일제강점기 일본 전통시가를 전공하고 있는 김보현 박사과정생이 공역하였다.

역자들은 모두 일본문학, 일본역사 전공자로서 가능하면 원문에 충실하게 번역하고자 하였으며, 문학잡지 완역이라는 취지에 맞게 광고문이나 판권에 관한 문장까지도 모두 번역하였다. 특히 고문투의 단카 작품을 어떻게 번역할 것인지 고심하였는데, 단카 한 수 한 수가 어떤 의미인지 파악하고 이를 단카가 표방하는 5·7·5·7·7이라는 정형 음수율이 가지는 정형시의 특징을 가능한 한 살려 같은 음절수로 번역하였다. 일본어 고문투는 단카뿐 아니라 시 작품과 평론에서도 적지 않게 등장하였는데, 이는 일제강점기 일본어 문헌을 함께 연구한 경험을 공유하며 해결하였다. 또한 번역문이 한국문학 연구자들에게도 최대한 도움이 되도록 충실한 각주로 정보를 제공하고, 권마다 담당 번역자에 의한 해당 호의 해제를 부기하여 이해를 돕고자 노력하였다.

이번 완역 작업이 일제 말기 한반도에서 간행된 마지막 시가 전문 잡지인 『국민시가』와 한반도의 일본어 시가 문학 연구, 나아가서는 일제강점기 '일본어 문학'의 전모를 규명하는 데에 기여할 수 있기를 기대하며, 번역 상의 오류나 미진한 부분이 있다면 연구자들의 아낌없는 질정을 바라는 바이다.

끝으로 『국민시가』 번역의 가치를 인정하여 완역 시리즈 간행에 적극 찬동하여 주신 역락출판사 이대현 사장님, 원문 보정과 번역 원고 편집에 세심한 노력을 기울여 보기 좋은 책으로 만들어 주신 편집진께도 감사의 마음을 전하는 바이다.

2015년 4월
역자들을 대표하여
엄인경 씀

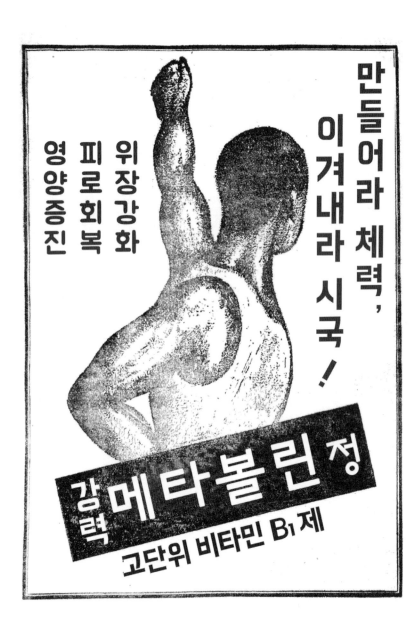

▍차례

단카 작품 • 72

시 작품 • 82

단카 작품 • 127

시 작품 • 140

문학 전통
─반도의 국민문학 서론 2─

다나카 하쓰오(田中初夫)

　조선에서 문학은 어떻게 존재해야 하는가? 이 점에 대해 이미 전호에서 말하였다. 조선에서 바람직스러운 문학은 국민문학, 일본제국 국민으로서의 문학이며 그것은 조선 풍토에서 생장한 것이어야 한다. 이는 종래 개념에서 생각되던 조선문학의 범주에 속하는 것이 아니다. 그러한 문학은 실제 아직 조선에는 생겨났다고는 할 수 없다. 아니 생겨났을지도 모르지만 충분한 데까지는 아무래도 도달하지 못하였다.

　조선문학이라는 말이 가지는 내용은, 조선의 토지에 존재하는 문학이라고 말하듯 단순하지가 않다. 조선문학이라는 말의 내용에는 조선의 토지 위에 발생하고 전개된 사람들의 생활이 그 자취를 간직하고 있다. 조선 정신사의 배경을 가지고 창작된 문학이다. 이것은 일본문학이라는 말과는 관념을 완전히 달리한다. 사실, 그것은 국어로 쓰이지 않았다. 옛날에는 한문으로 썼다. 지금은 언문(諺文)으로 쓰이고 있다. 이 조선 문학은 조선 정신사를 배경으로 하고 있으며 일본 정신사를 배경으로 하는 일본 문학과는 별개의 위치에 있다. 그것은 조선의 민족문학이며 일본의 국민문학은 아니다. 일본문학은 당연 일본의 민족문학을 기조로 한다. 일본의 민족문학 안에서만 일본의 국민문학은 그 의거 지점을 찾을 수 있다. 그러나 조선의 민족문학은 그러한 거점을 국민문학 안에 가지고 있지 않다.

　문학은 민족의 정신이 관철된 것이다. 일찍이 그것은 인간 정신이라는 관념을 가지고 사고되었다. 이른바 세계문학의 입장은 이러한 점을 요구하였다. 그런 한에 있어서 세계문학의 입장은 긍정할 수 있다. 게다가 모든 민족을 뛰어넘어 인류라는 사실은 기본적인 것이다. 인간적인 감정, 의욕이란 아마 다양한 표현의 차이를 나타내더라도 모든 인류에게 있어서 공통의 사실이기도 하다. 사랑에 기뻐하고 사랑에 우는 감정은 모든 인간이 느끼는 것이다. 그리고 그곳에 사랑의 기쁨, 사랑의 슬픔은 문학이 되어 모든 인류에게 애독될 것이다. 진실로 사랑이야말로 인간의 세계에 공통하는 감정이며 그러한 한에 있어서 세계문학은 성립한다.

그러나 그런 인간이 지금 어디에서 단순한 개인으로서 민족을 떠나 국가를 떠나 생활하고 있는가? 코스모폴리턴이라는 관념은 추상할 수 있다고 하더라도 오늘날 어디에도 국적을 가지지 않는 인간이 있을 수 있는 것인가? 국제연맹의 붕괴와 더불어 세계인의 사상은 이미 멸망하였다. 세계문학 성립의 기조는 자유주의를 구가하는 영·미 제국(諸國)에서조차 좋든 싫든 이미 추축(樞軸)국들과의 대립의식에서만 이것을 생각하지 않을 수 없는 상태가 되었다. 세계인은 이제 존재하지 않는다. 지금은 하나의 국민이며 하나의 민족이다. 국민의 한 사람이며 민족의 한 사람이다. 이 엄연한 사실에 눈을 뜨지 않으면 안 된다.

인간의 정신은 국가민족을 초월한 세계인적 존재로서 단일하고 개인적 정신을 이탈하였다. 인간은 이와 같은 개인이기 이전에 국민이며 민족을 이루고 있는 사실에 놀라지 않으면 안 된다. 우리들은 개개의 인간 정신을 대하기 전에 국민으로서의 정신에 먼저 생각이 미쳐야만 한다. 우리들은 일본인이다. 일본인의 정신을 계승하고 있다. 이 일본인 정신 속에 우리들 개인의 인간적 정신이 살아 있다. 이러한 사실을 잊지 말아야 한다. 우리들은 일본민족 정신을 통해 비로소 그 안에서 개인인 나의 정신을 발견할 수 있다. 이미 우리의 인간적 자각은 그 지향에서 일탈함을 허용하지 않는, 피할 수 없는 곳까지 도달해 있다.

일본의 국민문학은 이곳에서 출발하는 것이다. 이곳을 벗어나서는 국민문학이 성립할 장소는 존재하지 않는다. 일본인의 정신이 국민문학의 장소이다. 세계인으로서 인간의 정신은 국민문학의 장(場) 위에는 성립할 수 없다. 국민문학은 일본의 정신사를 지반으로 하고 배경으로 한다. 이것은 일본민족의 정신사이다. 일본국민은 일본민족을 본체로 함은 설명할 필요조차 없는 일이다. 메이지(明治) 천황의 치세에 이르러 대만, 조선이 그 판도에 더해지고 새롭게 그 지방에 사는 민족이 일본국민에 참여하였지만 그것은 국민으로 참여한 것이지 일본민족이 된 것은 아니다. 조선민족은 조선문학을 그 정신사 위에 성립시키고 있지만, 이것이 조선문학이기는 해도 일본의 국민문학은 아니다. 그러나 이는 현재의 일이다. 현재 우리들이 직면하고 있는 단계에서 우리들은 이와 같이 말한다. 감사하게도, 또한 황송하게도.

메이지 천황은 일시동인(一視同仁)으로 조선의 민중을 대하셨다. 이 성스러운 뜻에 토대해 내선일체 운동이 팽배하여 지금 반도의 하늘을 뒤덮고 있다. 내선일체는 현재 완성되었다고 할 수 없다. 그러나 나날이 실현되어 갈 것이다. 그 궁극적 지점은 일찍이 고대에 반도 귀화인이 완전히 일본인으로 귀화했듯이 일본민족의 일원으로서 조선민족이 완전히 동화하는 날이 올 것이다. 그 날이 오면 반도에는 진정으로 일본 정신사에 지반을 둔 국민문학이 성립할 것이다. 그 날까지 조선 정신사를 지반으로 하는 문학은 계속되겠지만 그것이 조선에서 문학의 발전적인 방향을 가리키는 것은 아니다.

국민문학은 국민 정신사 속에서 출발한다. 이것은 문학이 국민의 문학적 전통 위에 입각하고 있음을 가리킨다. 국민문학은 일본문학 전통 위에 성립하는 것이다. 조선문학은 조선의 민족정신사, 그 전통적 정신 위에 성립한 것이다. 그러나 현재 그 문학은 국민문학으로서는 성립할 수 없다. 조선의 전통은 조선의 공동 사회생활을 통해 계승되어 온 것이다. 현재 이 공동 사회생활에는 일대 변혁이 초래되려고 한다. 즉 황국신민화이다. 이것을 정신사적으로 말하면 일본민족의 전통 속에 이를 치환하는 일이다. 조선의 공동 사회생활은 종래 조선사회의 그것으로부터 이탈하여 일본화해 가야 한다. 일본민족의 전통을 자신의 전통으로 해야만 한다. 이것이 완성되었을 때 진정으로 내선일체는 실현된다. 이것은 일대 사업의 위에 성립하는 것이다. 문학의 변혁이 필연적으로 더구나 준엄하게 수행되지 않으면 안 된다.

조선문학의 전통은 조선문학의 계승자들에 의해 끊임없이 그 원초의 체험을 추체험해 갈 것이다. 그래서 현대적 의식으로 이를 재해석하고 작품에까지 이를 승화시킬 것이다. 전통은 그 발생의 원초 체험을 추체험하고 재해석하는 성질을 가지고 있다. 이것은 전통이 항상 현실과 결부하고 있음을 나타내는 것이지만 조선의 현실에서는 조선의 민족정신이 그 발생의 원초로 돌아가 이를 추체험해야 할 상태가 이미 아니다. 계승해 온 체험의 퇴적은 변환되어 일본국민으로서 일본민족의 전통 속으로 전생(轉生)하여 일본전통을 체험하고 이를 파악해야 하는 상태에 있다. 전통이 현실에 대해 파악되는 한, 조선의 전통은 일단 여기에서 종지부를 찍어야 하며, 조선문학도 역시 여기에서 종지부를 찍어야 한다. 그래서 반도의 새로운 전통을 향해 원초의 체험을 체험해야 한다. 이것이 조선에서 종래의 조선문학 작가들에게 부과된 사명이다. 이들 작가는 일대전환을 해야만 한다. 일대 비약을 해야만 한다.

새로운 전통이 여기에서 반도인 작가들에 의해 최초의 체험을 해 갈 것이다. 이는 역사적인 사실이다. 진정 미증유의 일이다. 우리 내지인 작가들은 이미 가진 2천 6백년의 전통이지만 반도인 작가들은 이 전통을 원초의 체험으로서 체험한다. 우리는 이를 방관하고만 있어서는 안 된다. 자진하여 손을 내밀어야 한다. 일본의 전통을 어떻게 이해하고 어떻게 이를 문학실천 위에 초래해야 하는지에 대해 협력해야 한다. 일본국민으로서 일본의 전통에 입각한 새로운 문학이 반도의 풍토를 토대로 수립되어야 한다. 반도에서 국민문학이 지금 그 출발의 첫걸음을 내딛으려 하고 있다.

─ 필자는 국민총력 조선연맹문화부 참사(参事)

단카의 역사주의와 전통

-3-

스에다 아키라(末田晃)

무릇 예술작품으로서 진실한 모습을 그리는 곳에는 반드시 생활의 반영이 있어야 한다. 생활과 유리되지 않은 예술작품만이 진정한 예술작품일 수 있다. 그런 의미에서 말하더라도『만요슈(万葉集)』1)는 진정으로 뛰어난 예술작품이라 할 수 있을 것이다.

나는 진정으로 예술이나 학문 모두는 현실의 자기표현이어야만 한다고 생각한다. 그러한 표현을 파고들지 않고 이른바 무매개적으로 현실은 파악할 수 있는 것은 아니다. 그리고『만요슈』는 현실에 철저한, 또한 적어도 생생한 현실의 배경을 표현한 작품임을 역설하였다. 특히 시정(詩情)의 발현이라는 점에 대해 말하면 그것은 단지『고킨슈(古今集)』,2)『신코킨슈(新古今集)』3) 작품과 같은 언어적 또는 음성의 감상이어서는 안 된다. 의미 내용에 의해 우리들의 생활 감정이 묘사되는 구체적인 것이 아니고, 내용이 부족한 언어 및 음성의 아름다움으로부터 성립하는 말초적 감촉으로

---

1) 일본에서 가장 오래된 가집(歌集). 4500여 수의 노래를 싣고 있으며 8세기, 나라(奈良) 시대 말 성립.
2) 일본 최초로 905년 천황의 명에 의해 편찬된 칙찬와카집(勅撰和歌集). 20권에 1100수의 노래 수록. 가나(仮名)와 한문에 의한 서문이 첨부되었고 우미하고 섬세하며 이지적인 풍으로 평가받음.
3)『만요슈』,『고킨슈』와 더불어 일본의 삼대(三大)가집으로 일컬어지는 칙찬와카집. 20권. 고토바(後鳥羽) 상황의 명령으로 후지와라노 데이카(藤原定家)를 비롯한 다섯 명의 가인들이 편찬. 1205년 성립되고 이후 첨삭이 이루어진 것으로 보임. 가수는 약 1980수. 후대의 영향이 큼.

그치는 것이라면 실로 소용이 없다.

이 점은 사회적 생활감정에서 유리된 '미(美)'라 하지 않을 수 없다. 그러나 여기에 오해해서는 안 되는 중요한 점이 있다. 그것은 하세가와 뇨제칸(長谷川如是閑)[4] 씨가 말한다.

만요가 가지는 중요한 특징은 만요적 감각의 사회성에서 요구되는 점이다. 즉 만요의 예술 곡선의 표현에서는(예술 곡선이란 시에서 요구하는 감정 내용은 사회적 생활 감정으로부터 유리된 '미'적 감정이며 이른바 생활 곡선을 보지 않는, 관능적 예술관이라고 한다. 어떤 예술적 창작이 우리들에게 관능적 쾌미(快美)를 줄 수 있는 형식을 '예술 곡선'이라 부르고 그 예술 곡선을 새로 만들어 내어 이에 형식을 부여하는, 기초적 생활이나 태도를 '생활 곡선'이라고 칭한다) 생활 곡선으로부터의 유리(遊離)——바꿔 말하면 사회적 현실로부터의 도피——가 비교적 적다는 것은 그 예술적 가치에 천근의 무게를 더하는 일이다. 만요에서는 예술 곡선이 단적으로 생활 곡선을 표시하고 있다. 어느 쪽이냐 하면 생활 곡선에 기반을 두고 예술 곡선을 구사하고 있다. 그런 것이 만요 가인(歌人)의 태도이다.

이 태도야말로 올바른 예술적 태도임은 진실이라고 할 수 있을 것이다. 이것은 실로 현실을 회피하지 않는다는 강점을 가지고 있으며 전통적 성격 위에 크게 새겨진 근원이어야 한다.

그렇지만 다음으로 히토마로(人麿)[5]처럼 생활 곡선에서 유리된 예술 곡선의 발전은 그렇기 때문에 순수한 만요적 태도가 아니라고 말하지 않으면 안 된다고 한다. 문제는 바로 여기에 있다. 히토마로의 작품에 대해 현

---

4) 하세가와 뇨제칸(長谷川如是閑, 1875~1969년). 평론가, 저널리스트. 본명은 만지로(万次郎). 도쿄법학원(東京法學院, 지금의 주오(中央)대학)을 졸업하고 니혼(日本)신문사에 입사. 다이쇼(大正) 민주주의가 한창일 때 신문기자로서 민주주의적 논설을 전개하고 전후에도 활발한 문필활동 지속.
5) 가키노모토노 히토마로(柿本人麻呂, ?~708?년)를 말함. 『만요슈』의 대표적 가인.

실성이 극히 희박하다는 점은 우리들이 도저히 수긍할 수 없다. 하물며 순수한 만요조(調)가 아니라고 하는 점에 이르러서는 몹시 곤란함을 느낀다.

현실을 깊이 추구하는 데 즈음하여 생명의 극소(極所)를 느낀다는 것은, 어떤 하나의 상징적인 것을 표현하는 일이 진정한 동양적인 예술작품을 형성한다는 점을 무시한 것이다. 이 상징적이라는 말은 바꿔 말하면 순수라고도 할 수 있다. 그래서 순수성이란 원래 지적 구성력과 생활 곡선을 노출하는 형식으로서는 가지고 있지 않은 것이다. 그것을 가지고 있는 것은 진정한 순수성이 아니다. 순수란 그 배후의 형상을 공공연히 실현한 형태로서 가지는 것이 아니며, 가지지 않은 게 자연스럽다고 말하는 것은 근본적으로 가지지 않은 게 아니라 숨기는 형태로서 가지는 것이다.

히토마로의 작품이 생활 곡선으로부터 유리된 감정의 표현이며 유희적인 말의 관능으로 그치고 있다는 견해는 참다운 작가와 비평가의 입장에서 갈려 있다고 하기 보다는, 순수성이라는 것을 이론적 조직력과 지적 구성력이라고 보는 커다란 오류임에 틀림없다.

　　40 아고(英虞)6)의 포구 배타기 하고 있을 아가씨들의 예쁜 치맛자락
　　에 바닷물 가득하리.

'이세국(伊勢國)으로 행차하실 때 도읍에 머무르며 가키노모토 히토마로(柿本人麿) 아손(朝臣)7)이 지은 노래' 세 수 중 한 수로 히토마로의 작이다. 이 한 수를 감상하는 데 임하여 단어 해석부터 아주 간단히 말하자면 다

---

6) 미에현(三重縣) 시마(志摩) 지방의 옛 지명. 다만 『만요슈』에 읊어진 아고(阿胡)가 지금의 어디인지는 알기 어려움. 더욱이 『만요슈』 40번 노래에는 아고가 아닌 아미(嗚呼見)라 되어 있음.
7) 684년에 제정된 여덟 가바네(姓)의 두 번째 가바네였는데 점차 더 높은 지위를 나타내게 됨.

음과 같다.──

'배타기 하고 있을(船乘りすらむ)'의 '있을(らむ)'은 현재추량의 조동사이며 다음 구에 이어지는 것으로 배타기를 하고 있을 것이라는 뜻이다. 사이토 모키치(齋藤茂吉)[8] 씨는 '배타기(フナノリ)'라는 숙어로 되어 있지만 출범(出帆)한다는 어감을 가지고 있는 듯하고, 그저 배를 저어 돌아다닌다는 것이 아니라 출발이라는 기세가 있어 보이므로 '하고 있을(すらむ)'이라는 어조가 잘 기능하고 있다고 말한다. 이하 사이토 모키치 씨의 『가키노모토노 히토마로(柿本人麿)』에서 인용해 보자.──

'아가씨들의'는 행차 행렬을 수행하는 젊은 뇨칸(女官)[9] 등을 가리키므로 복잡하게 말하는 바에 주의해야 한다. '예쁜 치맛자락에'는 아름답다는 형용을 부여하여 '예쁜 치마(タマ裳)'라고 말하고 있다. ──붉은 색이 주조를 이루고 있었는지도 모른다. 다음에 '바닷물 가득히리'에서 이것은 유락(遊樂)의 즐거운 모습을 상상한 말이라고 여겨지지만 무언가 적적한 모습에 동정한 것이라는 설도 있다.──

이 한 수의 대의는 천황 행차에 수행하러 간 많은 젊은 뇨칸들이 아고(阿虞)만에서 배를 타고 즐겁게 놀 때, 그녀들의 아름다운 옷자락이 바닷물에 젖지 않겠는가 하는 뜻이다. 이 천황은 지토(持統天皇) 천황[10]을 일컫는다.

---

8) 사이토 모키치(齋藤茂吉, 1882~1953년). 의사, 가인. 야마가타현(山形縣) 출신으로 도쿄대학 의학부 졸업. 마사오카 시키(正岡子規)에 경도되고 이토 사치오(伊藤左千夫)에게 사사함. 『아라라기(アララギ)』의 중심인물로 『적광(赤光)』, 『아라타마(あらたま)』 등의 가집, 가론, 평론 등 다수의 저작.

9) 조정에서 일하는 여성 관인(官人)들을 총칭하는 말.

10) 지토 천황(持統天皇, 645~702년). 제41대 천황으로 일컬어지며 덴치(天智) 천황의 두 번째 황녀이자 덴무(天武) 천황의 황후. 697년 즉위했고 당시 도읍은 후지와라궁(藤原宮).

<감상(鑑賞)>──「가키노모토노 히로마로초(柿本人麿抄)」── 이 한 수
의 기분은 즐겁고 명랑한 성조(聲調)로 젊고 아름다운 여자들에 대한 친애
의 정이 충만해 있는데 그 아가씨들을 복수(複數)로 사용한 점을 보아 꼭
히로마로의 정인(情人) 한 사람을 가리킨 것은 아니다. 계절은 3월 6일(양력
3월 31일)에서 3월 20일(양력 4월 14일) 사이의 이른 양춘(陽春)이 한창인 때
이며 또한 야마토(大和)에서 해변으로 가 신기해하며 까불며 떠드는 아가
씨들의 모습이 눈에 보이듯 떠오르는 노래이다. 옛 해석에서 '궁녀들은 항
상 비단으로 된 고운 발 안에서 사는 사람들인데 어쩌다 행차를 수행하게
되고 어쩐지 불안한 해변에서 시일이 지나 시마미(島國)에서 옷소매를 바
닷물에 적시는 등 이런 것에 익숙하지 않은 뇨칸들이 어떤 기분이었을지
충분히 헤아려 읽을 수 있다'고 말한 것은 다음의 42번 노래에서, '그녀
타고 있을까 거친 섬의 주위를(妹乘るらむか荒き島國を)'이라고 되어 있기
때문에 그렇게 생각이 미쳤겠지만 꼭 그러한 와카 짓기와 관련시키지 않
아도 좋으리라 생각한다.

어쨌든 그렇게 해석하여 이 노래를 감상하면 풍요롭고 명랑한 노래로
느껴진다. 따라서 재현되는 이미지도 정말 아름답고 한 수 속에 '-할(ら
む)'이라는 조동사를 두 개나 사용하고 있으면서도 전혀 방해가 되지 않을
뿐만 아니라 오히려 리드미컬해서 그 성조를 자세히 음미해 가면 말을 음
악적으로 구사하는 히토마로의 역량이 얼마나 큰지 알 수 있다. 더구나
히토마로는 후대 우리들처럼 참담(慘憺)하게 의식하여 수법에 공들이지 않
고 단지 전력을 다해 음송(吟誦)하면서 퇴고한 것으로 보인다. 그것은 천의
무봉(天衣無縫)한 데가 있다.

어떤 사람은 히토마로를 단순히 감각유희의 시인이라고 평가하였지만
프랑스의 상징시를 톨스토이가 평가하는 듯한 방식으로 간단히 결말을 짓
는 것은 잘못이다. 히토마로는 항상 인간적이며 어떠한 경우에든 진솔하

게 긴장하며 조금도 가볍게 장난치며 노는 듯한 여유를 보이지 않는 데에 비평가는 그 안력(眼力)을 쏟아야 한다고 생각한다.──

위의 한 수와 같은 히토마로의 작품을 생활로부터 유리된 감정으로서 들고 있지만 우리들이 주의해야 하는 점은 작품의 급소를 묘사하고 있는 바가 매우 선명한 인상을 준다는 점이다. 또한 성조의 변화 굴절이 말의 유희에서 그치는 것이라고 한다면, 재현되는 이미지도 이렇게까지 선명해지는 일은 없을 것이다. 하물며 감각의 유희로서의 상징이라고는 결코 말할 수 없다. '예쁜 치맛자락에 바닷물 가득하리'와 같은 부분은 후지와라노 데이카의 가조(歌調)와 결코 똑같지 않다. 게다가 의식적으로 유현(幽玄)[11]한 노래를 표현하지 않는다. 진정(眞情)이 흘러넘친다는 점에 주의해야 한다. 이를 단순히 서경의 작이라고 해석하는 이도 있지만 『만요슈』의 작품은 항상 현실적이며 현실에 입각하고 있기 때문에 지나간 것, 또는 시나가야 할 것에 대한 애착이 깊어지는 마음에 진정 간절한 바가 담겨 있음은 당연하다.

뇨제칸 씨가 말하는 바와 같이 천박한, 개념적인, 그러나 유현처럼 보인다고 하여, 환경도 체험도 없이 자유자재로 어떠한 노래도 읊을 수 있는 것으로 히토마로의 작품을 평하는 것은, 그 무지를 우려해야 할 것이다. 이른바 지적(知的)으로 행세하려는 행위를 그만 두어야 할 것이다. 단카는 상식이 아닌 것이다.

　　3169 노토(能登)[12] 바다에 낚시를 하는 어부 배에 켜진 불 그 빛으로 오세요 달도 기다리면서

11) 유현이란 깊은 여정을 의미함. 특히 일본 중세문학에서 미적 이념으로 사용되면서 여정을 수반하는 감동을 뜻함. 와카에서는 정숙하고 깊으며 신미적인 감동이나 정취를 내포한 것을 말함.
12) 지금의 이시카와현(石川縣) 북부의 노토(能登) 반도를 예로부터 일컫는 말.

12권에 있는 작품이다. 작자는 알 수 없지만 매우 주목해야 할 작품이라 생각한다. 이미, 『도바만고(童馬漫語)』[13] 속에 「만요의 여러 수(万葉の數首)」라는 일문에서 이 노래를 골라내어 '현대의 우리들이라도 노래할 듯한 바를 더구나 이와 같은 표현법으로 하고 있다'고 기술하고 있다. 어의(語義)를 간단히 말하자면 '오세요(い往く)'의 'い'는 접두사로 의미는 없다. '달도 기다리면서(月待ちがてり)'의 '-하면서(がてり)'는 어느 한 가지 일에 다른 일을 겸하여 말할 경우에 사용하는 것이다. 기다리는 김에 라고 해석할 수도 있을 것이다. 이와 관련해 1권에 '산 근처 우물 보려던 차에 우연히 신풍이 부는 이세(伊勢)를 향해 가는 아가씨들 만났네'[14]라는 용례가 있다.

이 한 수의 뜻은 물론 여행 중의 작품이며 나는 달이 나오는 것을 기다리면서 노토 바다에서 낚시를 하고 있는 해녀들의 어화(漁火) 빛으로 길을 찾아간다는 정도이다.

상구(上句)는 읊어진 말 그대로이며 주목해야 하는 곳은 하구(下句) 중 넷째구의 어법이다. 『도바만고』의 저자가 말하는 '이와 같은 표현법'이란 '그 빛으로 오세요(光にい往く)'를 가리키고 있을 것이다. 하구는 인상이 매우 회화풍이며 세심한 정취가 감돌고 있다. 이른바 근대적인 감각표현으로 어떤 의미에서는 상징적인 분위기마저 느낄 수 있다. 현시 사용되고 있는 새롭다고 일컬어지는 표현 등이 멀리 이 『만요슈』의 일작에서 느껴지는 것은 어떠한 의미가 있는 것인가? 우리들에게 커다란 시사를 주고 있다.

또한 '그 빛으로 오세요'라는 어구는 결코 공상적으로 운용하고 있는

---

13) 사이토 모키치(齋藤茂吉)의 가론서. 아라라기총서(アララギ叢書) 제7편으로 초출년은 1919년이며 순요도(春陽堂) 간행.
14) 『만요슈』 제1권의 81번 노래 「山の邊の御井を見がてり神風の伊勢處女ども相見つるかも」.

것은 아니며 명백히 사실적으로 묘사되고 있다는 점은 말할 필요도 없다. 처음부터 상징적 의미를 가지게 한 것이라고도 할 수 없다. 여기는 직관적으로 그 구상적인 배후의 감정을 느껴야 하며 거기에서 비로소 상징적인 것을 느낄 수 있을 것이다. 이러한 작품 표현의 계속으로서『신코킨슈(新古今集)』15)의 작품에 이르면,

매화의 모습 절묘한 향을 옮긴 소매의 위에 처마 끝 새어나온 달빛이 다투누나.

매화 향기에 옛 기억을 떠올려 물어도 답은 없고 봄 달빛 소매만 비춰주네.

매화는 누구 소매에 닿아 좋은 향기 묻었나 옛날과 변함없는 봄달에게 묻고파.

파도의 위로 어렴풋이 보이며 가는 저 배는 포구에 부는 바람 길잡이 하는구나.

하얀 구름이 길게 가로지르는 험한 산 중턱 걸린 다리를 오늘 넘을 수 있으려나.

동(東)으로 가는 사야(佐夜)16) 산고개에서 확실하게도 안 보이는 구름속 생애를 마치려나.

여행을 떠날 바닷길이 멀어서 끝을 알 수도 없는 흰 구름처럼 끝날 때 언제려나.

물어봐 주렴 마음을 남기고 온 오키쓰(興津)17) 바다 물떼새 울며 떠난 자리의 달빛에게.

들판의 이슬 둥근 포구 파도를 탓한다 한들 어찌 되려나 소매 눈물

15) 고토바(後鳥羽) 상황의 명령으로 후지와라노 데이카를 비롯한 다섯 명의 가인들이 편찬한 20권의 칙찬 와카집. 1205년 성립되고 이후 첨삭이 이루어졌으며 가수는 약 1980수. 후대에 미친 영향이 큼.
16) 사요(小夜, 佐夜)라고도 하며 시즈오카현(静岡縣)에 위치한 표고 252미터 정도의 고개.
17) 지금의 오사카부(大阪府) 이즈미오쓰시(泉大津市)의 해안을 일컬음.

에 비친 달빛.

　고향의 오늘 모습을 불러와서 보여 달라고 달에게 약속하는 사야의 산고개 속.

　잊지 않으리 약속을 하고 떠난 나의 모습이 보이기는 하련만 고향에 뜬 달 속에.[18]

와 같은 일군의 작품이다. 어느 것도 말의 유희를 늘어놓은 것이라 할 수 있을 것이다.——이른바 문장 유희이다.

　'그 빛으로 오세요'라는 말의 운용이 『신코킨슈』에 어떻게 표현되어 있는가라는 점은 흥미 있는 사항이다. 그 배후에 있는 감정의 축적감 같이 감춰져 있는 것을, 우리는 단카의 전통이라 말하고 싶다. 표면적으로 형식화된 것은 그것이 경향적으로 또는 시대적으로 다양한 양상을 드러내는 것이며 '만요적'으로 나타났을 때에 비로소 올바른 전통의 새로움이 빛난다고 말할 수 있을 것이다.

　더 시대를 내려와 만요조를 신봉했던 가모노 마부치(賀茂眞淵)[19]의 작풍과 그 문인인 무라타 하루미(村田春海)[20]의 작품을 비교하면 또한 그간의 교섭이 명백해진다.(「만요단카성조론(万葉短歌聲調論)」) 즉 하루미는 그의 스승이 본보기로 한 만요조를 기준으로 하여 '만요조'의 노래를 지은 셈이었는데, 실제는 그렇지 않고 오히려 '고킨조' 또는 '신코킨조'의 노래를 만들게 된 것이다.

---

18) 이상의 와카들은 『신코킨슈』에 수록되어 있음. 위에서부터 44번, 45번, 46번, 네 번째 수는 소재가 미상이며 이하 906번, 907번, 915번, 934번, 935번, 940번, 941번 노래.
19) 가모노 마부치(賀茂眞淵, 1697~1769년). 에도(江戸) 중기의 국학자이자 가인. 손꼽히는 국학자로 고전 연구와 복고주의를 주창하며 『만요고(万葉考)』, 『가의고(歌意考)』 등을 저술함.
20) 무라타 하루미(村田春海, 1746~1811년). 에도 후기의 국학자이자 가인. 한학에 정통함.

시골 살이의 띠 풀이 마구 자란 이슬의 들판 가르며 달을 보러 나온 도읍지 사람.(마부치)

달구경하러 찾아온 사람인가 저녁 마당에 이슬도 어지러이 사리꽃 떨어졌네.(하루미)

잔물결 치는 히라(比良)[21]의 물 고인 곳 가을 깊어져 정체된 요도(淀) 강[22]에 달빛이 깨끗하네.(마부치)

진눈깨비 내린 히라의 물 고인 곳 해 지고 추워 얼음이 끼고 있는 시가(志賀) 포구의 배.(하루미)

저녁이 되면 바다 위 포구의 저 멀리에서 부는 바람 구름에 불고 물떼새는 운다네.(마부치)

바다의 바람 구름 위로 불어와 새벽녘에 뜬 달빛에 어지러운 물떼새 무리로다.(하루미)

니타(新田)[23] 산 위의 뜬 구름 소란스런 저녁 소나기 도네(利根)의 강[24]물은 위쪽까지 흐리네.(마부치)

도네 강이여 사라지지는 않고 파도로 흐른 눈에도 오늘아침 위쪽까지 흐리네.(하루미)

이상과 같다. 또한 『만요슈』의 노래로서 읊어지는 것에 관하여 그 작품을 예시한다면 더욱이 와카를 짓는 태도가 얼마나 중요한지, 또한 기교 등의 세세한 부분을 알 수 있다. 이것을 「단카성조론(短歌聲調論)」으로부터 예를 들어 본다.——

---

21) 시가현(滋賀縣) 시가초(志賀町)와 오쓰시(大津市)의 경계를 이루는 곳의 지명. 비와코(琵琶湖) 서쪽 기슭을 따라 남북으로 뻗은 높은 히라 산맥이 있음.
22) 시가현의 비와코의 호수 물을 수원지로 하여 교토 분지 남부를 서쪽으로 흐르는 75킬로미터의 강.
23) 군마현(群馬縣) 남동부의 옛 지명. 현재는 '닛타'로 읽음.
24) 군마현 북부에서 시작되어 간토(關東) 지방을 남동쪽으로 흘러 태평양으로 이어지는 강.

아사카(安積) 산[25]의 모습마저도 보일 산 우물처럼 얕은 마음으로 난 생각하지 않아요.(만요슈)

아사카 산의 모습마저도 보일 산 우물처럼 얕은 마음으로 님 생각할 수 있을까.(곤자쿠(今昔)·오치쿠보(落窪))

두견새 와서 우는 오월의 짧은 밤이라도 나 홀로 잠이 들기에 동트는 것도 느려.(만요슈)

두견새 이제 우는가 오월의 밤 짧긴 하지만 홀로 잠이 들기에 동도 잘 트지 않아.(슈이슈)

궁중 안에서 모시는 사람들은 한가로운 듯 매화를 장식하고 여기에 모였구나.(만요슈)

궁중 안에서 모시는 사람들은 한가로운 듯 벚꽃을 장식하고 오늘도 지내누나.(신코킨슈)

봄이 지나고 여름이 온 듯하다 하얀 옷들을 말리는 이런 날씨의 가구야마.(香具山)[26](만요슈)

봄이 지나고 여름이 온 듯하다 하얀 옷들을 말린다고 전하는 아마노 카구야마.(신코킨슈)

만요 시대는 예술은 항상 생활과 더불어——생활의 농담(濃淡)을 이루고 있었음은 자명한 일이다. 그렇지만 원래 생활이 그대로 예술이 아닌 것은 당연하다. 생활이 예술적 형상을 가지고 표현되었을 때에 비로소 예술로 되지만 그 형상에 의해 그 예술이 표현하고 있는 미는 실생활에서 유리된 미가 아니다. 생활 속에서 손쉽게 발견할 수 있는 바다. 그렇기 때문에 『만요슈』의 작품들은 항상 현실에 깊게 뿌리박고 있었다.

---

25) 후쿠시마현(福島縣) 중앙부의 고리야마(郡山) 분지에 있는 작은 언덕을 가리키나, 근처에 있는 1008미터의 히타토리(額取) 산을 가리킨다는 설도 있음.
26) 아마노카구야마라고도 하며 '香久山'로 쓰기도 함. 나라현(奈良縣) 가시하라시(橿原市)에 있는 표고 152.4미터의 산.

여기에 우리민족 고유의 전통이 계승되어 간다. 문화라는 것도 생겨나는 것이다. 단카의 전통도 이와 같아서 말초신경적 자구(字句)의 모방만이 전통이라고 말할 수 없음은 너무나도 잘 알고 있는 바이다. 그렇지만 그 자구가 어떻게 생겨나 표현되는가 하는 배경적 진실함에 중요하고 절실한 것이 있으며 표현 또한 자연히 이에 수반하는 것이어야 한다. 전통이라는 것은 돌멩이처럼 자신의 눈앞에 가로놓여 있는 것이 아니다.

돌멩이가 눈앞에 있다. 그것은 역사일지도 모른다. 하나의 확실한 역사이다. 그렇지만 전통이란 돌멩이가 아니다. 『만요슈』는 커다랗고 뛰어난 역사이다. 우리 민족의 늠름하고 아름다운 역사이다. 그렇지만 전통은 그곳에서 계승되어 다시 만들어 가야할 것이다. 올바르게 계승된 것에서 우리는 그것을 더욱 빛이 있는 면으로 성장시켜 가야할 것이다. 이러한 의미에서만 각 시대의 풍모 또는 역사적 중압이라는 것이 작품에 표현되는 것이지, 표면적 외형에 움직여지는 것이 새롭다고는 할 수 없는 것이다.

항상, 내용적으로도 형식적으로도 발전할 수 있을 만큼의 충실감이 배후에 축적되고 있을 때에, 일종의 여유를 생각하게 만드는 것이 있는데, 이것은 결코 현실로부터 유리된 것이라고는 할 수 없다. 『만요슈』에 있어서도, ──

> 요시노(吉野)[27] 지역 기사야마(象山)[28] 사이의 나무 우듬지 너무 소란스러운 새소리 많이 들려.
> 칠흑과 같은 밤이 깊어져가고 개오동나무 자란 맑은 강가에 많은 물떼새 우네.

---

27) 나라현(奈良縣) 남부의 요시노군(吉野郡) 일대를 총칭하는 지역명. 벚꽃의 명소로 유명함.
28) 나라현 중부 요시노의 미야타키(宮瀧)에 있는 산.

야마베노 아카히토(山部赤人)29)의 위 작품이 실로 아름다운 예술작품이라고 일컬어지는 데 대해, 일면 생활과 관계가 먼 작품이라고 비난받는 것은 아카히토의 개성을 무시한 것이다. 그러나 이 힘이 넘친 청순한 표현에서 늠름한 성조(聲調)를 느낄 수는 없겠지만 샘이 넘치는 울림과 같은 청신한 감정이 유로(流露)하고 있다. 결코 '유희'적 태도에서 생겨난 것이 아니다. 여유라는 것도 이러한 정신적 발현에서 생겨나는 것이었으면 한다. 더 말하자면 아카히토의 작품에서는 그 예술적 충동이 자연에 놓여 있는 것이지만, 예술적 자연을 단순히 작위(作爲)된 대상이라고 생각해 버리면 예술의 독립성이란 없다. 이것은 완전히 관념적인 것이며, 현실감도 그 무엇도 없다. 창조와 하나가 된, 그러한 자연의 관조에서 비로소 생명적 자연이라 볼 수 있고 생활의 배후적인 것이 충실하게 잘 탄생되는 작용이 고양될 때, 진정한 예술적 창조라고 일컬어질 것이다.

자연이든 생활(현실)이든 창조가 근원적으로 연속하고 모든 것은 뭉뚱그려져 생명의 과정을 살며, 자연의 작용이 점층적으로 고양되어 현실적 형성에 이르고, 그 작품의 두드러지는 감정 표현——이것이 진정으로 예술적이라고 일컬어지는 것이기 때문에 특별히 지성적 구성력을 의미하지 않는다. 하나의 직관이며, 자기의 감정을 안으로 감싸고 자기의 번민을 그 안에 숨기며, 자기 생명의 모태로서 자기를 살린다는 태도가, 아카히토의 작품에 보인다. 예술적으로 말하자면 『만요슈』 안에서 가장 고도(高度)의 작품이라 할 수 있다. 이도 올바른 만요조라 할 수 있다. 단지 그것이 소박하고 진실하게 표현되었는지가 『고킨슈』, 『신코킨슈』와 커다란 차이를 낳는 갈림길이다.

이상에 걸쳐 대체적인 내용을 말했는데, 단카도 현대를 살고 또한 동시

---

29) 야마베노 아카히토(山部赤人, ?~?). 나라(奈良)시대 전기의 가인. 가키노모토노 히토마로(柿本人麻呂)와 더불어 『만요슈』의 가성(歌聖)으로 평가됨.

에 현대에 작용하기 위해서는 현대의 혹독한 상황에 제약받음은 당연할 것이다. 그것은 역사적 방법이 변경되는 게 아니고 예술적 의욕이 바뀌어야 하는 것을 의미한다. 조금 말이 이상하지만——

오늘날 전 세계가 냉엄한 상극과 전개를 보이는 역사적 현실을 겪으며, 전통의 관념에 서는 자에게 누차 곤혹과 실망을 느끼게 만드는 것은 어쩌면 하나의 경향일 것이다. 외부로부터의 어떤 압력을 피할 수 없음은 실로 어쩔 수 없는 일이며 예술이니 아니니 하는 문제가 아니라는 말도 들릴 것이다. 이것은 문학하는 자의 연약함을 폭로하는 일이며 스스로의 내부에서 생명이 희박해지는 일이자, 가장 좋지 못한 점은 그 외부와 본질적 연결이 상실되는 것이라 말하지 않을 수 없다.

우리는 이 점을 깊이 반성해야 한다. 우리는 지금 미증유의 전투 속에 있다. 오늘의 현실로부터 회피하려는 자세, 그리고 공상적이며 시적인 세세 구도에 스스로 안심하려는 자세는, 우리들이 취해야 할 태도가 아니다. 예를 들어 문화 전통과 도덕적 질서의 존중은 결코 단순히 회고적인 게 아니라, 오늘날 역사적으로 현실적으로 존재하는 자기를 진실하게 살게 할 위엄 있는 질서에 기여하려는 신념에 입각해 있을 때, 비로소 현실적 결과로서 진실한 의의를 가질 수 있음은 분명한 사실이어야 한다. 그리고 오늘날 문화 변동의 방향에서는 필시 우리들 민족적 전통적 역사와, 국가적 사회적인 연대 속에 있는 존재가 한층 중시되어 가고 있다.

단카의 길도 실로 이 점에 관련되어 있다. 우리가 전통 아래에 살아가려는 자태는, 이론적인 것을 농락하는 게 아니다. 우리는 작품을 명시(明示)해야 한다. 그것이 우리들에게 존재하는 첫째 의의로서의 임무여야 한다.

우리는 지금 단카라는 것을 아름다운 것이라고 생각하지는 않는다. (미사여구적인 것을 가리킨다) 단카는 우리 민족이 강하게 살아가기 위해 강하게 살아감으로써 살아갈 수 있는 것이다. 그것은 단순히 희망적인 것이 아니다. 광채이다. 빛과 같은 것이다. 비록 그 빛이 차단될 때 고난의 시기를 겪어도, 살아가기 위한 하나의 약진의 그림자라고 생각해도 좋다. 그 그림자의 표면에 있을 때, 니힐리즘적 감정 등은 오늘날의 현실과 서로 양립하지 않을 뿐만 아니라, 우리로서도 무작정 편을 들 수 없는 태도이다.——이 소감문을 쓰면서, 나는 작품의 예시로서 현대 작가의 단카를 취급하고 싶었지만 조급히 서두르며 논을 진행시킨 관계도 있어서 결국 그렇게 하지 못한 것이 유감이었다.

* 덧붙임

이 문장을 집필함에 있어 많은 선배들의 저서에 의존했다. 사이토 모키치(齋藤茂吉), 사이토 쇼(齋藤晌),30) 모리모토 지키치(森本治吉),31) 사카타 도쿠오(坂田德男)32) 씨의 논문에는 각별히 인용 어구에 신세를 진 점에 감사하고 싶다. 그 외의 저서 또는 제씨의 조언에 대해서 거듭 깊은 경의와 감사의 정을 피력하는 바이다.

---

30) 사이토 쇼(齋藤晌, 1898~1989년). 철학연구자. 도쿄제국대학 출신. 1943년 일본출판회 상무이사 역임. 전쟁협력적 논설로 인해 전후에는 공직에서 추방. 도요(東洋)대학과 메이지(明治)대학의 명예교수.
31) 모리모토 지키치(森本治吉, 1900~1977년). 일본문학자, 가인. 도쿄제국대학 출신으로 『만요슈』를 연구하고 대학에서 교편을 잡으면서 가인으로서 활동. 1946년부터 『하쿠로(白路)』를 주재.
32) 사카타 도쿠오(坂田德男, 1898~1984년). 철학연구자. 교토제국대학 출신으로 간사이학원(關西學院)대학 교수, 오사카시립대학 교수 역임.

단카의 전통 또는 정신과 혁신(1)

―니조 다메요(二條爲世)와 교고쿠 다메카네(京極爲兼)―

후지와라 마사요시(藤原正義)

(1)

어느 시대에든 또한 어떠한 사상(事象)에 대해서든 우리는 전통과 혹은 보수적인 인습, 저진적인 혹은 건설적인 혁신과의 상극을 경험한다. 정도의 차는 있지만 상극 내지는 신구의 대립은 역사의 자연이며 필연일 것이다. 그렇지만 시간의 흐름 속에 이들의 대립, 상극이 명백한 형태를 취하며 나타날 때는 완전히 하나의 성숙된 문화가 그 성숙으로부터 다른 맹아로, 그리고 그 성장으로 변질해 갈 때이기도 할 것이다. 에도(江戶) 문예가 난숙(爛熟)해지면서 이윽고 메이지(明治) 유신으로의 길을 가게 되었고, '비극의 상징'은 그칠 수 없는 필연이며 더욱이 새로운 시대의 진행은 신구 두 조류의 대립, 상극 속에서 이루어지지 않으면 안 되었다. 그곳에는 명백히 시대정신의 변질이 있다. 현대도 또한 이와 같은 변질의 시대라고 불리지 않겠는가? 어쨌든 우리가 단카사(史)를 더듬어 갈 때, 그곳에서도 수많은 혁신 내지 그것에 대한 기도(企圖)를 발견할 수 있다. 데이카(定家)[33] 자신 속에서 이미 변질하고 있었던 미코히다리케(御子左家)[34]는 아들

---

[33] 후지와라노 데이카(藤原定家, 1162~1241년). 귀족으로 가인(歌人)이자 가학자(歌學者). 『신코킨와카슈(新古今和歌集)』의 주요 편자로 화려하고 요염한 가풍의 와카(和歌)로 시대를

다메이에(爲家)35)를 거쳐 니죠(二條), 교고쿠(京極), 레이제이(冷泉) 세 개로 분파해 갔다. 이 중에 니죠 다메요(二條爲世)36)와 교고쿠 다메카네(京極爲兼)37)의 대립항쟁은 신구 내지 보수, 혁신의 대립 상극을 가장 잘 표명하여 보수의 입장과 그에 대한 혁신의 입장의 상위(相違), 또한 그 사이의 근본사상의 차이를 잘 나타내고 있다.

나는 이 소론에서 다메요와 다메카네 가론의 근본적 성격, 그 대립관계, 또한 두 사람의 전통 및 혁신에 대한 태도에 대해 생각해 보고 싶은데, 그에 앞서 다메카네, 다메요에 주어진 비평에 대해 일별(一瞥)하기로 한다.

이미 가론사에서는 다메카네는 혁신파이며, 다메요는 보수적이라는 것이 결정적인 견해이다. 다메요가 그 정계(正系)를 이어받은 아버지 다메이에는 "어디까지나 온건주의이며, 그 착상에 아무런 기발함도 없고 청신함도 없으며 평조(平調)로 그쳤다"고 평해지고 있고, 다메요에 대해서는 "선조들의 소극주의를 맹목적으로 지키는 데에 지나지 않는다. 다메카네는 니죠 쪽으로부터 이러한 가도(歌道)의 방해자로 일컬어지지만 그 견식은 다메요에 비할 바가 아니다"라고 논해진다. 사사키 노부쓰나(佐々木信綱)38)

대표함. 다수의 가론(歌論)과 일기 『명월기(明月記)』와 고주석 등의 저술은 후대에 매우 존중됨.

34) 후지와라홋케(藤原北家)의 적류(嫡流)인 후지와라노 미치나가(道長)의 6남인 나가이에(長家)를 시조로 하는 가문. 나가이에의 증손인 도시나리(俊成), 도시나리의 아들인 사다이에(定家)는 가인으로서 유명하여 와카의 가문이 되었다. 사다이에의 손자 대에 니죠(二條), 교고쿠(京極), 레이제이(冷泉) 등 세 가문으로 분가되었다.

35) 후지와라노 다메이에(藤原爲家, 1198~1275년). 후지와라노 데이카의 아들로 가마쿠라 전기의 가인.

36) 니죠 다메요(二條爲世, 1251~1338년). 귀족 가인. 후지와라노 데이카의 증손자. 니죠 가문의 적류로 전통적 입장을 고수하며 가단의 장로로서 오랫동안 군림.

37) 교고쿠 다메카네(京極爲兼, 1254~1332년). 가마쿠라 후기의 가인. 평명한 니죠파(二條派)의 가풍과 대립하여 『만요슈(万葉集)』에 의거한 청신한 가풍을 주장.

38) 사사키 노부쓰나(佐々木信綱, 1872~1963년). 일본문학자이자 가인. 도쿄제국대학 문학부 출신으로 도쿄대학 교수 역임. 일본 가학(歌學)을 정리하고 단카 잡지를 주재하며 단카 혁신운동에 참가.

박사는 『일본가학사(日本歌學史)』에서 "양자의 차이를 한 마디로 요약하면, 다메요가 주장하는 바는 일언일구로 조상의 가훈을 방패로 삼아 전래의 정아(正雅)한 가풍에서 벗어나지 않고자 하는 보수적 사상이며, 이에 대해 다메카네는 용어나 구상을 신기(新奇)하게 하려고 하는 신파이다. 그 싸움은 보수와 진보이다. 신구와 혁신이다"라고 평가하였다. 또한 양자의 대립 관계에 대해 후쿠이 규조(福井久藏)[39] 박사는 "내 입장에서 보자면 교고쿠, 니조의 와카 싸움은 신구 두 파의 대립이었다. 니조파는 보수주의이며 교고쿠가(家)는 혁신주의이다"라고 사사키 박사와 같은 논평을 내렸다. 히사마쓰 센이치(久松潛一)[40] 박사는 『일본문학평론사(日本文學評論史)』에서 매우 적극적으로 역사적 필연성론을 표명하면서 다메요를 아버지 다메이에의 명백한 평담미를 정통적으로 계승한 자로 간주하고, 이에 대해 다메카네를 "평담미의 입장에서 평범함에 빠지고 진부해졌을 때 소박한 마음을 구함으로써 새로운 생명을 부여하려고 했다.……다메카네가 소박에서 출발하여 감각미로 향한 것은 자연스런 발전이었다"라고 논함으로써, "다메카네는 항상 자기의 실감 위에 서지 않으면 어떤 일도 불가능했던 사람인 양 생각된다. 니조파가 전통을 지키며 거기에서 한 발짝도 나오려고 하지 않은 것에 대해 그러한 것으로부터 벗어나 자기비판, 자기의 실감을 중시하고 있었다"라고 말하고, 사이토 기요에(齋藤清衛)[41] 박사는 "다메요의 아버지 다메이에는 가도(歌道)를 가문의 업으로 삼은 종조(宗祖)처럼 일컬어지

---

39) 후쿠이 규조(福井久藏, 1867~1951년). 일본문학자로 가쿠슈인(學習院)대학, 와세다(早稻田)대학 교수 역임. 와카와 렌가(連歌)의 국어학적 고찰, 가학의 치밀한 연구 성과를 남김.
40) 히사마쓰 센이치(久松潛一, 1894~1976년). 도쿄제국대학 출신의 일본문학자. 상대부터 중세에 걸쳐 실증적인 일본문학 연구, 특히 와카사나 근세 국학 연구의 확립에 공헌했다고 평가됨.
41) 사이토 기요에(齋藤清衛, 1893~1981년). 야마구치현(山口縣) 출신. 도쿄제국대학을 졸업하고 베이징사범대학 교수, 경성제국대학 교수 역임. 중세문학을 주로 연구하며 전후에도 대학에서 교편을 잡음.

고 있다(『오와리노이에즈토(尾張酒家苞)』[42] 참조). 더구나 다메요는 너무나 작게 그 장인(匠人) 가문이라는 기분 속에서 지나치게 굳어진 경향이 많다. 슌제이(俊成)[43]의 풍은 유현(幽玄)해서 어렵다, 데이카의 풍은 의리 깊어서 배우기 어렵다, 등등의 평을 내리며 아들이나 손자에게도 선친 다메이에의 평담 범용의 음곡만을 강요하여 따르게 하려고 한 것이 바로 그이다(『스이아간모쿠(水蛙眼目)』[44] 참조). 그래서 자식인 다메후지(爲藤)와 손자인 다메사다(爲定), 다메아키(爲明), 모두가 특장(特長)이 없는 노래만을 읊게 되었다"(『남북조문학신사(南北朝文學新史)』[45])고 말하였다. 이상에서 다메요, 다메카네론에 관한 현재에 이르는 결론은 다 나온 셈이다. 그러나 그 안에 포함되어 있는 문제는 거기에서 그치지 않는다.

(2)

이하에서 나는 니조 다메요와 교고쿠 다메카네의 가론에 대해 말하려고 하는데 나의 구상은 아직 충분히 무르익지 않았다. 따라서 논술이 하나의 상상 내지 생각에 그칠지도 모르며, 또한 두세 가지의 인상 기술로 끝날지도 모른다. 대체로 이러한 서론 방식을 취하는 것에 마음이 내키지는 않지만 당장은 이렇게 정리할 수밖에 없을 것 같다. 다만 나는 가능한 한 객관적으로 역사를 기술함으로써 단카의 전통과 혁신의 문제를 규명하

---

42) 국학자 이시하라 마사아키라(石原正明, 1760~1821년)가 저술한 『신코킨슈(新古今集)』의 주석서. 5권 9책으로 1819년 간행됨.
43) 후지와라노 슌제이(藤原俊成, 1114~1204년). 귀족 가인이자 가학자. 고전주의적 입장에서 유현(幽玄) 이념 수립. 중세 와카의 출발점을 이루었다고 평가 받음. 후지와라노 데이카(藤原定家)의 아버지.
44) 남북조시대의 가론서로 승려 가인 돈아(頓阿, 1289~1372년)가 지은 6권의 『세이아쇼(せいあしょう)』 중 권6의 제목으로 가단의 일화를 모은 책.
45) 1933년 슌요도(春陽堂)에서 나온 사이토 기요에의 저서를 말하는데, 정확한 서명은 『남북조시대문학신사(南北朝時代文學新史)』

는 하나의 토대를 만들려고 한다.

『노모리노카가미(野守鏡)』[46)는 그 기술의 앞머리에,

> 요즘 다메카네경(卿)이라는 사람이 조상대대의 가풍을 멀리하고, 누대 가가(家家)의 뜻을 어기고 읊는 노래들이 모두 야마토(やまと, 일본)말 같지도 않다고 아뢰었는데 그 경(卿)은 와카의 갯바람이 끊임없이 전달되는 가문 사람이기 때문에 필경 괜찮을 것이라고 생각한 만큼 상세히 따지지도 않고 그만 두었다. 지금 다시 이를 걱정하시니 실로 잘못된 것이라 생각된다.

라고 말하고 여기에서 다메카네 비평에 들어가는데 이윽고 다메카네의 가론을 언급하며,

> 다메카네 경의 노래는 마음을 재료로 삼는다고 하면 어찌 되었던 오로지 생각한 대로 그 마음을 곧바로 읊어야 한다고 생각하여, 말도 장식하지 않고 이야기를 하듯이 읊는다……

고 말하고 "색채 없고 향기 없는 심정의 말"을 『고킨슈』 서문을 예로 들어 배척하였다. 또한 『노모리노카가미』는 다메카네의 "수가(秀歌)라고 하는 두 수"(「울려면 울어라 새벽녘에 달이 뜬」 「물억새 잎을 자꾸 들여다보니」)[47)를 예로 들어 작품에 대해, 나아가서는 제작태도에도 비평을 덧붙여 간다. 비평은 다음 세 항목으로 요약된다고 한다.

---

46) 1295년 성립된 가마쿠라(鎌倉)시대의 두 권짜리 가론서. 니조파 입장에서 교고쿠파를 비판함.
47) 다메카네가 지은 두 수의 와카 「울려면 울어라 새벽녘에 달이 뜬 곳을 보고서 두견새 슬피 우는 밤의 풍경이구나」와 「물억새 잎을 자꾸 들여다보니 이제 알았다 그저 커다랗기만 한 참억새였구나」.

(1) 마음을 재료로 하는 말을 하는 데에 있어서 옳지 않은 심정을 미친 듯이 읊는 것, 펄쩍펄쩍 뛰는 율기에 몸을 맡기며 춤추는 것과 같다.

(2) 다음에 다다고토우타(徒言歌)[48]가 솔직한 것을 생각하여 남에 대해 멋대로 지껄여 대며, 추악한 곳을 감추지 않는 것과 같다.

(3) 다음으로 오래된 풍취의 우아한 심정과 말을 배우지 않아 속(俗)에 가까운 모습을 읊는 것, 법의(法衣)를 고쳐서 허름한 승복을 걸친 것과 같다.

그런데 『노모리노카가미』의 입장은 이미 지적되고 있듯이, 입장의 선취(先取), 즉 "슌제이 경(卿)은 와카에 뛰어나기가 신(神)에 통해 있었기 때문에 다른 가문의 사람이더라도 후진으로서 쉽게 그 뜻을 깨기 어려웠다. 하물며 자손에게 있어서야"라는 곳에 단적으로 제시되어 있듯이 전습(傳習)적인, 전통의 일면만을 고집하는 입장이며, 더욱이 그것은 저 쇼테쓰(正徹)[49]의 "가도(歌道)에서는 데이카를 비난하려는 패거리는 신불의 가호가 있을 수 없다"에서 볼 수 있는 권위주의이고 그것에 신봉적으로 의존하는 입장이며, 이어받은 형태를 자기의 비재(卑才) 때문에 형식적으로 유지하려고 하는 보수주의이기도 하다. 그러나 『노모리노카가미』는 슌제이의 단카와 데이카의 단카, 나아가 다메이에 단카의 상이(相異)와 역사를 추궁하려고는 하지 않았다. 데이카 70년의 생애에서 요염(妖艶), 우아(優雅), 유심(有心)의 경지로부터 더욱이 평담(平淡)하게 흘러 간 단카를 다메요의 조부 다메이에가 거듭 데이카 후년의 평담함을 이어받았다고 하는 것도 『노모리노카가미』는 이들 삼 대에 통하는 이념적인 것의 일면, 즉 일반법칙적인

---

48) 『고킨슈(古今集)』의 「가나 서문(仮名序)」에 나오는 와카 육의(六義)의 하나로서, 사물에 비유하지 않고 있는 그대로 읊은 노래.

49) 쇼테쓰(正徹, 1381~1459년). 무로마치(室町)시대의 가인이자 선승. 후지와라노 데이카를 숭배하고 『신코킨슈』풍의 몽환적이고 여정을 띤 와카를 창작. 가론서 『쇼테쓰모노가타리(正徹物語)』가 있음.

것의 일면을 기술하는 데에 지나지 않는다. 그렇지만 이 때문에 도리어 『노모리노카가미』와 다메요의 『와카히덴쇼(和歌秘傳抄)』[50]는 그 자신 안에서 집합적 성격을 드러내고 일반성 법칙성 위에 입각한 특수성 개성의 기술로 양자를 병존시키고 있는 듯하다.

그것은 잠시 제쳐두더라도 "그 경(다메카네)은 와카의 심정에도 없는 마음만을 우선으로 하고, 말도 꾸미지 않고 가락도 만들지 않으며 자태도 꾸미지 않고 단지 실정(實正)을 읊어야 한다고 하여, 속(俗)에 가깝고 천한 바를 첫째로 삼았기 때문에 모두 노래의 뜻을 잃어버렸다"(『노모리노카가미』)고 다메카네를 평한 다메요 파는 「엔케이료쿄 소진장(延慶兩鄕訴陳狀)」[51]에서,

"노신이 배워 전하는 바가 올바릅니다. 그 경(다메카네)은 주장하는 바가 어긋나 있다. 올바름은 신(神)이 받아들이는 바입니다. 어긋남은 신이 받아들이지 못하는 바입니다"라고 다메요로 하여금 말하게 하였고, 무엇으로 그것을 아는가 라고 하니, "다메카네 경이 와카 칙찬을 완수하지 못하는 것은(후시미(伏見) 천황[52] 때인 1293년) 형벌을 받을 만한 중과로, 오래도록 가문에 흠을 남기는 일이다. 친히 보시기 전에 요절하시고……운운"하며 이유로 하는 바가 와카 자체에 근거한 것이 아니라 외면적인 것에 있었고, 더구나 다메요는 스스로가 "선조들의 예전 규율에 맡기"기 때문에 "당 가문(교고쿠 가문)은 방약무인하다"고 멋대로 내뱉는다. 이에 대해서 『나시노모토슈(梨本集)』[53]의 저자 도다 모스이(戶田茂睡)[54]는,

---

50) 니조 다메요의 가론서로 일컬어지는 『와카테이킨쇼(和歌庭訓抄)』를 칭함.
51) 1311년 다메요가 다메카네의 칙찬집 찬자가 되는 것을 반대하고 이에 다메카네가 반발하였으며 여기에 또 다시 다메요가 반박한 내용.
52) 후시미 천황(1265~1317년). 제92대 천황으로 재위기간은 1287~1298년. 고후카쿠사(後深草) 천황의 두 번째 황자. 황통이 교대로 서게 되는 양통질립(兩統迭立)의 예를 만듦.
53) 도다 모스이의 가학서로 1698년 성립되어 1700년 간행. 중세 이후 인습화된 전통 가학에서 생긴 많은 금기가 와카 표현에 부당한 제약을 준 것을 비판한 내용.

다메요 경(卿)은 니조가(家)의 적류(嫡流), 관직은 다이나곤(大納言)이
며 고다이고(後醍醐) 천황의 첫 번째, 두 번째 황자(皇子)의 어머니는 다
메요 경의 따님이기 때문에, 그 위세가 아주 대단했으며, 가도(歌道)는
특히 가문 상속이었으므로 가령 한쪽에 치우친 말이라 생각하는 자도
입을 닫고 책망하는 일이 없었기 때문에 세상에 당연히 유포되고 있었
다.(권 1)

고 말하고 있는데, 이 또한 사실이라고 할 수 있다. 니조 가문은 다이카쿠
지토(大覺寺統)에, 교고쿠 가문은 지묘인토(持明院統)[55]에 각각 자신의 정치
적 기반을 두고 있었다는 것도 다메요, 다메카네 논쟁의 커다란 한 계기
가 되기는 하였지만 그러나 가론 그 자체의 고찰은 이러한 외부적인 조건
들에 의해 왜곡되어서는 안 된다. 주지하는 바대로 다메요의 입장과 비교
할 때, 다메카네의 처지는 변화무쌍하였다. 황통이 번갈아 서던 시대에 교
고쿠파의 힘을 확장시키기에 주력한 다메카네는 다메요파의 책략 아래에
사도(佐渡)로 유배당했다가, 하나조노(花園) 천황[56]의 즉위와 더불어 다시
교토에 돌아와 천황의 신임을 받았다. 그래서 니조 다메요와 싸움이 야기
되고 위의 소진장에 보이듯 쌍방은 서로 물러서지 않는 논박을 하게 되었
으며, 뒤이어 다메카네는 『교쿠요와카슈(玉葉和歌集)』[57] 20권을 찬(撰)하여

---

54) 도다 모스이(1629~1706년). 에도(江戶) 시대의 가학자이자 국학의 선구. 전통적 가학에
　　반대하며 가학의 혁신을 주장.
55) 다이카쿠지토(大覺寺統)와 지묘인토(持明院統)는 가마쿠라(鎌倉)시대 후기부터 남북조(南北
　　朝)시대에 걸쳐 황위에 오르는 순서를 정한 일본 황실의 양대 계통. 이로 인해 일본의
　　남북조시대에는 두 계통의 천황이 공존함.
56) 하나조노 천황(1297~1348년). 제95대 천황으로 재위기간은 1308~1318년. 후시미 천
　　황의 황자로 지묘인토. 다이카쿠지토의 고다이고(後醍醐) 천황에게 양위함.
57) 이상의 『신초쿠센와카슈(新勅撰)・쇼쿠고센와카슈(續後撰)・쇼쿠고킨와카슈(續古今)・쇼
　　쿠슈이와카슈(續拾遺)・신고센와카슈(新後撰)・교쿠요와카슈(玉葉)・쇼쿠센자이와카슈(續
　　千載)・쇼쿠고슈이와카슈(續後拾遺)・후가와카슈(風雅)・신센자이와카슈(新千載)・신슈이
　　와카슈(新拾遺)・신고슈이와카슈(新後拾遺)・신쇼쿠코킨와카슈(新續古今)를 십삽대집이라
　　고 일컬음.

다메요 일파의 니죠가(家) 가학(歌學)을 침묵에 빠뜨렸다. 그렇지만 쇼와(正和) 2(=1313)년 후시미 천황의 출가에 즈음하여 스스로도 같은 해 10월 17일에 출가, 쇼와 4(=1315)년에는 반대파 때문에 잡혀 도사(土佐)에 유배되는 신세가 되었다. 그 때 나이 63세. 그 후의 행적은 불분명하고 79세에 타계. 이것이 다메카네 생애의 소묘(素描)이다. 이와 비교해 볼 때 니조 가문, 특히 다메요는 안이한 길을 걸었다. 그 이유의 하나는 그가 다이카쿠지토에 따랐기 때문이기도 하지만 다른 하나는 니조파의 가도(歌道)에 있어서 정통을 유지하고 보수(保守)하려고 했기 때문이다. 조건은 교착(交錯)하는 것이라고 생각해야만 한다. 순제이 — 데이카 — 다메이에 — 다메우지(爲氏) 그리고 다메요로, 미코히다리케(御子左家)[58]의 와카는 역사적 변질을 경과하면서도 정통으로서 전해져 오고 있다. 다메요 입장에서는 이러한 점을 강조하지 않을 수 없다. 그것이 자신의 니조 가문 가학이 서는 유일한 장이며 지주였기 때문이다. 보수적이고 따라서 소극적으로 부여된 규범에서 일탈하는 것을 조상의 뜻에 어긋난다며 배척할 수밖에 없었던 점도 마냥 이상하지만은 않다.

하지만 교고쿠 다메카네는 그의 정치가적 또는 혁신가적 성격 때문인지, 강렬한 비평적 창조적 정신 때문인지, 부여된 것에 머무르며 거기에 안주할 수 없었다. 오히려 이러한 소극적 안이함은 바라지 않았다. 뿐만 아니라 시대는 황통이 번갈아 교체되는 사태에 임했다. 지묘인토에 의탁한 그였다. 이렇게 수구(守舊) 니조와 혁신 교고쿠의 존재, 나아가 이 두 유파의 싸움은 필연적으로 야기될 수밖에 없었다. 이 논쟁의 단적인 등장이 앞에서 일별한 「엔케이료쿄 소진장」(다메카네 55,6세 때, 다메요 60 또는 61세

58) 헤이안(平安) 시대부터 가마쿠라(鎌倉) 시대를 거쳐 내려온 와카의 가문으로 슌제이를 사범으로 하여 데이카, 다메이에에 이르며 가단의 실권을 장악. 다메이에의 자식 대에 이르러 니조, 교고쿠, 레이제이(冷泉)의 세 파로 나뉨.

때)이다.

(3)

다메카네는 그의 저서『와카쇼(和歌抄)』[59] 모두에서 당대 가단을 평하여 다음과 같이 말하고 있다. 즉,

노래라고 하는 것은 요즘 꽃 아래에 모이는 호사(好事)가들 따위가 흔히 생각하는 것과는 같지 않다. 마음에 있는 것을 뜻(志)이라 하고, 말로 드러나는 것을 시가라 하는 것은 모두 알고 있지만, 귀로 듣고 입으로 즐기는 것만으로 그냥 알지 못하는 것과 같아져 버리는 일이다.

"마음에 있는 것을 뜻이라 하고, 말로 드러나는 것을 시가"라고 하는 생각은 이미 오랜 기간 단카사의 중심을 흘러내려온 것이다.『노모리노카가미』도 이『고킨슈』서문에 생각이 미쳐,

대저 마음에 선악 두 가지가 있다. 따라서 불교에서도 마음을 스승으로 삼지 않아도 말할 수 있는 것처럼 노래도 또한 좋은 마음을 재료로 하고 나쁜 마음을 재료로 하지 않는다. 우선 좋은 마음이라는 것은 유쾌하고 우아하며 속(俗)에 가깝지 않아 듣는 사람 모두 느껴 헤아릴 수 있다. 이것을『고킨슈』서문에서는 느낌은 뜻이 되며, 읊은 것은 사물로 나타난다고 말하였다. 나쁜 마음이라는 것은 자기 혼자만 뜻을 만들어 좋은 풍정이라고 생각하지만 대개 다른 사람의 마음에는 들어맞지 않는다. 이것을 이 서문에서는 노래만을 생각하여 그 모습을 모르는

---

59)『다메카네 경 와카쇼(爲兼卿和歌抄)』를 말함. 1285년에서 1287년 사이에 집필되었다고 추측되는 다메카네의 유일한 가론서. 심정의 절대적인 존중과 표현의 자유를 주창함.

것이다, 라고 말한다.

라고 하고 뒤이어 다메카네에 대한 비평에 이르고 있다. 미리 소재를 한
정하여 그것에 따라서 제작의 기법(기교)도 미리 정하는 이러한 태도는 아
무리 생각해도 니조의 가풍이지만 원래는 "느낌은 뜻에서 생기고 노래는
말에서 형태 지어지는"것이며 가나 서문의 "사람의 마음을 재료로 삼아
운운"하는 것이다.

　그렇지만 다메카네는 "알고 있더라도"라고 하고 "단지 알지 못하는 것
과 같은 것"이라 말한다. 다메요와 또 다메이에도 이와 같은 견해를 말하
고 있다. 다메이에는 그 저서 『에이가이잇테이(詠歌一体)』[60]에서

　　요즘 노래 중에는 말만 꾸미고 이렇다 할 것이 없는 것이 있다. 와카
　　는 읊었는데 듣기 어려운 노래는 진지히게 들린다고 말한다.

라고 하고, 다메요는 『와카히덴쇼』에서,

　　대저 세상이 전부 격해지고 꾸며진 허위에 잠겨 실로 헤매고만 있는
　　것은 새삼스러운 일은 아니지만, 가도를 생각하니 마음이 안타깝다.

고 말한다.

　하지만 이 두 사람, 다메카네와 다메요는 서로 싸우지 않으면 안 되었
던 것이다. 다메요는 『와카히덴쇼』에서, 다메요파는 『노모리노카가미』에
서 똑같이 교고쿠 다메카네에게 맞섰다. "꾸며진 허위에 잠겨 실로 헤매
고만 있다"는 한탄은 다메카네도 마찬가지였다. 그렇지만 단카에 대한 견

---

60) 후지와라노 다메이에가 쓴 가마쿠라 초기의 한 권짜리 가론서. 1263년 혹은 1270년 성
　　립으로 추측. 와카의 실천과 본질 등에 관하여 논하고 평담미를 주장하는 내용.

해, 그리고 그 창작 태도, 기법에 대한 견해의 근본적인 상이함은 정치적 사유는 물론이려니와 니조, 교고쿠 두 파의 쟁론을 결국 필연적인 것으로 만들어 버렸다. 물론 선조로부터 내려온 정통을 수주하려는 니조파와 전래적인 것과 일단 단절하고 자기 스스로의 새로운 길을 개척하려는 교고쿠파의 논쟁이었다. 일단 단절한 것인지, 또는 전래적인 것을 부정한 것인지, 또는 전통을 지양(止揚)한 것인지는 더 탐구해야 할 문제에 속한다.

(4)

그럼 다메카네 가론의 중심, 그리고 다메요 가론의 중심은 어디에 있는 것일까?

단지 "귀로 듣고 입으로 즐기는 것만"(다메카네)하여 와카의 본령을 벗어나 버린 수많은 작품들, 그리고 그 작가들에게 다메카네의 시선은 향하고 있었다. 그가 "그냥 알지 못하는 것과 같아져 버리"는 일이라 하였듯이, 단지 지식 상으로만 전승하는 것은 실제로 아무것도 모르는 것과 같다. 안다 — 진정으로 안다는 것은 행위(창작)를 떠나서는 있을 수 없다. 지(知)는 행위를 통해 비로소 자신을 충족하는 것이지만, 행위는 또한 지(知)를 그 배후에 힘입는 일 없이 의미를 가질 수 없다. 지(知)와 행(行)이 동떨어지면 각각 스스로를 잃고 형해(形骸)화할 뿐이다. 다메카네는 이와 같이 형해화한 지(知), 이제는 꼼짝달싹할 수 없는 주형(鑄型) 속에서 와카가 지어지는 시대를 마주하게 된 것이다.

교고쿠 다메카네는 앞에서 일별하였듯이 니조 다메요와는 대조적으로 혁신가라 볼 수 있고, 가론의 중심은 소박미(素撲美)(『만요슈』를 배경으로 한)에 있다고 생각할 수 있다. 다메카네가 그 가론을 표명한 『다메카네 경 와카쇼』가 그의 가론서임과 동시에 당대, 특히 니조파 단카에 대한 비판서

였음은 명백하다. 그렇지만 그의 가론서의 이상(理想)이 『만요슈』를 배경으로 하는 소박미에 있었다고, 단순히 말해버려도 괜찮은가 아닌가는 여전히 연구가 좀 더 필요하지 않을까? 왜냐하면 『와카쇼』에서 그는 그것과 다른 점을 강조하고 있다고 여겨지기 때문이다. 과연 그는 『와카쇼』에서도 『만요슈』에 대해,

> 만요 무렵에는, 마음이 일어나는 대로 같은 말을 재차 중복하는 것도 꺼리지 않고 부정한가 경사스러운가도 따지지 않았으며 노래의 말을 그냥 말이라고도 하지 않고 마음이 일어나는 데에 따라서 하고 싶은 대로 말하였다. 마음은 자성(自性)을 사용하고 그러는 사이에 동심(動心)을 밖으로 드러내는 데에 탁월하며, 마음도 말도 체(體)도 성(性)도 우아하고 기세도 보통이 아니기 때문에 확실하고 깊고 무겁지 않겠는가.

라고 말하고, 또한 "옛 사람들은 저절로 뜻을 말하였다"고 하였다. 이것은 다메카네의 탁월한 만요관(觀)이라 할 수 있다. "간표(寬平)[61] 이후의 와카를 본받아"(데이카, 『긴다이슈카(近代秀歌)』[62])라는 가문의 가르침을 오로지 소중히 여기는 니조와는 확실히 신과 구의 대조이다.

그렇지만 이에 이어서 다메카네는 이렇게 말하고 있다. 즉,

> 이것을 곧바로 본받으려 하는 사람들이 마음을 앞세우고 말을 하고 싶은 대로 할 때, 같은 것을 읊거나 선학들이 읊지 않은 말도 기탄없이 읊는 일이……각별히 많다.

61) 우다(宇多) 천황, 다이고(醍醐) 천황 재임 시의 연호로 889년에서 898년까지가 이에 해당한다.
62) 후지와라노 데이카가 저술한 1권짜리 가론서. 1209년 성립한 것으로 쇼군 미나모토노 사네토모(源實朝)를 위해 쓰였으며 와카의 기술론과 좋은 노래의 예를 거론함.

라고. 또한 그는 이렇게도 말하였다.

옛날과 어깨를 나란히 하고자 생각한다면, 옛날에 뒤지지 않는 바란 어디서부터 어떻게 해야 하는가, 비견되기까지는 못해도 이를 소중히 여기는데, 단지 노래의 모습과 말의 표면을 배워 어깨를 나란히 했다는 기분을 가지려 한다면 어찌 이루어질 수 있겠는가. 옛 사람들은 저절로 뜻을 말한다. 이것은 그것을 배우려고 하는 마음이기 때문에 크게 다른 바다.

이 말은 명백히 니조 가문에 대한 비평이기도 하다. 그렇지만 이들 말은,

그 마음에는 빠져들지 못하고 표면만을 배워, 일부러 선학들이 읊지 않은 말을 읊고, 같은 것을 읊으려고 함은 아무리 생각해도 도리가 없다.

와 더불어 아직 그의 가론의 본질을 충분히 드러내고 있지 않다. 아직까지는 서(序)에서 한 말이며 다음이 본론이다. 그는 가론의 본령을 아주 철학적이고 형이상학적인 표현으로 말하고 있다. 그가 여기에서 표현하는 것은 창작 태도에 대한 것이며 동시에 그것과 융합된 표현 기법에 대해서이다. 그는 말한다——

말로 마음을 읊으려고 하면, 마음 그대로 말이 퍼져나간다는 것은 틀린 일이다. 무슨 일이든 그것에 임하면 그것으로 변화되고, 방해물이 섞이는 일 없이 안팎으로 갖추어지는 것은, 뜻으로 이룬다 하더라도 그 재미가 이루어져 성립하는 것과는 매우 다른 일이다.

그는 또한 이렇게도 말하고 있다.──

　사물에 향해서는 그 사물로 변화하여 그 진실을 표현하고, 그 모습
을 새기고, 그것을 향해 내 마음이 작용하는 것도 마음에 깊이 의지
하고──

이렇게 하여 노래는 만들어져야 한다는 것이다. 일찍이 고 쓰치다 교손
(土田杏村)[63] 씨는 다메카네의 가론을 객관적 상징주의로서 『신코킨슈』의
주관적 상징주의에 대치시켰지만, 이상과 같은 다메카네의 말을 제작 태
도론의 관점에서 볼 때, 그것은 완전히 객관주의의 극지(極地)라고 하지 않
을 수 없다. 환언하면, 사실주의(리얼리즘)의 극지이며, 그곳에 진정한 의미
의 상징이 감추어져 있다. "마음 그대로 말의 여정이 된다"는 것은 이러
한 창작 태도에서 필연직으로 생겨나는 기술론에 디름 이니다. (『노모리
노카가미』의 견해 ─ 앞에서 말한 ─ 는 빗나갔다고 생각된다) 앞에서 서
(序)의 말이라고 본 것도 실은 이러한 관점에서 자연히 생겨난 것이며, 그
렇게 다시 이해되어야 한다. 그로서는 『만요슈』의 소박미를 간절히 바란
게 아니라, 실은 『만요슈』 작품으로서 그 작가의 창작 태도가 반성의 재
료가 된 것이다.──이렇게 생각할 수 있다. 전통적이라고 하기보다 구전
에 의존한 단카의 세계에서는 창작 태도든 그 방법이든 또한 소재든 모두
고정되고 틀에 박혀 있었다. 니조 다메요는 「마음은 새로움을 찾아야 하
는 것」이라는 항목에서,

　이것은 고인이 가르쳐 주는 바, 또한 스승의 말씀과 다르지 않다. 다

---

63) 쓰치다 교손(土田杏村, 1891~1934년). 철학자이자 평론가. 교토제국대학을 졸업하고 니
　시다 기타로(西田幾多郞)에게 사사함. 철학적 입장에서 일본의 고전을 연구하고 국가주
　의로 경도됨.

만 새로운 마음은 아주 생기기 어렵다. 대대로 내려온 칙찬(勅撰)집, 대
대의 가선(歌仙)들이 읊다가 남긴 풍정이란 있을 수 없다.

라고 말했다. 그렇지만 사람 얼굴이 각각 같은 듯하면서도 다르듯이 "꽃
을 흰 구름으로 착각하고 나뭇잎을 늦가을 비로 잘못 아는 것은, 원래 노
래처럼 변함이 없는데, 역시 각자 자연히 있는 바이므로 작자의 몫이 된
다"고 말하고 있지만, "읊다가 남긴 풍정이란 있을 수 없다"는 부분에서
니조파의 전모를 압축하여 보여주고 있다. 이제 사람 면면에 관하여 운운
하는 것은 상식론적인 사족밖에 되지 않을 것이다. 그렇지만 다메요의 가
론에서 상식론적인 것, 바꿔 말하면 구전(口傳)적이고 유형적인 것이 그의
정치적 입장과 가보(歌譜)상의 정통과 맞물려 수많은 추종자를 얻었다.

이와 다메카네의 논을 비교할 때, 형이상학적 추상성을 말할 수밖에 없
다. 다메요에게는 알기 쉬움이 있고, 다메카네에게는 알기 어려움이 있다
——당대 사람들이 받은 느낌을 말하는 것이지만 말이다. 여기에서 우리
는 다메카네의 혁신이 계승되지 않은 하나의 사유를 발견할 수 있다. 그
렇지만 이것은 그의 가론이 갖는 가치 자체와는 완전히 무관계하다.

어쨌든 다메카네에게 있어서 근본적으로 중요한 것은 창작 태도 그 자
체이며, 그것과 융합한 표현의 기법이었다. 그의 투철한 리얼리즘이 그 작
품과 어떠한 관계에 있는가는 지금은 말하지 않겠다. 단지 생각했으면 하
는 것은 그가 이 리얼리즘을 특출하게 타고 난 것인지, 그렇지 않으면 다
른 무언가의 까닭 때문인지에 관해서이다. 그러나 이에 관해서는 앞에서
도 말했지만 충분히 대답할 수 없을지도 모르겠다.

전환기의 윤리

오노 가쓰오(小野勝雄)

　우리는 일본인의 일반적인 단점으로 공덕심의 결여, 개인 훈련의 부족이라는 말을 누누이 듣는다. 사실 우리가 거리 여기저기에서 보게 되는 정경은 이 소문들을 뒷받침하는 광경들뿐이다. 고노에(近衛)[64] 내각의 등장과 더불어 국내에서는 신체제가 시행되고 공익 우선이 외쳐지는 한편, 암거래, 매점, 매석은 오히려 증가하는 경향에 있으며 실행이 수반되지 않는 표어가 거리에 범람한다. 나는 이것들을 일시적 현상으로서 낙관시할 수 없음을 느낀다. 어릴 적부터 서양인과 비교하여 일본인의 성격이 논해지는 이야기를 들을 때마다 장점은 제쳐두고, 지적되는 단점이라고 하면 대개 이러한 공덕심의 결여, 개인 훈련의 부족이라는 점에 귀착되었기 때문이다. 나에게는 그 원인이 일본의 사회기구 그 자체에 깊이 내재되어 있는 것처럼 보인다. '모모타로(桃太郎)'[65]라는 옛날이야기는 인구에 가장 회자되는 전승문학의 하나일 것이다. 복숭아에서 태어난 모모타로가 성장하여 오니가시마(鬼ヶ島)를 정벌하러 간다. 도중에 개, 원숭이, 꿩과 조우하여 허리에 매단 수수경단을 달라고 하면 "하나를 다 줄 수는 없다"며 반을 주고 그들을 부하로 삼는다. 모모타로의 탐욕스런 일면이 생생하게 드

---

64) 고노에 후미마로(近衛文麿, 1891~1945년)를 말함. 도쿄 출신의 정치가로 1937년 내각을 조직해 중일전쟁에 돌입. 1941년의 제3차 내각에서 총사직. 전후에는 전범으로 지명되어 자살.
65) 복숭아에서 태어난 모모타로가 성장하여 수수경단을 가지고 개, 원숭이, 꿩을 부하로 삼아 도깨비에 해당하는 오니(鬼)를 퇴치한다는 일본의 옛날이야기.

러나지 않는가? 그런데 오니가시마에 도착하여 순조롭게 오니들을 퇴치한 것까지는 좋으나, 그 다음 재보를 산만큼 수레에 싫어 고향으로 개선한다. 이는 이른바 약탈행위이다. 오니들을 정벌한 동기는 좋았지만 약탈에 의해 악을 범하게 되었다. 마르크시즘이 화려했을 무렵 좌익이론가는 이러한 점을 지적하여 현행 국어독본이 제국주의적 선전 도구라고 독설하였다. 이러한 신경질적인 견해는 이 전승을 지배하는 이데올로기를 부르주아의 탓으로 돌린다는 점에서 일면 오류를 범하고 있으며, 다른 한편 제국주의적이라고 간파한 점에서는 다소 진리를 내포하고 있다고 생각된다. '모모타로'는 옛날이야기이지만 조금도 불합리를 느끼지 않고 전승되고 있다는 사실에서 오히려 일본적 성격의 일면을 엿볼 수 있다는 느낌이 든다. 이상적으로는 모모타로가 오니들을 인도하여 오니가시마에 신천지를 개척해야 했다. 이번 사변을 통해 생각 있는 자들의 빈축을 사고 있듯이 날마다 늘어나는 대륙행 도항자들 중에는 일확천금을 꿈꾸고 투기적인 마음을 품은 사람들이 매우 많다. 그들은 목돈을 손에 넣으면 곧바로 귀국할 생각이며 그곳에서 정착하여 자손을 남기고 뼈를 묻을 각오로 나가는 사람은 소수라고 들었다. 결국 모모타로는 옛날이야기 세계에 머물지 않고 우리 가까이에 존재하는 셈이다. 나는 그들의 하루라도 빨리 고향에 금의환향하고 싶다는 마음 저변에 있는, 뿌리 깊은 조국애로서의 반면의 미점을 헤아리는 데에는 인색하지 않지만 나아가 장래 일본 발전의 열쇠가 이 문제 해결에 달려있다고 생각할 때, 일말의 불안을 느끼지 않을 수 없다. 결국은 개인의 훈련 부족으로 귀결된다.

일찍이 와쓰지 데쓰로(和辻哲郎)[66] 박사는 그의 저서 『풍토(風土)』[67)에서

---

66) 와쓰지 데쓰로(和辻哲郎, 1889~1960년). 윤리학자. 교토대학, 도쿄대학 교수. 미적 감각으로 동서양의 사상사, 문화사적 연구를 행하며 인간관계를 중시하는 윤리학 체계를 구축함.
67) 1935년 와쓰지 데쓰로의 저서. 단순한 자연현상으로서의 풍토가 아니라 인간이 자기를

일본도덕과 서양도덕의 차이를 양자의 가옥 양식 차이에서 찾았다. 서양 가옥이 개인 개인의 Apartment로 구획 지워져 각각이 Door에 의해 갇혀 있어 가령 부모가 아이의 방을 방문할 때에도 Knock하여 입실 허가를 얻어야 하는 데 반해 일본 가옥에서는 Door의 구실을 하지 않는 후스마(襖)68)가 방들을 구획 짓는 역할을 하여 가족성원 사이에는 조금의 간벽(間壁)도 없다. 또한 그들이 Door 앞을 통하는 복도가 가로(街路)의 연장에 지나지 않고 개개인이 신발을 신은 채로 외부에서 복도를 지나 자신의 방으로 들어가는 데에 비해, 일본의 가옥은 현관에 의해 외부와 내부가 엄밀하게 구별되어 개인은 가로로부터 집에 들어갈 때에는 신발을 벗지 않으면 안 된다. 와쓰지 박사는 이러한 견지에서 서양도덕은 개인주의적, 일본도덕은 가족주의적이라고 특성을 지웠다. 다니카와 데쓰조(谷川徹三)69) 씨는 또한 같은 의미의 사항을 「도시문화론(都市文化論)」(『개조(改造)』 1월호)에서 이하와 같이 훌륭하게 표현하였다. "한편으로는 일본에서 문단속하는 집에 해당하는 것이 유럽에서는 개인의 방까지 축소된다. 이와 더불어 다른 한편으로는 일본 가정의 단란함에 해당하는 것이 마을 전체로 확대된다"고. 나는 일찍이 일본인의 공덕심 결여의 한 예로서 상당한 인텔리 청년이 가부키(歌舞伎) 극장의 융단 위에 불이 붙은 담배꽁초를 떨어뜨리고 간 이야기를 들은 적이 있다. 전차, 버스, 열차 등의 내부, 그 밖의 거리에서 무질서한 것을 아울러 생각해 보면, 나는 사회도덕, 공덕 등이라고 일컬어지는 경우 일정한 질서를 가진 사회, 공(公)이라는 것이 일본에는 결여

발견하는 대상으로서 온갖 인간생활의 표현이 발견되는 인간의 자기이해의 방법으로서의 풍토를 고찰.
68) 일본 가옥에서 사용되는 공간 구획의 도구. 격자로 짠 나무틀에 천이나 맹장지로 바른 것.
69) 다니카와 데쓰조(谷川徹三, 1895~1989년). 철학자. 호세이(法政)대학 총장 역임. 철학에서 깊은 통찰, 문학과 예술 분야의 연구, 인류주권 입장에서 평화운동을 전개한 것으로 유명함.

되어 있는 게 아닌가 생각한다. 또한 어느 청년이 그 방탕함을 부모로부터 힐책 당했을 때 "나도 전지(戰地)에 가면 다른 사람에게 지지 않을 활동을 해 보이겠다"고 답하고 은근히 자신의 나태한 생활을 긍정하는 태도로 나왔다고 한다. 매일 신문지상에서 황군 용사의 수많은 활동을 접하게 될 때, 나 역시 국민으로서 일본인의 위대함을 인정하는 데 인색하려는 것은 아니다. 독단이 허용된다면 나는 일본에는 만고불변한 국가가 존재하여도 진정한 의미의 사회라는 것은 제거된 듯이 여겨진다. 우견으로부터 본다면 국가는 가족(家)에 대응하는 존재이며 사회는 개인에 대응하는 개념이다. 하세가와 뇨제칸(長谷川如是閑)70) 씨가 일본을 '민족국가', 서양을 '국민국가'로서 성격지우고 있는 것처럼, 일본은 섬나라라는 지리상의 특성 때문에 서양 제국에 비해 민족단위가 일원적으로 존속하고 있으며 국민이 혈연관계 아래에 결합하고 국가 그 자체가 가족적으로 통일되어 적자(赤子)인 민초는 천황을 부모처럼 떠받들고 충성을 아끼지 않는다. 국가라는 표현이 가장 적합한 나라는 이 일본을 제외하고 다른 곳에 없을 것이라 생각한다.(우리는 번(藩)71)이라는 한 사회의 군신관계가 가족적 성격을 가진 점을 상기해야 할 것이다.) 즉, 봉건시대에는 수많은 국가를 장군이 패권을 가지고 통할(統轄)하고, 아직 일본의 국가의식은 번령(藩領)의 영역을 벗어나지 않았지만, 장군의 패권이 느슨해지고 봉건제가 부정됨과 더불어 보다 고차원의 '천하'에서 사람들은 전체적인 국가의식을 자각했다고 보인다. 그러나 사회는 일찍이 마르크시스트에게 반대한 사람들이 영리회사에서 노동과 자본의 관계가 일본에서는 가족적 형태를 취한다고 주장한 것처럼, 매우 존재감이 희박하다. 나는 그래서 일본의 도덕적 지반이 가족과 국가에

---

70) 각주 4) 참조.
71) 일본어로 '한'이라 읽으며 에도(江戶) 시대에 다이묘(大名)가 지배하는 영역과 지배 기구를 일컬음.

있다고 보고 싶다.

이상 나는 일본 도덕의 바람직스런 상태를 국가—가족적 성격에서 생각해 보았다. 그렇지만 이른바 '전환기'를 경계로 하여 윤리의 형태가 어떠한 방향으로 향할 것인가를 이하에서 묻고 싶다. 자본주의 경제로부터 통제주의 경제로의 전환, 자유주의로부터 전체주의로의 전환 등등으로 불리는 이른바 '전환기'란 특정한 일국가의 현재에 적용되는 성격에 그치지 않고 실로 세계사의 전환인 점, 보편적 가치를 담보하는 것이다. 그래서 이러한 전환기는 가질 수 있는 나라와 가질 수 없는 나라, 민주주의 국가군과 전체주의 국가군의 알력으로 자각되는 한 정치의 측면에서 환기되는 것이지만, 정치가 문화를 지도하는 오늘날에는 문화 일반에서도 편성 전환을 요청받는 것이다. 전환기에 조우한 세계사의 현재를 특성지우는 데에 있어서 논자들의 견해는, 현대가 구체적 보편으로서 세계사적 세계의 현성(現成)이라고 하는 점에서 대략 일치하는 듯이 보인다. 즉 고야마 이와오(高山岩男)[72] 씨는 '역사적 세계의 다수성'에 근거한 '현대 세계사의 성립'(『사상(思想)』 제215호, 「세계사의 이념(世界史の理念)」)을 주창하고, 스즈키 시게타카(鈴木成高)[73] 씨는 고야마 씨에게 반대하여 랑케사학 옹호의 측에 서서, 세계일원론을 극력 주장하였지만 현대를 역시 '세계사적 세계의 단계'로 보는 점에는 변함이 없었으며(『이상(理想)』 116호, 「현대의 전환성과 세계사의 문제(現代の轉換性と世界史の問題)」), 또한 니시타니 게이지(西谷啓治)[74] 씨도 세계사에서 현대의 단계를, 과거의 지중해, 대서양의 시기에 대해 '태

---

72) 고야마 이와오(高山岩男, 1905~1993년). 철학자. 교토제국대학 출신. 교토학파(京都學派)를 형성하여 태평양전쟁기 대동아전쟁의 합리성을 주장함. 전후에는 공직에서 추방됨.
73) 스즈키 시게타카(鈴木成高, 1907~1988년). 서양사학자. 교토제국대학 출신. 교토학파의 일원으로 태평양전쟁을 세계사의 철학적 입장에서 사상적으로 위치정립하려고 함. 전후에는 와세다대학 교수.
74) 니시타니 게이지(西谷啓治, 1900~1990년). 종교철학자. 교토제국대학 출신. 근대과학의 귀결인 니힐리즘을 문제 삼고 그 극복을 절대적 무(無)에서 추구함.

평양의 시기'라고 지정학적으로 의의를 부여하고 '세계의 즉이(卽而) 대 자태(自態)'라고 성격을 부여하는 것처럼(위와 같음, 「세계전환기로서의 현재(世界轉換期としての現在)」), 다른 견해를 제시한 것은 아니다. 그런데 이러한 구체적 보편으로서의 세계사적 세계는 니시타니 씨도 말하듯 일본이 세계사의 무대에 등장함으로써 현성(現成)되었음은 주목할 만하다. 즉 중일사변을 계기로 하여 세계사의 무대에 뛰어오른 일본은, 자신이 매개가 되어 현성시킨 세계사적 세계에 의해 도리어 강하게 영향을 받았다. 그래서 요청되는 점은 사회성이며, 개인성이 아니라고 나는 생각한다. 사회성은 민족의 차별을 뛰어넘은 영역에서 발견되는 것이며, 개인성은 사회성 실현의 매개로서 거기에서 자각되는 것이다. 현대일본의 전환기가 어떤 의미에서 혼돈을 느끼게 만든다고 한다면 그것은 과거 가족주의적 전통의, 사회성 개인성 수용의 번민이지 않을까? 일본은 세계사의 무대에 등장하는데 즈음하여 자기를 동아신질서, 동아공영권의 지도자로서 발견하였다. 지나(支那, 중국)와는 전쟁을 하면서도 지나 민중은 결코 증오의 대상이 아니며, 더불어 신질서건설에 힘을 합해야 할 우애의 대상이다. 전시체제든 고도국방국가든 그 자체가 목적이 아니라, 동아신질서의 평화체제 확립을 위한 수단임에 지나지 않는다. 일본의 정치와 문화도 이러한 방향을 목표로 하고 있다. 그 점에 있어서는 이제 특수한 민족적 고집의 강제는 허용되지 않으며, 민족의 차이를 뛰어넘은 곳에 도의적 이념이 요구될 것이다. 즉 그것은 사회성이며, 인류의 입장이며, 인도주의에 다름 아니다. 그래서 이러한 입장이야말로 세계사적 의의를 갖는 것이다. 일찍이 미키 기요시(三木淸)[75] 씨가 휴머니즘을 인간재생의 문제로서 역설한 것처럼(「휴머니즘

---

75) 미키 기요시(三木淸, 1897~1945년). 철학자. 교토제국대학 출신. 하이데거 영향을 받고 이후 니시다 기타로 철학에 근접함. 태평양전쟁 말기에 치안유지법 위반으로 검거되어 종전 직후에 옥사함.

의 철학적 기초(ヒューマニズムの哲學的基礎)」), 세대의 전환은 새로운 인간형을 요구하며, 필연적으로 휴머니즘과 결부된다. 그러나 휴머니즘이 특수하게 매개되지 않으면 현대에 있어서 지도성은 바랄 수 없을 것이다. 우리들은 동아(東亞)의 경륜을 행해야 할 원리로서 일본적 휴머니즘을 파악해야만 한다. 나는 이러한 성격을 체현하는 원리로서 팔굉일우의 이념을 들지 않을 수 없다.

"위로는 천신(天神)의 나라를 내려주신 어덕(御德)에 답하고, 아래로는 황손의 정의를 길러주신 마음이 널리 퍼지게 하자. 그 후, 온 나라를 하나로 하고 도읍을 열어 팔굉을 덮고 하나의 집으로 삼는 것이 또한 가능하지 않겠는가?"76)

라는 「진무기(神武紀)」 정신의 현대적 의의는 유키모토 지닌(行元自忍) 씨의 말을 빌리면 "세계사의 원저(源底)를 파고들어 철저하게 그 창조적 원리를 담보하는" 점에 있으며(『일본도덕학(日本道德學)』), 이것에 의해 일본이 "주체로서 다른 주체와 대립하여 이를 내재화하는 것도 아니고, 또한 주체임을 방기하는 것도 아니며, 실로 어디까지나 주체인 채로 도리어 여러 가지 주체를 포함하며 극복하는 세계가 됨"(위와 같음)을 얻는 것이다. 우리는 이렇게 하여 일본의 특수성을 잃지 않고 더구나 세계로 열려 있는 원리를 파악할 수 있을 것으로 생각한다. 새로운 윤리는 이러한 모습을 취해야 할 것이다.

형식화한 도덕은 새로운 현실을 담기에는 그릇이 좁으므로 현실의 바

---

76) 원문은 「上則答乾靈授國之德、下則弘皇孫養正之心。然後、兼六合以開都、掩八紘而爲宇、不亦可乎」. 『일본서기(日本書紀)』 제3권의 「진무기(神武紀)」 편에 나오는 문장으로, 니치렌(日蓮)주의자인 다나카 치가쿠(田中智學)가 일본 국체(國體)연구를 위해 사용한 말. 이는 이후 팔굉일우, 즉 '세계를 하나의 집으로 삼는다'는 의미의 슬로건으로 사용되어 제2차 세계대전 중 일본이 동남아시아, 중국의 침략을 정당화하는 용어로 사용됨.

닥으로부터 다시 형식을 펴내지 않으면 안 된다. 새로운 윤리에 대한 정열로 몰아가는 것은 일찍이 시인 미야자와 겐지(宮澤賢治)[77]가 외쳤듯이, 실로 "세계 전체가 행복해 지기 전에는 개인의 행복도 있을 수 없다"라고 하는, 휴머니즘의 정신에 다름 아니다.

* 이상의 소박한 소론은 반년 이전에 생각이 가는 대로 적어두고 책 상자 속에 방치하던 것인데, 그 동안 시대의 정세가 현저하게 변하여 정정을 요하는 점이 많이 포함되어 있음은 물론이다. 그렇지만 시간적 여유도 준비도 부족한 지금, 근본적인 논지가 변하지 않았음을 이유로 두찬(杜撰)[78]이라는 비방을 각오하면서 게재하였다. 처음의 의도는 문학의 윤리성을 묻는 데에 있었음을 고백하며 문예잡지에 적합하지 않은 소론에 대한 변명의 한 대목으로 삼고자 한다.

---

77) 미야자와 겐지(宮澤賢治, 1896~1933년). 시인이자 동화작가. 이와테현(岩手縣) 모리오카(盛岡)의 하나마키(花卷)에서 농업을 지도하며 창작활동. 독특한 우주적 감각과 종교심에 찬 작품을 남김.
78) 송나라 때 두묵(杜默)의 시가 율에 맞지 않았다는 고사에서 유래한 말로 저작물에 전거가 정확하지 않거나 오류가 많은 저작을 일컬음.

일본문화론 잡감

마에카와 사다오(前川勘夫)

1

사변 이래 동양문화, 일본문화에 관한 평론은 더없이 성황을 이루어, 어중이떠중이까지 다 말하지 않는 자가 없다고 할 정도로 성황이지만 그 사람들에 대해 나는 항상 하나의 커다란 불만을 품고 있다. 최근의 표현을 사용한다면 지도성이 없다는 점인데, 박력이 없고 묵직한 것을 가지고 있지 않으며 어쨌든 사람들을 끌어당기는 힘이 부족하다.

말할 필요도 없이, 우리는 이번 사변을 계기로 하여 정말로 커다란 책무를 부여받았다. 동양의 제민족을 이끌고 인류사에 미증유의 신질서, 신문화를 창조하려는 것이 바로 이것이다. 이는 이미 가장 긴박한 지상명령이다. 이와 같은 때에 일본문화론도 이러한 대이상, 이러한 대사명의 선에 따라 형성되어야 한다고 생각한다. 그런데 최근 문화계의 상황은 어떠한가? 위와 같은데도 불구하고 어떤 자는 협애(狹隘)함에 빠져 보수주의, 회고주의가 되고, 어떤 자는 추상으로 흘러 부박(浮薄), 공허한 낭만주의가 되어 모두 보잘 것 없는 자들이 많다.

아주 과장된 말투를 쓰자면 이것은 뭐라 하더라도 우려해야 할 일이 아니겠는가? 어떤 의미에서는 대업의 앞길에 커다란 질환을 배태하고 있다는 말도 과언은 아닐 것이다.

어쨌든 우리는 이제 문자 그대로 웅대 고원한 이상과 더불어 현실에 입각한 묵직한 지표를 세워야 하며, 이것을 부여하는 일이야말로 현대 사상가, 평론가의 사명인 셈이다. 이에 대해 최근 공표된 이론 학설 중에서 대표적인 것 두세 가지를 소개하고 아울러 감상을 적어 보겠다.

2

단지 논단에만 한정하지 않더라도 노대가들의 발언이 오히려 활발함은 사변 이래의 특이 현상인데 그 이유야 어쨌든 일단 마음 든든한 바라 할 수 있다. 그래서 우선 그 쪽부터 언급하면 일찍부터 일본문화의 본질에 대해 양심적인 반성을 더해, 여기에 고아한 문명사가적 평론을 부여한 사람으로 하세가와 뇨제칸(長谷川如是關) 씨가 있다. 하세가와 씨는 주지하는 대로 논단의 개척자라고도 할 수 있는 장로인데 그 저술의 실로 중후한 필치는 이 학계에서 앞지를 수 없는 신임을 얻고 있다. 특히 일본문화에 관한 하세가와 씨의 연구는 최근에 각 방면에서 환영받고 있다. 그렇지만 나는 하세가와 씨의 논문을 직접 읽고 그것이 현저하게 보수적, 회고적인 점에 대해 동의하기 어렵다.

그의 생각은 이전에 『일본적 성격(日本的性格)』(이와나미판(岩波版))이라고 제목을 붙여 한 책으로 정리했기 때문에 우리 독서가들에게는 안성맞춤인데, 그 골자는 감성이라든가 지성이라든가 덕성이라든가 하는 심리적 소질에 따른 설명에서 찾을 수 있다. 하세가와 씨에 따르면 일본문화는 원래 감성문화이지만, 그것은 지성과 덕성을 포함한 감성이라고 말하고 있는 듯하다. 그런데 그 감성이란 어떠한 것인가? 감각의 제약 바로 이것이다. 나는 경우에 따라서 이것을 제약된 감각이라고 하는 편이 알기 쉬울 거라고 생각하지만 그것은 서구인의 경우와 비교하면 가장 분명하다. 그들처럼 감각을 무제한 발양(發揚)하는 게 아니라 이것을 일정한 형식에 의해 제약하는, 그 점에 일본적인 것이 형식화된다는 점이다.

이상은 생각하는 소묘에 지나지 않지만 신기한 점까지야 없더라도 타당 온건한 주장이라고 할 수 있으며 이에 덧붙여 근래 원숙함과 더불어 점차 평면화된 필치는 그런 느낌을 심화시키고 있다. 그렇지만 이에 대해 한두 가지의 의문을 던지고 싶은데, 이미 위에서도 명백한 것처럼 그가 기준으로 두고 있는 점은 무엇보다 일본인의 예술적 성격인 듯하다. 그렇지만 일본적 성격의 특질은 단지 그 외에 아무것도 없는 것이 아니라 지성이라든가 의지라든가 하는 점에도 보다 커다란 역할이 부여되어 있다고 생각한다. (메이지 시대 이후 일본의 장족의 진운(進運)이 이를 나타낸다) 그렇다고 하더라도 이는 별문제로 삼고 내가 염려하는 바는 그의 견해를 가지고 장래 일본문화의 지표로 삼을 수 있는가 아닌가라는 점이다. 그러한 관점에서 볼 때 나의 입장은 다소 초월적일지도 모르지만 어딘가 불만스러운 측면을 많이 느낀다. 하세가와 씨의 견해는 역시 과거의 일본, 지나간 일본을 남김없이 설명하고 있다. 그러나 다가올 일본, 나타나려는 앞으로의 일본에 그것을 적용하려고 할 때, 그 힘을 완전히 잃어버린다. 구체적으로 말한다면 대륙경영, 동아건설에 이를 적용한다면 과연 어떠할까라는 점이다. 해답은 단지 비제약적인 대륙인의 감각을 상기하는 것만으로 충분하다. 결국 너무 일본적이라고 해야 할지, 너무 순수하다고 해야 할지 다분히 보수적, 회고적인 점에 우리는 뭔가 모를 불만을 느끼는 것이다.

3

일본이 낳은 세계적 철학자 니시다 기타로(西田幾多郎)[79] 박사 또한 근래 일본문화에 관한 논책(論策)을 발표하셨다. 나시다 씨와 같은 순수 이론가에게 이런 점이 있다는 것이 다소 놀라웠지만 그러나 그렇게까지 고국을 생각하는 마음에는 경복할만하다고 말해야 할 것이다.

그런데 나시다 씨의 생각은 유래가 매우 난해하여 이해하기 어려운 점이 많은데 다행히 근래 비교적 평이한 책이 한 권 나왔다. 이와나미판 『일본문화의 문제(日本文化の問題)』가 바로 그것이다. 이를 전거로 하되 일단 미리 단정(斷定)해 말하자면 의외로 통속적인 것이 그의 이론이다. 주지하듯 모순적 동일이라는 점이 그 골자이지만 일본문화의 특질은 여러 가지 모순된 것을 흡수 소화하면서 더구나 그 본령에서는 늘 동일하다는 점인데, 이 얼마나 간결하고 대중적인가? 일본문화는 끊임없이 외국의 문물을 받아들이고 이것을 필요할 때 마음대로 이용하면서 진행해 가는 중학교 교과서의 해설과 아무런 차이도 없지 않은가? 단지 그것을 몹시 번거롭게 말한 것뿐이지 않은가 라고 하면 다소 불손할지 모르지만 결국 그것일 뿐이다.

그러나 지금 한발 더 나아가 사견을 말하자면 그의 생각 중에는 일본적 소질의 일반이 설명되어 있지 않다. 과연 일본인은 모방의 재능이 뛰어나며 대화합을 가장 자신 있어 하는 국민이다. 그렇지만 일본인의 특질은 이 밖의, 이른바 창조적 재능이라든가 진취의 성향이라든가 하는 점에도 드러나 있지 않은가? 우리들은 금후 진보적이며 독창적이어야 더욱 번영할 수 있다. 이러한 의미에서 이러한 사고방식도 또한 보수적, 회고적이라는 비판을 피할 수 없을 것이다.

덧붙여서 그의 이론적 방법에 대해서도 말하고 싶은데, 그의 변증법은

---

79) 니시다 기타로(西田幾多郎, 1870~1945년). 철학자. 교토대학 교수. 서양 철학의 전통과 대결할 선 등의 동양사상을 통합하는 이론으로 종교적 색채가 강한 사변철학을 설파. 일본 사상계에 큰 영향.

헤겔의 동적이고 대규모인 그것에 비해 현저하게 정적이다. 아니, 그보다 오히려 그러한 정신의 골자가 빠진 것은 아닐까? 헤겔로부터 역사철학적인, 동적인 측면을 제거하였다면 종이호랑이와 다를 바 없다. 그리고 또 모순적 동일이라고 하는 너무나 동양적인 표현도 이것을 다른 사람에게 전달할 경우 마음에 걸리는 바가 있다.

4

이상의 두 사람은 이미 노대가이시기 때문에 어쩔 수 없다고 치더라도, 방향을 바꾸어 이른바 신진에게 눈을 향해보자. 그렇지만 여기에서도 배반을 겪게 되는 경우가 적지 않다.

현대의 일례를 스기무라 고조(杉村廣藏)[80] 씨의 『지나의 현실과 일본(支那の現實と日本)』(이와나미판)에서 들기로 한다. 스기부라 씨는 아는 바와 같이 백표(白票) 사건[81] 이래 유명해진 경제학박사인데 최근 상하이(上海)로 건너가 그곳 실업계의 지도자가 되었다. 전형적인 현지인인 셈인데 따라서 그의 주장은 필시 튼튼한 바탕에 뿌리내린, 듬직한 것이리라 기대하였다. 그렇지만 논의가 젊다고 할까? 이론의 유희에 지나지 않다고 할까? 어쨌든 튼튼한 바탕에 뿌리내린 것이 아니었다. 그도 또한 현지를 중요시하라고 외치고, 금후의 일본인은 대륙에 뼈를 묻을 각오여야 한다고 말했다. 이러한 면은 얼추 갖추고 있지만 정작 중요한 일본문화의 사명으로 동양과 서구를 연합한 제3문화의 건설에 있다고 여긴 대목에 이르러 입이 딱 벌어

---

80) 스기무라 고조(杉村廣藏, 1895~1948년). 경제철학자. 도쿄상대(지금의 히토쓰바시대학(一橋大))의 교수, 상하이(上海)일본상공회의소 무역통제회 등의 이사 역임.
81) 1935년 도쿄상과대학 교수인 스기무라 고조가 제출한 학위수여논문 심사를 둘러싸고 일어난 학내분규. 이로 인해 학장과 교수 다섯 명과 스기무라 교수의 사임에 까지 이르렀다.

지지 않을 수 없었다. 그는 어쩌면 이 점에서 대단히 득의양양하게 느낄지도 모른다. 제3문화라고 하면 화려하고 참신한 것 같기 때문이다. 그렇지만 그 탐닉 방식이 바람직하지 않다. 분명히 말하자면 이 말은 아마도 나치의 제3제국이라는 말에서 가져온 연상이겠지만 나치의 경우 그것은 단순한 표어가 아니라 관용에 가득 찬, 이른바 내용 쪽에서 고조되어 온 것인데 반해, 그의 경우 극히 공허하고 그저 즉흥적인 착상에 지나지 않은, 속마음이 추상관념에 지나지 않은 것이다. 결국 너무 젊다라고 해야 할지, 들떠 있다고 해야 할지, 묵직하지가 않다. 불손한 말을 열거하고 있는 듯할 뿐인데, 더욱 신념이 있고 배짱이 두둑한 바를 명확하게 내세워 주었으면 한다.

5

이쯤에서 나의 이른바 지도성 있는 연구 방법이라는 것을 명료하게 결론으로 내는 것이 적절할 것 같다.

첫 번째로 유의해야 하는 점은, 지도성이 있다는 말은 정책은 아니지만 정책에 가까운 태도를 가졌다는 말이다. 왜냐하면 현재의 연구는 단지 과거를 과거로서 이해하는 데 그치지 않고 이를 개조한다는 의도를 가지고 행해야 하기 때문이다. 지금 우리들은 과거를 과거로서 받아들이지 말고 이것을 보다 높게 보다 큰 견지에서 재구성해야 할 것을 요구받고 있기 때문이다.

두 번째로 그렇다고 해서 그것이 완전히 가공의 사실, 가상으로 행해져서는 안 된다는 점은 물론이다. 아무리 개조한다고 하더라도 소질이 없는 곳, 가능성이 없는 곳에서는 불가능하기 때문이다. 요컨대 우리는 과거에 존재하고 또한 이것을 실현할 가능성 있는 것을 끄집어낸다는 태도를 가지고 하면 된다.

그리고 사실 나는 일본인의 소질 중에 종래 지적된 이외에 수많은 장점이 있다고 생각한다. 지적으로 우수하다는 것도 그 하나일 것이다. 의외로 의지가 강하다는 것도 그 하나일 것이다. 또한 일본인의 본령은 모방에 있다든가, 외국의 문물을 받아들여 이를 소화하는 이상스럽게 강력한 재능에 있다고 일컬어지고 있지만, 의외로 창조의 재능, 독창력을 가지고 있다는 점도 그 하나일 것이다. 우리는 이들 장점, 특질을 끌어내는 데 노력해야 한다. 종래의 사람들은 왜 이것을 감히 하지 않았던 것일까? 나는 이와 같은 종류의 연구가 속출하기를 희망해 마지않는다. 이 점에 대해 조금 더 의견을 말하고 싶지만 사정에 따라 다음으로 미루기로 한다.

—1941년 7월 6일 원고

시평

미치히사 료(道久良)

조선의 문예용어 문제에 대해

(1)

일전에 일본문예가협회 조선 파견반에 의한 강연회가 경성에서 열렸다. 매우 성황을 이루었으며 반도에서 총후(銃後)[82] 국민의 생활반성에 유의미한 행사였다고 생각한다. 이 강연회 뒤에 문예가협회에서 파견한 작가, 평론가를 둘러싸고 총력연맹문화부의 주최로 재조선 작가, 평론가의 간담회가 개최되었다. 그 석상에서 가와카미 데쓰타로(河上徹太郎)[83] 씨가 균형 잡힌 문학의 필요를 강조한 것은 새삼스러운 말은 아니었지만, 확실히 반도에서 작가들이 반성해야 하는 가장 중요한 점을 지적해 준 것이라 해도 좋을 것이다. 화제는 당연한 귀결로 반도에 있어서 문예의 제문제에 대해서도 언급되었는데 그 두세 가지에 대한 나의 감상을 여기에 적어 보려고 한다.

---

82) 전쟁 상황에서 총의 뒤, 즉 직접적인 전쟁터가 아닌 후방.
83) 가와카미 데쓰타로(河上徹太郎, 1902~1980년). 평론가. 도쿄제국대학 경제학부 출신. 프랑스문학에 대한 이해와 음악에 기초한 문예평론가로 유명. 고바야시 히데오(小林秀雄) 등과 함께 활동.

첫째 국어사용의 문제인데, 총독부 당국의 경우든 총력연맹 문화부의 경우든 조선에서 장래 일본문학으로서 이 조선 문학이 국어에 의해 표현되어야 함은 극히 당연한 말로, 나는 이에 대해 이론을 제기한다는 것은 정당한 사고가 아니라고 생각한다. 왜냐하면 그것은 조선에서 문화적 이상이며 또한 정치적 이상에도 일치하는 것이며 현상(現狀)에서 개개의 특수한 문제 등을 떠나서 생각해야만 하는 근본적 문제이기 때문이다. 그렇기 때문에 나는 일본문학은 일본어에 의해 표현하는 것이 올바르다는 말은 이상(理想)으로서는 문제도 되지 않을 만큼 명백한 문제라고 본다. 그러나 지금까지 조선어로 작품을 발표해 온 사람들에게 있어서는 현실적으로 그렇게 간단하게 매듭지을 수 없는 문제를 포함하고 있다는 것도 역시 알아 두어야 한다. 간담회 석상에서 문제가 된 것도, 이상과 현실을 각각의 입장에서 주장했기 때문에 이야기가 혼란을 일으켜 버린 것인데 이런 일은 이상과 현실을 확실히 이해하고 이야기하면 문제가 되지 않을 만큼 간단한 이야기이다. 문화의 지도적 입장에 있는 사람들은 이상(理想)을 내걸고 가능한 한 이 이상에 접근하도록 희망하는 것이 당연하며, 작가로서는 가능한 한 국가목적으로서의 이상에 도달하도록 협력하는 게 국민으로서 당연한 길이다. 조선에서는 이렇게 명백한 내용이 오늘날까지 의외로 확실하지 않았다. 그렇기 때문에 오해도 낳았다. 나는 이러한 점을 확실히 지적하는 것이 조선에서 평론가가 수행할 하나의 임무라고 생각한다. 이를 위해서는 조선에서 재주(在住)하는 내선(內鮮)의 평론가가 모이고, 경우에 따라서는 당국자나 작가도 함께 모여 간담하는 일이 조선의 현상에서 가장 필요한 일이라고 생각한다. 이러한 일은 민간에서 자유로운 입장에 있는 사람들이 성실하게 해야 잘 진행될 것이라 생각하기 때문에, 우리로서도 가능한 한 이점에 노력하고 싶은 것이다. 성실함을 가지고 이야기하면 어떤 일이든 해결되지 않을 일이란 없다는 게 나의 신념이다.

(2)

국어사용의 문제에 대해 여러 가지 논의가 있음은 앞에서 기술한 바와 같지만 이상과 현실 사이의 엇갈림을 어떻게 조절할 것인가라는 점은 오늘날 조선에서 절박한 문예의 한 문제이다.

이 점에 있어서는 독자라는 것을 우선 첫째로 염두에 둘 필요가 있다. 독자가 없는 곳에 문예는 성립하지 않으며 이 점을 확실히 하면 용어의 문제 등은 당장 해결되는 것이 아닐까 생각한다. 즉, 최근 조선에서 보통교육의 보급과 초등학교에서의 조선어 지위를 아울러 생각하면 십 년 또는 이십 년 후에 조선의 새로운 세대, 특히 그 중에서 문예를 요구하는 층은 조선어 문예작품 등은 거의 되돌아보지 않는 상태가 되지 않을까라고 나는 생각하고 있다. 이러한 나의 상식론은 실제 상식의 영역에서 벗어나지 않은 것이지만 이 문제에 대해서도 이 방면 전문가에 의해 정밀한 계산이 이루어진다면, 그것은 수학적 확실성으로 표시될 수 있는 간단한 것이다. 우선 위정자에 의해 이러한 문화적 기초자료가 명백해지기를 바라마지 않는다. 그것은 이 문제를 해결하는 가장 지름길이기 때문이다.

이들 기본문제에 대해 현재 조선어를 상용하는 작가를 어떻게 할 것인가라고 하는 점은 제이의(義)적인 점이며, 가능하다면 국어로 쓰고 장래의 조선을 짊어질 작가로서의 기초를 만들어 가는 것이 가장 필요하다고 생각한다. 아마 조선에서 장래 문화의 제1선을 짊어질 만큼 열의를 가지고 있는 작가라면 약간의 곤란은 있어도 이 정도 일은 완수하지 않으면 안된다. 이것이 불가능한 열의 없는 작가이자 힘없는 작가라면 다음 시대를 짊어진다는 것은 생각도 할 수 없는 일이다. 단지 소질적으로 조선어가 아니면 도저히 쓸 수 없는 사람은 조선어로 쓰면 되는 것이다. 조선어밖에 읽을 수 없는 사람들을 위해 많이 쓰면 되는 일이다. 작가는 쓰는 일에 의해 우선 실천하지 않으면 안 된다. 쓰지 않고 논의만 하고 있어도 아무 소용이 없다. 국어로도 조선어로도 쓰지 않는 자는 작가로서의 자격을 포기해야 한다. 이것은 특별히 조선인 쪽 작가에 한정된 이야기가 아니다. 조선에는 쓰지 않으면서 쓸 수 있다고 말하는 사이비 작가가 매우 많다. 그러한 자들을 구제하기 위해 문제를 만드는 것이 제일 바보스러운 일이며 그것은 조선 문화를 풍성히 하는 일과는 조금도 관련이 없다. 무엇보다 작가는 우선 진심으로 써야만 한다. 그것은 작가 스스로의 손으로 모든 문제를 가장 쉽게 해결하는 길이다.

작가와 시국

문학의 정신론, 그와 관련하여 태도문제에 대해서는 지금까지 자주 썼기 때문에 재차 쓸 생각은 없지만, 역시 일전의 회합 석상에서 작품에 시국적인 것을 집어넣어야 하는가 아닌가 라는 점이 문제가 되었기 때문에 그와 관련하여 써 보고자 한다.

시국이라는 것을 매우 좁게 해석하여 작품 속에 전쟁이라든가 방공연습이라든가 그런 것을 집어넣지 않으면 이 시대의 지도적인 작품이 아니라고 생각하고 있는 듯한 작가가 있다면 이와 같은 시대에도 작가로서는 전혀 문제 삼아지지 않을 것이다. 또한 만약에 그와 같은 것을 요구하는 지도자가 있다고 한다면 문예가 무엇인지를, 또한 문예가 가지는 잠재적 힘을 알지 못하는 것이다. 그와 같은 사람들이 쓴 글과 지도로는 진정 민중을 지도하는 것은 불가능하다. 그러나 시국을 넓게 해석하면 유사 이래의 이 중대한 시국 하에서 이 시대를 인식하고 일본국민으로서 진정으로 꿋꿋하게 살아가려고 하는 태도가 확정된 작가가 쓴 작품은, 이른바 시국적인 것을 직접적으로 제재로 삼지 않더라도 역시 이 시국 아래 국민의 기상을 진흥할 수 있는 힘 있는 작품이 탄생할 것이라고 생각한다. 이러한 식으로 생각하면 그와 같은 작품은 취재(取材) 여하와 관계없이 광의의 시국적 작품이라고 할 수 있다. 요컨대 작가의 태도 문제이다. 그렇기 때문에 취재 여부 등은 지엽적 문제이며 문제시할 가치조차도 없다고 본다. 시국은 일본국민으로서의 태도와 성실함이 모든 것을 해결할 것이라고 생각한다. 정말로 지도성이 있는 작가는 이와 같은 작가자신의 성실함으로 작품을 통해, 예를 들면 방공연습의 필요를 강력히 요청하지 않고도 그 필요성을 민중에게 의식시킬 수 있는 작가를 말한다. 전쟁을 제재로 하여 전쟁의 사실밖에 전할 수 없는 작가가 아니라 그 전쟁의 의의를 민중에게 깨닫게 하고 국민으로서의 결의를 확정시키는 작가를 말한다. 오늘날 조선에서 이와 같은 지도력이 있는 작가가 필요함은 전장에서 우수한 지휘관을 필요로 하는 것처럼 대대적으로 요청되고 있다.

오늘날의 시국에서 가장 필요한 작품은 표면적인 시국을 제재로 한 작품이 아니라 임전체제 아래에서 일본국민으로서의 태도를 확정한 작품이다. 이 부동의 태도 위에 구축된 작품이라면 제재 따위는 문제가 아니며, 작가의 부동의 신념은 자연히 독자의 마음에 울려 퍼지고 결과적으로 지도력을 구비하게 된다. 오늘날 조선에서 가장 필요로 하는 문학은 바로 이와 같은 문학일 것이라 생각한다. 이것은 조선에만 한정되지 않고 내지에서도 마찬가지이기는 하지만, 반도 쪽의 작가가 민중에 대해 가지는 영향력은 아무리 큰 영향력을 가진 작가라 하더라도 내지인 작가는 그 발밑에도 미칠 수 없다고 생각한다. 조선작가로서는 실로 일의 보람이 있는 시대이며 전장에 가지 않더라도 전장에 있는 우수한 지휘관과 같은 태도로써 크게 활동했으면 한다. 지휘관이라고 하면 바로 사람들의 머리 위에 선다는 외면적인 말만 생각하기 쉽지만 나는 그러한 외면적인 것을 말하는 게 아니다. 자신을 오로지 한 사람의 개인으로서 보는 것이 아니라 자신과 이어지는 수많은 사람들이 자기 책임 아래에서 움직인다는 책임감을 갖고 스스로의 행동을 결정하는 사람을 가리켜 말하는 것이다. 그리고 이와 같은 책임을 진정으로 자각하는 자야말로 가장 우수한 지휘관이라고 나는 생각한다. 이와 같은 지휘관의 태도를 가지고 행동하면 세심한 주의야 필요하겠지만 작은 일에 구애될 필요는 어디에도 없다. 우리는 수많은 조선의 민중에 대해서 이러한 힘을 조금도 갖지 못하지만, 조선 작가가 하는 이와 같은 일에 대해서는 측면에서 협력함으로써 조선을 위하게 된다면 다행이라고 생각한다.

일본 가단(歌壇)의 개조

같은 날 회합에서는 문예춘추사(文芸春秋社)의 안도 히코사부로(安藤彦三郎) 씨도 우연히 만나 뵐 기회를 얻었다. 실은 이번 강연회에서 그가 간사로서 내선(來鮮)한다는 사실을 전혀 몰랐기 때문에 충분히 이야기를 나눌 기회도 없었다. 그렇지만 우리는 일본 가단의 현상과 개혁에 대해 매우 짧은 시간이었지만 의견을 나눌 수 있었다. 그것이 우리의 인사였다고도 할 수 있다. 지금 생각하면 다소 난폭한 이야기처럼 생각되지만 그것을 상기하면서 전호에도 조금 언급해 둔 결사에 대해 한 번 더 써 보고자 한다.

『단카신문(短歌新聞)』 10월호를 보면 도쿄에서 단카 잡지의 통합은 대체적으로 올 12월에 이루어질 것이라는 기사가 있었다. 일본 가단에서 결사의식이 시정되려면 이 기회를 놓치면 다시는 이러한 좋은 기회가 없을 것이라 생각하기 때문에 다시금 이 문제를 언급하기로 했다.

오늘날까지 일본 가단은 매우 중앙집권적이며 대개 도쿄에서 발행되는 잡지 결사들이 결말을 내놓으면 일본 가단은 자연히 그것으로 결정되어 버렸다. 그렇기 때문에 도쿄에 소재하는 각 결사의 사람들은 일본 가단의 리더로서 이번만은 소소한 내용 말고 결사조직의 폐해를 시정하기 위해 큰 길을 생각해서 행동하기를 바랐다. 오늘날 일본 가단에서 단카 결사만큼 이 시대를 인식하지 못하는 방향을 걷고 있는 것도 없다. 모든 것이 전시 체제 하에서 이 시대에 적응하도록 편성 전환을 하고 있을 때, 가장 구태의연하게 남아 있는 하나가 단카 결사들이라고 생각한다. 결사의 폐단에 대해서는 이전 정당의 폐단과 마찬가지로 오늘날까지 각 방면에서 지적되고 있기 때문에 재차 그것을 열거하고 싶지도 않다. 그렇지만 정말로 일본문화를 추진할 수 있는 커다란 협동을 필요로 하는 일은 결사 관계를 기초로 한 오늘날과 같은 가단 구성으로는 도저히 달성 가능한 전망이 없다. 그러한 사실은 오늘날 가단 스스로가 가장 잘 알고 있을 것이다. 나는 중앙에서 단카 잡지의 통합이 임박한 이때에 이 호기를 놓치는 일 없이 우선 중앙에서 결사를 전부 해산하고 새로운 전체적 구상 아래 가단을 재편성하는 것이 가장 간명하게 일본 가단을 개조하는 길이라고 생각한다. 그 위에 새로운 일본 가단은 우선 첫째로 세대를 갱신하여 30대에서 40대 초반 사람들에게 맡겨야 할 것이다. 이 사람들에게 새로운 구상을 다듬게 하면 될 것이다. 이들도 자신만을 생각하지 말고 앞으로 가단에 나올 젊은 세대를 위해 그 사람들이 진정으로 문화적 활동이 가능하도록 가단을 만들어 가야 할 것이다. 장로는 장로로서 가단 구성에 관계없이 스스로의 지도력을 발휘하여 전심으로 작품을 가지고 젊은이들을 이끌어야 한다. 이렇게 하여 가단인끼리 작은 감정에 구애받지 말고, 서로 협동하여 일본문화를 위해 이천 년의 전통을 갖는 일본인으로서의 정신력을 진정으로 발휘하여 활동하게 된다면 가단 자체가 좋아짐과 더불어 일본문화 추진을 위해서도 큰일이 가능할 것이라고 생각한다.

내가 지금 여기에서 말하고 있는 점은 전혀 공상을 말하고 있는 게 아니다. 임박하고 있는 단카 잡지의 통합과 관련하여 이 시점에 하면 된다는 점을 말하고 있는 것이다. 하면 되는 일이지만 하려고 생각하지 않으면 이룰 수 없다. 요는 이 시대를 인식하고 서로가 겸양의 정신을 발휘할 수 있는지 없는지에 달려 있다고 생각한다.

언제까지나 결사 따위의 껍데기 속에서 개인적인 것만 생각하고 있을 때가 아니다. 조선에서는 시가에 관한 한, 모든 결사는 전부 해산해 버렸다. 우리는 이것으로 무가치한 무거운 짐을 하나 내려놓은 것이다. 조선과 일본을 위하는 것임을 누구에게 꺼릴 필요도 없이 말할 수 있게 된 것만도 그 덕분이라 생각한다. 이렇게 된 것은 현재 조선뿐일 것이라 생각하지만 우리의 체험을 기반으로 하여 일본 가단을 위해 결사의 해산을 권고하고 있는 것이다. 권고라는 말이 나쁘다면 희망하고 있다고 말해도 좋다. 우선 첫째로 결사를 해산하고, 그와 관련된 모든 협잡(挾雜)한 감정을 벗어 버린 위에서 이 시대를 실아가는 일본국민의 한 사람으로서 희망을 불태우며 새로운 일본문화를 위해 활동할 수 있도록, 일본 가단의 조직을 변경할 것을 바라는 바이다. 이렇게 된다면 가인으로서 이보다 나은 행복은 없을 것이며, 또한 일본국민으로서 우리에게 부여된 책무를 진정 완수할 수도 있으리라 나는 확신한다.

⊕ 미치히사 료(道久良)

전쟁을 하는 나라에 자고 깨는 나인 까닭에 단풍의 반짝임은 잊고 있었구나.

격동이 올 것 대비해 움직이는 사람을 보면 개인의 감상 따위 이미 존재하지 않아.

개인의 감상 초월하여 이미 정해진 것들 위에서 길은 절로 정해지는 것 같다.

개인의 감성 초월하여 커가는 일본의 국민 한 사람으로서 나 살아가고자 한다.

⊕ 야마시타 사토시(山下智)

대동(大同)대로에서

저녁 해질녘 서늘함 또렷하고 대로에 있는 효자묘(孝子廟)[84]에 들렀다 사람들 돌아간다.

버스 오기를 기다리며 서 있는 대로로부터 쭉 흘러 남호(南湖) 기슭에 닿는다 생각하라.

아무 일 없이 버스를 기다리는 무리에 섞인 나조차 살아가는 날대로 움직인다.

몽골 바람이 불어도 한결같이 되돌아와서 이마에 맺힌 옅은 땀을 닦아내누나.

⊕ 후지와라 마사요시(藤原正義)

느릅나무의 숲에 섞여서 자란 자작나무의 줄기 하얗게만 가을은 깊어간다.

초록 가득한 느릅나무의 숲에 섞여서 자라 다르게 물이 들은 자작나무 잎 있네.

9월 18일은 만주사변 10주년 기념일로 건국충령묘 제1회 합사제(合祀祭)가 이루어졌다.

하얼빈 충령탑 추제(秋祭)의 날.

백 마디 천 마디 말은 없지만 엄숙하게 십만 명의 사람들 고개를 떨구었다.

새로운 나라 만드는 초석을 다진다며 죽어간 사람들을 합사하여 모신다.

무관이 있고 문관도 있었구나 남만주철도 직원도 있었다네 육천여 위(位)의 충령.

---

84) 신징(新京)의 대동대로의 남쪽에 위치하여 효자를 모셨다고 하는 사당.

⊕ 시모와키 미쓰오(下脇光夫)

여자도 국민으로 등록하다

집에 있으며 감상의 꿈을 좇는 것조차도 지금 여인들에게 허락할 수 없는 일.

영화를 보고 꿀완두콩[85] 먹으며 소녀들만의 감성에 젖어도 될 시대가 아니라네.

옅은 홍색의 저고리 입은 소녀 백합을 들고 새끼손가락에 건 꿈을 완상한다네.

산악지대는 가난한 사람 많아 천연의 산에 깊숙이 들어가서 먹을 것을 찾는다.(화전민)

⊕ 사카모토 시게하루(坂元重晴)

천일염전

육백 정(町)[86] 되는 넓디넓은 염전에 태양에 의해 저절로 말라 캐는 소금 끝이 없구나.

긁어모아서 물 뚝뚝 떨어지는 소금 바구니에 담는 염부의 얼굴에는 검은 땀이 빛난다.

산더미처럼 높이 쌓은 새 소금 위세도 좋게 짊어지고 창고로 운반되어 간다네.

뜸 덮개 위로 뻗쳐 들판에 쌓은 소금에 가려진 오늘 새로 캔 소금 지는 해에 빛난다.

⊕ 도도로키 다케시(轟嶽)

정전이 된 밤 아직 깊지 않아서 양초의 불을 켜고 전진훈(戰陣訓)[87]을 탐독하고 있었다.

조선아이에게 전진훈을 얘기해 주고 있자니 말투가 어느 샌가 고양되어 있구나.

장마 질 듯한 날씨가 계속되어 누에 기르는 조선아이와 나도 마음 안정이 안 돼.

몇 마리의 누에를 받아서 온 아이들은 여왕 누에 무늬가 있다고 알려 온다.

---

85) 완두콩을 삶고 무를 썰어 넣어 꿀을 친 음식.
86) 넓이의 단위로서의 정은 한 단(段)의 10배, 즉 3,000평(약 9,917.4㎡)으로, 육백 정은 18만 평.
87) 원래 전진(戰陣)에서의 훈계를 말하는 것이지만, 특히 1941년 1월 8일 육군대신인 도조 히데키(東條英機)가 시달한 훈령을 말함. 군인으로서 취해야 할 행동규범, 예를 들어 '생포되었을 때 수치를 당하지 말 것' 등을 제시한 문서.

불에 날아든 벌레를 잡아서는 관찰을 하는 어린아이가 종종 나를 놀라게 한다.

국어 말하는 솜씨가 서투르긴 하지만 영농 체험담을 듣는 것은 기쁜 일이다.

어느 새인가 신들의 시대의 일 이야기되어 전해져 내려와서 내선일체에 이르러.

⊕ 히다카 가즈오(日高一雄)

여행을 하며 아침에 내린 비가 쓸쓸하구나 색이 변화한 벼는 이내 가라앉았다.(감흥)

일본해의 그 큰 파도 밀려드네 해안절벽의 부근은 넘실거림을 가라앉히는구나.(청진)

비상경계의 사이렌이 울리면 전차로부터 내려서 한참 동안 적기를 기다린다.

시가지 안의 불끄기 연습하는 물방울 튀어 뿌연 연무의 위로 무지개를 만든다.

⊕ 이와쓰보 이와오(岩坪巖)

잠들기 힘든 한밤중에 의지하려 베갯머리에 놓아둔 스탠드와 잡지 네다섯 권.

불을 끄고서 자리에 누웠을 때 다타미 위를 기는 한 마리 벌레에 마음을 집중한다.

⊕ 마에카와 사다오(前川勘夫)

가을 깊은 무렵 다시 고도(古都)에서

날마다 점점 거칠게 불어오던 바람 약해져 호수의 물 저녁이 되어 맑아졌구나.

이조(李朝)의 임금 지나서 다니시던 전상(殿上)에 가는 돌로 된 사당에는 지는 황로
(黃櫨) 낙엽.

깊은 산 속의 물가 기슭 한 켠의 마른 잎 위에 가을햇볕 노랗게 비치고 있었다네.

모든 소식에 총후(銃後)의 긴장감을 전달했지만 우리는 아직까지 공을 세우지 못해.

위문품을 먹겠다고 들어온 소녀들이 떠나 버린 뒷자리를 멍하니 있었다네.

⊕ 이무라 가즈오(井村一夫)

참을 수 있는 데까지 참은 다음 높이 일어설 우리의 국력 마음 굳게 먹고 대기해.

궁핍함을 원망하는 일 없이 임전 상태의 생활에 만족하는 아이는 쑥쑥 크고.

아이 데리고 산과 바다로 놀러 갈 여유 따위는 전혀 없지만 나날의 생활 감사하구나.

만일의 때가 오면 오는 것이다 지금에 와서 무엇이 초조하다 자신에게 말하나.

집 주위의 뽕 따는 일 해치우고 석양의 빛의 노골적인 비침을 허무히 바라본다.

⊕ 구보타 요시오(久保田義夫)

세토 요시오(瀬戸由雄) 교토에서 단카를 보내와 즉시 답한 단카

구슬프게도 여겨지는 목숨을 만주의 초석 만들게 할 힘으로 충분하게 하리라.

선생님이 되어서 처음으로 자게 된 밤이로구나 바람은 강하고 기적소리 울리네.

이 마을 바다 아직 보지 못하고 밤마다 우는 기적소리 들으며 편지 등을 쓰노라.

포도송이를 따려고 하고 있는 아가씨들의 가슴의 봉긋함이 싱그럽기도 하다.

⊕ 고바야시 본코쓰(小林凡骨)

새벽녘부터 호박의 덩굴줄기 피리로 불며 소국민이 내는 건강한 소리 들려.

소풍이라도 가는 것은 아닐까 어린 학동들 오늘아침 앞다퉈 분 호박 덩굴 피리.

염불은 외지 않고 나는 삼칠일 밤을 술만을 들이키며 그대를 애도하노라.

그대와 지낸 지난날들의 추억 젊었던 시절 그 생명력이 다시 나를 들끓게 한다.

전쟁을 하며 나라 흥하게 하는 일본의 이 위대한 전투 남쪽으로 진격한다.

⊕ 고바야시 린조(小林林藏)

석유절약을 입 모아 얘기하고 마을 사람들 남포등의 심지를 가늘게 교체했다.

온돌바닥의 희미한 따스함을 그리워하며 마치 즐기는 듯이 파리가 놀고 있다.

우악스럽게 파리를 잡으려고 두드리니 그 소리가 통과하여 울리는 온돌 방안.

작은 산의 논 허수아비는 반쯤 기울어지고 수확할 때가 된 이삭에 부는 저녁바람.

이슬이 깊은 벼논의 두렁길의 풀이 난 곳에 양지바른 곳 찾아 메뚜기 움직이네.

멀리 보이는 산자락에 이어진 메밀밭은 꽃이 피어 하얗게 황혼에 떠오른다.

⊕ 후지카와 요시코(藤川美子)

무리지어 있는 집들을 넘으면서 흐르는 큰 강 탁해진 물의 양을 유심히 응시한다.

강의 상류에 솟았다 누운 산들 몇 겹으로나 이어지는 그 색이 똑같지가 않구나.

붉게 칠한 문 색은 바래가면서 총알 흔적에 개미가 쓸쓸하게 홀로 기어가고 있다.(기
자묘(箕子墓)[88])

사당 지키는 사람 오늘은 없어 들여다보는 안쪽 기자의 능에 풀이 자라 있구나.

⊕ 이토 다즈(伊藤田鶴)

비가 그치고 하늘이 밝아지는 언덕의 담에 이슬 맺힌 물방울 빛나며 내려 있다.

오래간만에 달을 올려다보러 가장자리 근처에 서자 금세 검은 구름이 나타나.

장마철이라 하지 못했던 빨래 햇볕에 너는 일에만 얽매여서 아무일도 못했네.

가난함을 잡초가 난 들판에 던져 버리고 뽑아 온 꽃에 마음이 윤택해져.

---

88) 기자묘는 기자릉(陵)이라고도 하며, 평양 모란대에 있는 무덤. 기자는 중국 은왕조의 정
치가로 한반도로 건너와 기자조선을 세웠다고 일컬어졌던 전설적 인물.

⊕ 고바야시 게이코(小林惠子)

새벽녘인데 멀리서 들려오는 사이렌 소리 소년공들 서둘러 직장으로 간다네.

간석지의 벼 아직 익지 않은 논에 다시 섰구나 흰색의 벽에 빨간 지붕 로프 공장이.

안개 자욱한 섬의 아침기운은 모든 것이 다 깊은 생각에 잠겨 빛나는 듯 하구나.

바람도 없고 가을의 밝은 빛이 내리는 아침 마음 들뜨는구나 어린아이도 나도.

내가 퍼 올린 산속 우물물 위에 옅은 분홍색 싸리나무 꽃이 진 것이 떠 있구나.

⊕ 미쓰루 지즈코(三鶴千鶴子)

오래간만에 내 고향으로 돌아와 늙으신 아버지와 이렇게 함께 토란을 캐는구나.

가래를 들고 팔 아픈 것도 이제 다 나았다고 말씀하는 아버지 얼굴은 볕에 탔네.

⊕ 비나비무라 게이조(南村桂三)

이중으로 된 창문에 비쳐드는 햇살 위 벽 쪽 구석에 무당벌레 무리가 꿈틀댄다.

(하얼빈에서)

온 나라가 전쟁을 하는 때라 배급 상황이 궁핍하다는 말을 입 밖으로는 못 낸다.

동양 군자의 나라라는 습성을 버리지 못해 프로파간다 치졸한 것을 한탄한다네.

⊕ 호리 아키라(堀全)

살구꽃 구경 행락 열차가 이제 움직이는 소리 숙소 저녁식사 때 들으면서 있었네.

(회녕(會寧)에서)

벚꽃이 피지 않는 국경에 사는 일본인들은 봄에 살구꽃 구경 가는 모양이더라.

일본인들이 사는 한 피는 것은 벚꽃이라고 구태여 생각했던 나는 아니었지만.

⊕ 노즈 다쓰로(野津辰郎)

소녀들 입는 옷의 색조도 이제 차분해지고 거리의 길 위에도 가을바람 선선해.

아아 일본의 가을하늘은 좋다 이런 하늘에 적기 날아오다니 상상조차 못 했다.

밤하늘 가르는 서치라이트 서로 착종하는데 전쟁의 예술성을 생각하고 있었다.

나 혼자서 연구실에서 쥐를 해부하고 있다 무언가 환각이라도 나타날 듯한 밤.

⊕ 요시하라 세이지(吉原政治)

금강산

깎아 지르는 듯한 바위 절벽도 천년세월의 무게 견디다 마치 무너질 듯 보인다.

거대하고도 기울어진 바위가 만들어놓은 그늘은 시원해서 앉아 있으니 춥다.

튼튼한 다리 소유한 사카이(境)가 크게 외치는 소리 맑아서 깊은 산길 멀리서 메아리가 울린다.

산꼭대기는 지척인 양 보여도 은색 사다리 몇 번씩 구부러져 아직 도착하지 못해.

⊕ 이나다 지카쓰(稻田千勝)

트럭 위에는 병사들 꽉 태우고 시내로 간다 무언가 임박한 듯 심정이 이는구나.

군복을 입은 병사들 꽉 들어찬 전차 안에는 혹독한 훈련으로 땀 냄새가 난다네.

사리를 탐해 통제 문란히 하고 붙잡혀 가는 사람 여전히 있어 죄는 끊이지 않네.

암벽에서 전송하는 사람들 손을 흔든다 이별 아쉬워하는 테이프89)는 없지만.

---

89) 1915년 샌프란시스코 만국박람회 개최 때 일본인에 의해 시작된 습관으로 이별을 아쉬워하는 의미로 선상의 사람이 흔드는 종이테이프

⊕ 가지하라 후토시(梶原太)

풍만한 아내 가슴팍에 매달려 젖을 먹으며 아이는 살 붙는다 물자는 부족해도.

건강하게 내 아이 자고 있을 때 저녁 뉴스는 알리고 있다 불영(佛領) 인도차이나 진주(進駐).

창문 앞의 수세미의 잎 뒷면 보고 있는데 하나하나가 마치 숨을 쉬는 것 같다.

열대성 태풍 아루루 한밤중에 와서 의보주(擬寶珠)[90] 꽃의 향기에 잠을 깨어 버렸다.

⊕ 세토 요시오(瀬戸由雄)

뚱안성(東安省) 보리현(勃利縣)에 온 야마토(大和) 민족이 살 수 있는 가장 북변의 땅이다

군수에 필요한 쿨리(苦力)[91]들 양식 배급을 현의 관공서 개척과 사람들이 열심히 하고 있다.

팔월에 계속 내리던 비는 몹시 오싹하게도 사자(死者)의 관이 밀려 내려온 홍수 되었네.

이유도 없는 우월감이라 하면 추상을 넘어 이러한 땅에 살아가는 일본인 의식.

술자리에서 도망을 쳐버리는 연약함조차 순수한 것인 양 스스로를 위로하는 데에 익숙해져.

⊕ 와타나베 요헤이(渡邊陽平)

강화도

섬으로 깊이 들어와서 산으로 길은 들어가 전등사라는 지표 밭 가운데 서 있네.

산의 허리에 사찰을 지킨다고 축조되었던 삼랑성(三郎城)[92]에는 이제 승병은 없구나.

바다를 건너 왕이 몇 번인가 도망쳐서 온 역사는 슬프구나 전투하는 시대에.

---

90) 층계나 다리, 난간 등의 기둥 윗부분에 쓰이는 양파 모양의 장식물.
91) 중노동을 하던 중국의 하층 노동자.
92) 단군의 세 아들이 성을 쌓았다는 전설에서 기인한 이름이며 이칭으로 '정족산성(鼎足山城)'이라고도 함. 병인양요(1866년) 때 프랑스군을 물리친 승첩지로 유명.

햇빛 투명하고 푸른 잎이 깨끗한 계곡 안으로 약수를 뜬다고 사람들을 따른다.

외해(外海)로부터 곶을 넘어서 질풍이 불어 저녁 조수의 빠른 물살 길에 들었다.

⊕ 와타나베 다모쓰(渡部保)

새벽 여명의 빛에 옅은 그림자 만들고 있는 깨끗한 은어를 나는 손에 잡았다.

조릿대 위에 젖어서 빛이 나는 생선 은어의 검고 깨끗한 눈동자를 보았다.

맑은 해류를 눈도 시원스럽게 달리던 은어 길게 누워있구나 젖어 빛을 내면서.

황금의 색을 잃기 시작했구나 알이 든 은어 파란 조릿대 위에 희미하게 냄새 나.

알이 잘 들어 똑바르던 형태가 약간 무너진 은어 즐비하구나 파란 조릿대 위에.

알이 잘 배인 은어는 도약하면서 물 위로 나와 파란 조릿대 위에 몸을 뒤집고 있네.

⊕ 쓰네오카 가즈유키(常岡一幸)

가스가노(春日野)[93) 초(抄)

먼 옛날을 지금의 현실 앞에 유지하면서 계속 있어오던 마을은 자연히 적적하다.

모든 것들이 오래되고 조용한 시골마을의 빛으로 움직이는 것의 희미한 모습.

모든 것들이 변화되어 가므로 하늘의 태양 그 빛도 사무쳐서 돌이키지 않는다.

나는 새라는 아스카(飛鳥)[94)라는 곳은 하늘 지나는 태양의 빛도 엷게 느껴지는구나.

손가락으로 가리켜 헤이조궁(平城宮) 터 남은 곳에 하얗게 핀 것은 부추의 꽃일지도.

머나먼 옛날 궁궐이 있던 터는 저 근처라고 손으로 가리킨 쪽 빛나는 늪이 있다.

다쓰타가와(龍田川)[95) 지금도 세차게 흐르고 있지만 현실에는 없구나 옛날의 그 사람[96)은.

---

93) 나라(奈良)의 동쪽 가스가산(春日山大) 산록의 대지. 예로부터 와카(和歌)의 명소로서 유명.
94) 옛 도읍으로 나라현(奈良縣)의 아스카무라(明日香村) 부근 일대를 지칭. 표기는 '飛鳥', '明日香'.

⏀ 이마부 류이치(今府劉一)

야스쿠니(靖國)[97]신사 임시 대제(大祭)에 앞서 10월 15일 초혼식이 거행되었다

거침없고 맑게 신을 진혼하는 소리 울릴 때 감정을 초월하여 눈물이 흘렀다네.

지금 여기에 흘리는 이 눈물을 계집애 같다 누가 말할 수 있나 혼령 태운 수레의 울림.

순진무구한 아이 울음소리도 섞여들면서 유족의 자리에서 웅성거림 들린다.

거듭 또 거듭 일만 오천 십삼의 그 영혼들을 맞이하며 엄숙한 신의 동산 분위기.

10월 18일 오전 10시 15분 천황폐하 친히 절하셨다

마음에 두고 생각하시는 것도 극히 황송한 대군께서 민초의 혼령에 몸을 굽히셨다.

공습경보의 피리 진동하면서 있던 그 때에 공원의 동백나무 꽃 한 송이 피어 있어.

⏀ 스에다 아키라(末田晃)

10월 12일부터 열흘간 전국에 방공훈련 실시하다

방독면 방독의 착용하고 대기하는 마음들이 철부지 같아 서로 하겠다고 법석이다.

한두 간(間)[98] 거리 마치 기어가듯이 달려가면서 내 호흡은 막힌다 연기 오른 지상에.

숨이 막히는 괴로운 순간에도 떠오르는 그 어떤 생각들은 마치 단편들 같다.

방독의에 밴 냄새는 사라지지 않고 마치 내 살갗을 즐기듯이 지쳐가고 있구나.

---

95) 나라현(奈良縣) 서북부 이코마산(生駒山) 동쪽에 흐르는 강으로 단풍의 명소로 예로부터
　　유명한 곳.
96) 다쓰타가와에 관한 와카 '화려했었던 신들의 시대에도 들은 적 없네 다쓰타가와 물을
　　붉게 염색했다고(ちはやぶる神世も聞かず龍田川からくれなゐに水くくるとは)'로 유명한
　　아리와라노 나리히라(在原業平, 825~880년)를 일컬음.
97) 야스쿠니(靖國)란 나라를 안태하게 만든다는 의미. 야스쿠니 신사는 국사로 순직한 자들
　　의 영을 제사하기 위해 1869년 초혼사(招魂社)로서 설립되고 1879년 야스쿠니로 개칭함.
98) 길이의 단위로 한 간은 여섯 자, 약 1.81818미터. 한두 간은 2-3미터.

원시(原始)

다나카 하쓰오(田中初夫)

돌을 갈아 창끝으로 만들고자
돌을 간다면
아침 이슬이 빛나는 속에
창을 던져 사슴을 잡으리라

돌은 이미 갈려져 날카롭다
내 팔에 알통은 불룩 튀어나왔다
혼신의 힘을 담아 발을 구르고
번개처럼 빠르게 창을 던지리
진정 이 창끝을 피해
도망칠 수 있는 사슴은 없을 것이다

엽총을 겨누고 쏘는 것은 쉬운 일일 것이다
총탄 연기 속에 사슴은 버둥버둥 쓰러져간다
닿아라 내 마음 전부와
내 육체 전부와
하나의 생명의 작용에 걸려 살고
그 살해당할 사슴의 수는 적을 것이다
생활이 만족스러운 마음은 실로 윤택하다

돌을 갈아 창끝으로 만들고
창을 던져
피와 살로 살아 있는 원시의 기술을 동의할 것이다
내가 책을 읽는 것도 또한 그러한 것을

여심단장(女心斷章)

시바타 지타코(柴田智多子)

아내라는 것은 남편의 등에 숨어 산다. 세상의 격한 비바람이나 강렬한 햇빛으로부터 아내를 보호해 주는 것은 남편의 등이다.

남편의 여행은 나날의 생활에 남편 등의 고마움을 까맣게 잊고 있는 아내의 마음에 그 고마움을 늦은 봄의 꽃 같은 애절한 아리따움에 생각이 미치게 해 준다.

남편이 여행을 떠나 열흘 스무날이 지나는 동안 어느 새인가 아내는 한 사람의 인간으로서 세간에 대면하고 있는 자신의 모습을 알아차린다. 평소에는 아무렇지 않게 보고 넘기고 흘려듣던 것들 하나하나가 분명한 형태를 가지고, 뿔을 가지고 눈앞에 나타난다. 그 사항에 있는 힘껏 기를 쓴 자세로 맞서 있는 자기 모습을 발견할 때, 남편 등에 보호받으며 지내는 생활이 얼마나 따스하고 평온한 것이었는가 놀란다.

그리고 아이와 함께 들떠서 손가락 꼽으며 남편의 귀가를 목이 빠지게 기다리는 심정이 될 때, 문득, 마음속으로 손을 모은다.

세상의 매서운 눈보라로부터 아내를 지켜 주는 남편을 싸움의 무대로 보내고 씩씩하게도 비바람과 싸우고 있는 수많은 아내들에게 무어라 말해야 할지 모를 정도의 감사와 미안함으로 가슴이 꽉 차서, 몰래 합장하며, 부디 비바람아 남편 없이 집을 지키는 아내의 주거 거기에만은 강하게 불지 말아라 기도한다.

필경 아내라는 것은 남편의 등에 보호받으며 걸어가는 것이라 새삼 여린 마음이 되어 여행에서 돌아오는 남편을 기다리고 있다.

망향(望鄕)

이마가와 다쿠조(今川卓三)

개척한 전원에 오곡은 익고
염전에는 소금 태우는 사내가 노래하며
강 하구에는 작은 물고기가 놀고
좁은 해협의 바다는 섬들을 띄우고 빛난다
아내여 흙과 바닷물 향기를 맡아 보라
고향 흙에서 나서 흙으로 돌아간 선조들의 혼이
젊은 생명의 혈맥에 전해져 흐르고 있지 않은가

아버지를 잃고 칠 년
고향 집의 두터운 대들보는 헛되이 시커멓게 못쓰게 되고
뒤쪽 작은 산의 묘석 안에
지금도 여전히 임시 묘표가 기울어 있다
아내여 묘를 지키는 어머니의 탄식을 생각하면
무엇이 어찌 되었든 새로운 묘비는
선조에게 뒤지지 않는 것으로 세웠으면 한다

고향을 멀리 떨어져 고향 생각에 몇 해던가
못난 방패[99] 역할로 소집되어도 죽지 않고
스스로의 영달에 급급한 때는 이미 흘러갔다

동아공영권 멸사봉공의 정성에 힘 쏟는다
아내여 나날의 생계는 부족하더라도
흙과 바닷물의 선조의 혼에 살며
어머니 탄식을 잊어서는 안 된다

---

99) 원어는 '醜の御盾(しこのみたて)'라고 하며 천황을 지키는 방패가 되어 외적을 막는 사
람을 의미하고, 무사들인 자신을 낮추어 사용하던 말로 만요(万葉)시대부터 용례가 보이
는 표현이다.

산화(散華)

ㅡ노몬한 전투 초(ノモンハン戰抄)ㅡ

아베 이치로(安部一郎)

이 넓은 모래들판에 뜨거운 태양과 의지가 있었다
풀이 있다면 그것은 초록에 불타고 다시
크게 이 우주는 불타는 것이었다

첫째 군인은 충절을 다하는 것을 본분으로 해야 한다

하나가 모든 집단이 되어 불로 연소되었다
불조각은 태양에 가까워 이카로[100)를 태워 추락시키고
무한히 그을린 모래 위에는
캐터필러[101)에 날아든 불조각이 적의 엔진을 태웠다

이 넓은 모래들판에는 열렬한 태양과 의지가 있었다
저녁에 먼 몽골의 여름 태양에

---

100) 이카로스(Ícaros)라고도 하며, 그리스 신화의 인물. 데달로(Dédalo)의 아들로 미궁을 탈
   출하기 위해 밀랍으로 붙인 날개를 달고 날았는데 태양에 너무 접근해 밀랍이 녹아 바
   다에 떨어졌다고 한다.
101) caterpillar. 여러 개의 강판(鋼板) 조각을 벨트처럼 연결하여 차바퀴로 사용하는 것을 말
   하는데, 이것을 앞・뒷바퀴에 벨트처럼 걸어 동력으로 회전시켜서 주행하게 하는 장치
   로 전차, 장갑차 등에 사용되었다.

지상에는 불로 타버리고 흩어진 불조각이
붉고 크게 언제까지고 화염을 올리고 있었다.

기러기(雁)

가와구치 기요시(川口淸)

기러기가 건넌다
기러기가 건넌다
두드리면 쨍 하는 소리를 낼 듯한 푸른 하늘을
북쪽 지평선에서 남쪽 구름으로
엄숙하게 기러기가 건넌다

어느 날은 야블로노이[102] 산맥을 넘어
어느 날은 만리장성과 나란히 가며
쿵쿵 울리는 포성에 놀라고
폭발음에 위협당하며
위태롭게 대형을 흐뜨린 적도 몇 번이던가

그래도 남쪽 일본으로 가는 코스는
항상 평화와 습기와 안식을 가지고 오며
상처 입은 동료는 구하고
지체되는 동료는 기다려주며
소리, 소리를 서로 부르고, 모습, 모습을 서로 이끌며

---

102) Yablonoi. 몽골 고원의 북동쪽에 위치한 산맥.

도망치지 않고 추구하고 그리워하며
그저 오로지 날개를 손질하고

아아 오늘도 기러기가 건넌다
엄숙하게 기러기가 건넌다

이야기(噺)

요시다 쓰네오(吉田常夫)

꽃밭 아래에 나라가 있었다
그 나라를 지탱하고 있는 신전(파르테논)의 지주는
하늘을 지탱하고 있는 것이다.

그 기둥을 둘러싸고 즐거운 거리가 있고
주민들은 모두 현명하고 근면하며
기품 높고 우아한 용모를 하고 있었다

봄이 되면 젊은이들은
늘어선 백은색 기둥을 따라
밝은 빛과 풍요로운 수확을 찾아 여행을 떠났지만……

붉게 물들어 숨이 끊어질 듯 끊어질 듯 헐떡이며 획득해온
그것들 용자들의 신성한 전리품에 의해
사소한 시민들의 생활은 경건하게 영위되어 가는 것이었다

어느 때 국경 쪽에서 아주 작은 소리가 났다
그 울림은 보는 사이에 점점 온 나라에 퍼져 많은 집들이 쓰러지고 몇
천 명이나 되는 사람들이 죽었다.

땅은 미친 듯 포효하고 거리는 뒤집어졌으며
독이 있는 비는 불처럼 쏟아 부었고
고민과 비탄의 울음은 오랫동안 하늘의 기둥을 떨게 만들었다고 한다

그 이듬해는 유래가 없이
꽃밭에 아름다운 꽃이 가득 피었다
이것이 천국이라 일컬어지는 것이리라

전투소식이라는 제목으로 시를 쓰다(戰信に題す)

아마가사키 유타카(尼ヶ崎豊)

손톱이 빠지는 것도 잊고 오로지 성벽을 기어올라
한 장의 일장기를 높이 흔드는 것이
더할 나위 없는 바람이다……………

변변치 않은 한 장의 이 편지지와 더불어
네모나게 접힌
한 젊은이의 조국에 대한 맹세의 동일함이여
정벌 가는 여행의 향수를 초월한 아름다운 결의는

한 줄기 한 줄기 포탄 연기의 냄새를 담아
철썩철썩 잔물결치고
가슴 밑바닥 어둡게 선조의 피를 부른다

조각구름 흘러가는 서쪽 벼랑
어느 날은 진창에 엎드리고 기아와 싸우며
어느 날은 모래먼지를 뒤집어쓰고 비처럼 쏟아지는 탄알에 노출되며
오로지 존귀한 사명에 몸을 부서뜨리려 한다

친구여
대륙의 광야에 조국의 깃발을 내걸고 동양의 노래를 높이 부르며
너의 높은 의기는
예리하게 빛나는 칼끝이 되어 하늘을 날아간다

오래된 것은 용서 없이 무너지고
새로운 것은 건설된다
이 장려한 건곤의 여명에
서로 부르며 오르는 민족의 격정은 한 덩어리의 불꽃이 되어
지축의 회전과 더불어 서로 울리며 진전해 가고자 한다

아아, 어린 이마를 씻어주는 맑고 찬바람에
믿음직한 신들의 목소리를 들으면서
한 통의 전투소식을 꽉 쥐고
나는 지금 먼 기도를 바치리라

현시반(現示班)

가야마 미쓰로(香山光郎)

동네 사람들 나를 지도원으로 추천하였다
방공연습에는 현시반이라고 되어 있다

"현시반" 완장의 검은색 선명하게
손에 든 붉은 깃발 흔들며 나는 한 바퀴 돈다

"소이탄 낙하"라고 내가 길 가운데에서 소리치면
몸빼 입은 여인들 바지런하게 애국반원들 달려와 모인다

젖은 가마니 불꽃에 덮고
그 위를 모래로 분명하게 덮는다

"그 불은 판자울타리로 옮겨 붙었다
저런, 서까래에, 저런, 지붕에"

양동이 물은 튀었다. 사다리는 처마에 걸쳐졌다
잇따라 물이 담긴 양동이는 위로 위로 운반되었다

"불은 꺼졌다"고 내가 현시하니
긴장했던 얼굴에 환하게 만족스런 웃음은 터졌다

"수고하셨습니다" "고맙습니다"
서로 말을 나눌 때 말로는 알 수 없는 친밀감이 나에게 샘솟는구나

밤이 되면 빨간 전등 들고 문마다
나는 등화관제를 보고 순찰하는 역할이다

"실례합니다. 전등을 보여주시겠습니까"
"아닙니다, 끄면 안 됩니다. 덮어 주십시오"

"한 줄기 새어 나오는 빛은 적기를 불러들이는 길잡이
등불 덮는 것은 나라를 수호하는 것입니다"

"미안합니다. 내일은 설비를 하겠습니다
어두운데 수고하시네요"라는 말을 듣고 문을 나서는 나의 기쁨

9시도 반을 지났는데 아직 남은 사오십 집
내 구두소리는 어둠 속 길가에 아주 드높다

집에 돌아오니 10시도 넘었다
배고픔과 피로를 느끼면서 웃는다

내 나이 이제 오십, 병사는 될 수 없고
근로대의 명부에도 내 이름은 빠졌다
나라는 이제껏 없던 비상시라고 하는데 죽을 장소도 없고
거짓말쟁이 내 신세의 기개도 없음이여

시란(詩欄) 잡감

이마가와 다쿠조(今川卓三)

시는 사람들 뜻의 솔직한 표현이다. 그리고 또한 발현이어야 한다. 시대 의식을 알고자 한다면 그 시대의 시를 읽는 것으로써 감지할 수 있다고 해도 굳이 과언은 아니다. 어느 시대에 있어서든 시는 사람들의 뜻에 의해서만 태어나고 결코 꾸며낼 수 없는 심정이 숨김없이 드러나는 것이다.

요즘 세상에 이르러 시가 우리 모든 사람들의 소유가 된 이유도 여기에 있으며, 결코 시인만의 독선적인 취미도 여흥도 아닌 것이다. 나아가 뜻은 항상 시대를 떠나 존재하는 것이 아니라, 시대에 따라 고양되거나 혹은 저조해지며 시 문예가 흥륭하거나 또는 빈곤해지기도 하는 것이다.

예전 자유주의가 화려하던 시절, 문학계에서는 군웅할거적인 표현주의 내지는 기법이 무더기로 생기고 다양한 논의가 선전되며 일견 문예계가 흥륭하는 느낌을 보였지만, 오늘날에 이르러서 회고되기로는 허무한 탁상 공론이며 헛된 암중모색의 추태에 불과한 것이었다.

당시 시단은 새로운 시인 출현의 대망을 부르짖고 시의 빈곤을 한탄함으로써 겨우 명맥을 유지하는 것에 불과했다. 그것은 혼돈스러운 시대의 식이 사람들의 뜻을 근거할 곳 없게 하던 시대의 죄였지, 우리 국민에게 시정신이 결핍되어 있다는 증좌는 아니었다.

바야흐로 우리는 우리가 나아가야 할 길이 명시되었고 우리의 뜻은 명료한 근거를 얻었다. 그리고 이 멈출 수 없는 뜻은 과거의 혼돈된 시 문학을 청산하고 국민적 의식이 듬뿍 담긴 새로운 시 문화의 흥륭으로 발족한 것이다.

『국민시가』가 탄생한 것도 시대 의식에 대한 활발한 움직임, 즉 우리 뜻의 각성이 하나의 방향으로 한 덩어리가 되어 일으킨 행동의 현상이고 보면, 본지의 내용에서도 우리 시가 예술적 감동을 담고 있으며 또한 그래야 한다.

본지 창간호에 게재된 아마가사키 유타카(尼ヶ崎豊) 씨의 「잡기(1)」에도 기술된 것처럼 '막연히 시를 쓴다고 말하는 시인의 시작 태도는 완전히 배척해야 한다. ………시는 자유다, 쓰면 된다는 듯한 유치한 혹은 경솔한 견지에서 출발한 점에 오늘날의 시의 저조함이 있다' 혹은 '새로운 시인이 형이상학적 사색이나 건설적인 의욕에 의해 일어서야 한다' 등등은 실로 시사점이 많은 말이다. 마찬가지로 스에다 아키라(末田晃) 씨의 「잡기(2)」의 '현시의 시국이라는 것이 어떠한 것인가 하는 확실한 자각', '감동이 진실한 것이라면 깊고 깨끗한 것이 표현되어야 한다', '시대적 각도라는 것을 생각했으면 한다' 등등의 충언을 게재작품에 끼워 맞추어 볼 때 한층 절실한 것을 느끼는 것이다. 그런 점에서 우에다 다다오(上田忠男) 씨의 「신도(臣道)」, 「삼 척을 나는 독수리(三尺をとぶ鷲)」에서 우리는 그의 진실한 감동과 그 흔들림 없는 뜻에 의해 깊이 감동을 받고 계발된다. 「역두보(驛頭譜)」, 「정전(征戰)」에서 보이는 아마가사키 유타카 씨의 시적 기술은 서정적 정신이 시대의식에 불꽃을 터뜨려 다소 생경한 느낌을 주지 않는 것은 아니나 진지한 감동과 열의가 가슴을 친다.

국민의식이 어쨌든 격정적인 경향을 띠는 작품 중에서 시바타 지타코(柴田智多子) 씨의 「위문꾸러미에 부쳐(慰問袋にそへて)」, 「어머니의 꿈(母の夢)」은 섬세하고 차분한 여성의 감정이 유감없이 다 표현되어 있어, 이러한 시는 지금 시대에 더 많은 여성들에 의해 노래되어도 좋지 않을까 생각한다. 하지만 이 두 편에 포함되어 있는 감정을 단시(短詩) 형식으로 담

아닐 수는 없을까?

시가 모든 사람들의 소유인 까닭은 사람들의 기쁨을 함께 기뻐하고 슬픔을 함께 슬퍼하는 데에 시의 보편성이 있기 때문이다. 아베 이치로(安部一郎) 씨의 「길」, 「조용한 결의」나 모리타 요시카즈(森田良一)의 「담배(煙草)」, 「경제학(經濟學)」은 앞에서 서술한 의미에서 보자면 더 보편성을 가졌으면 한다. 보편성이란 결코 값싼 대중적인 것이어야 한다는 말이 아니라 작자의 감동이 곧 많은 사람들의 감동이고, 개인적인 감회의 시작과 끝이 사람들의 공감을 얻는가 그러지 못하는가 하는 문제일 것이다. 그렇다고는 하지만 두 사람이 익숙하게 써내려간 시의 기교에는 감복할 만한 것이 있다.

시는 간략하며 더구나 여정을 내포한 표현이야말로 바람직하지만, 간략화에 빠져 기발한 발상을 단편적으로 서술한 것에 불과한 듯한 시, 혹은 작자의 의식을 이해하기가 고생스러운 부족한 표현이나 초감각적인 것이 되는 점은 주의해야 한다. 요시다 쓰네오(吉田常夫) 씨의 「역사(史)」, 「지난날(歷日)」은 간략의 문제를 제창하게 만드는 무언가가 있다. 하지만 「지난날」에서 보이는 작자의 뜻이 서정적인 여운을 끌면서 역량을 보이는 가작이라 할 것이다. 9월호의 「아카시아의 꽃(アカシヤの花)」, 「하루(一日)」, 10월호의 「시를 웃는 자에게 꽃을 보내라(詩を笑ふ者に花を贈れ)」, 「한여름 날(眞夏の日)」, 「별의 천궁(星の穹)」, 「각성(覺醒)」 등의 작품들에는 간략화보다는 빈곤과 시인의 어쩔 도리 없는 뜻의 발현이라는 문제를 해당시켜 보고자 한다.

어쩔 도리 없는 뜻의 발현이란 결코 단도직입적인 표현이라는 의미가 아니라, 거기에는 높고 깊은 예술적 감동이 담겨야 한다는 것이다. 그리고 예술적 감동의 바닥을 흐르는 것은 서정의 정신이며, 그 정신이야말로 고도의 교양에서 탄생하는 복고의 정신이자 새로운 국민시 융성의 원동력이

기도 하다. 서정은 결코 감상을 말하는 것이 아니며, 또한 화조풍월(花鳥風
月)에 노니는 나약한 심정의 발현도 아니다.

대체적으로 본지의 작품에는 서정이 부족한 작품이 많고, 모처럼의 서
정도 감상에 밀리거나 혹은 작자의 뜻을 떠나 공회전하는 작품과 마주하
게 되는 것은 왜일까? 하나하나의 작품을 향해 감상의 글을 쓰고 싶지만,
상당한 지면을 필요로 하고, 독선적인 우감(偶感)에 빠지는 것을 반성하여
각필하기로 하고, 앞에 게재한 「잡기(1), (2)」의 발췌를 다시 한 번 강조함
으로써 향후 제현들의 노작을 기대하는 바이다.

✪ 국민시가 11월 예회

一, 일시 : 11월 23일 오후 1시부터

一, 장소 : 경성부 기타요네쿠라초(北米倉町) 「국민총력조선연맹사무국」
　　　회의실

一, 회비 : 30전

一, 각자 시 1편 또는 단카 1수 당일 지참할 것

『국민시가』 2호 시평

가와니시 신타로(河西新太郎)103)

「출정(征戰)」 아마가사키 유타카(尼ヶ崎豊) 씨

　응결된 열정이 백열의 불꽃을 뿜고 있는 듯한 강력함과 고귀함을 드러
낸다. 감상을 멀리 초월하여 향기 높고 고열한 시혼이 매우 밝은 눈동자
를 크게 뜨고 「출정」을 바라보고 있는 듯한 시이며, 권두를 장식하기에
어울리는 시란의 백미일 것이다.

「훈련(訓練)」 이마가와 다쿠조(今川卓三) 씨

　겨냥한 바가 독자의 허를 찌르고 있다. 착상의 예리함에 이 시의 매력
이 있다.

「역사(史)」 요시다 쓰네오(吉田常夫) 씨

　짧은 시이기 때문일까? 시로 지어진 결과는 평범해졌다. 가볍고 새련된
(세련된) 소품이기는 하지만.

「조용한 결의(靜かな決意)」 아베 이치로(安部一郎) 씨

　실로 제목에 어울리는 시이다. 앞의 아마가사키 씨의 「출정」과 더불어

---

103) 가와니시 신타로(河西新太郎, 1912~1990년). 가가와현(香川縣) 출신의 향토 시인.

주목되어야 할 가작일 것이다.

「녹색 가방(綠の鞄)」 시마이 후미(島居ふみ) 씨

느슨하다고 해도 단순히 느슨하다는 것으로 끝낼 수 없는 무언가를 지니고 있다. 시의 이야기성을 다분히 활용하고 있는 점은 독자 입장에서 기쁜 일이다.

「엄마의 꿈(母の夢)」 시바타 지타코(柴田智多子) 씨

여성스러운 애정의 향기를 느낀다. 견실하고 또한 아름다운 서정미를 갖추고 있다.

「삼척을 나는 독수리(三尺をとぶ鷲)」 우에다 다다오(上田忠男) 씨

잘 지었다. 노련한 기교라고 할까? 치밀하다고 할까? 얄미울 만큼 빈틈이 없는 완성도이다. 자유시가 가지는 좋은 점을 분명히 이 작품에 담아냈다. 표현 기교의 완벽함, 시구의 풍요롭고 아름다움, 실로 반도 시단의 이색적인 존재이자 견실하며 동요 없는 시인이다.

「나의 샘(わが泉)」 가야마 미쓰로(香山光郎) 씨

무난하다.

「조선 규수시초(抄)」 다나카 하쓰오(田中初夫) 씨

이러한 번역시의 의의는 물론 중요하지만 다나카 씨 자신의 시를 보여주었으면 한다.

「경제학(經濟學)」모리타 요시카즈(森田良一) 씨
　　머리 위에서 기지(奇智)를 늘어놓은 것일 염려가 있는 듯 여겨지는데 어떠한지.

「대어찬가(大漁讚歌)」다하라 사부로(田原三郎) 씨
　　꾸준히 나아가는 태도에 장래를 기대할 수 있다.

「시를 비웃는 자에게 꽃을 보내라(詩を笑ふ者に花を贈れ)」
이춘인(李春人) 씨
　　앞의 모리타 씨의 경우와 같은 내용을 말할 수 있다.

「진주 가루가(眞珠の粉が)」사이키 간지(佐井木勘治) 씨
　　재미있다.

「고추잠자리(赤蜻蛉)」가와구치 기요시(川口淸) 씨
　　민요적인 감각을 지니고 있다. 미소가 흘러나오는 정경을 잘 포착하였다.

「가을 창 열다(秋窓ひらく)」마스다 에이이치(增田榮一) 씨
　　본격적인 시의 길을 가는 자의 모습을 이 시에서 본다. 다만 앞길이 요원하기는 하지만.

「지는 태양의 꽃(落日の花)」에나미 데쓰지(江波悊治) 씨
　　한 걸음 더 나아갔으면 하는 단계이다.

「소나기(驟雨)」 시로야마 마사키(城山昌樹) 씨

　잘 썼다. 선명한 솜씨를 환하게 보여 주기를.

「어느 날(或る日)」 시나 도루(椎名徹) 씨

　풍물시로서 나쁘지 않다.

「장고봉 회상(張鼓峰回想)」 아오키 미쓰루(靑木中) 씨

　무난하다.

「구름(雲)」 다니구치 가즈토(谷口二人) 씨

　작게 뭉쳐 있다. 조금 더 규모를 크게 하면 멋졌을 것이다.

「등대(燈臺)」 사네카타 세이이치(實方誠一) 씨

　평범하기는 하지만 장래성이 인정된다.

「전장의 들판에(戰野に)」 고다마 다쿠로(兒玉卓郎) 씨

　진실성이 독자를 끌어당긴다.

「추구(追求)」 히로무라 에이이치(ひろむら英一) 씨

　아직 시야가 확대되지 않았다.

「출발(出發)」 다나카 미오코(田中美緒子) 씨

　순정을 붙잡는다.

「조용한 밤(靜かな夜)」요네야마 시즈에(米山靜枝) 씨
　　시를 짓는 태도가 극히 자연스러우며 동시에 안이하다.

「병사 놀이(兵隊ゴッコ)」이케하라 에이다이(池原榮大) 씨
　　능숙한가 서툰가는 별도로 견실함이 보인다.

「친구의 편지(友の手紙)」이케다 하지메(池田甫) 씨
　　격렬한 시정을 담고 있다. 감각적.

「동란(動亂)」나카무라 기요조(中村喜代三) 씨
　　시로서 시감(詩感)의 연소가 없다.

「일기장에서(日記帳から)」히라노 로단(平野ろだん) 씨
　　너무 심하게 단편적이다.

「한여름 날(眞夏の日)」무라카미 아키코(村上章子) 씨
　　노래 부르는 방식에 박력과 긴밀함이 없다.

「전장의 친구에게(戰地の友へ)」에하라 시게오(江原茂雄) 씨
　　형태적으로 파탄이 있다.

「별의 천궁(星の穹)」히라누마 분포(平沼文甫) 씨
　　약간의 좋은 번뜩임은 있지만―.

「카페(かふえ)」 가지타 겐게쓰(加地多弦月) 씨

　시대 감정에서는 잊힌 오래된 시재이며 따라서 매력도 사라졌다.

「여름 밤(夏の夜)」 스이타 후미오(吹田文夫) 씨

　아무것도 아닌 일상다반사를 노래하고 있지만, 이 짧은 시에는 예리함
이 감추어져 있다. 그리고 그 때문에 칼칼하고 좋게 맛이 들었다는 장점
이 있다.

「각성(覺醒)」 다사카 가즈오(田坂數夫) 씨

　무난한 짧은 시로 기분 좋은 시감을 드러내고 있다. 다만 조금 더 힘이
있었으면 좋았겠다는 생각이 든다.

「바다(海)」 이와타 샤쿠슈(岩田錫周) 씨

　혼자 속단한 점이 보인다.

10월호 단카 춘평(1,2)

와타나베 다모쓰(渡部保) 씨의 유연한 표현은 아직 적확하지 않은 아쉬움이 있다. '고풍스러운 감상', '어린 참억새' 등은 소화가 덜 된 말이며, 그 사이가 사몰(蛇沒)호수라는 낯선 고유명사인 까닭에 한층 파악하기 어렵다.

데라다 미쓰하루(寺田光春) 씨의 작품은 나에게는 몹시 어렵다. 데라다 씨의 관점, 사고방식, 화법에 익숙하지 않은 우리는 도저히 따라갈 수 없다. 요컨대 기교의 끝이 신경 쓰이는 것은 아닐까 생각한다. '또한' 이라든가 '고고하다' 라든가, '벌써'와 같이 데라다 씨가 자주 사용하는 화법에도 거슬리는 느낌이 있고, 네 번째 수[104]의 마지막 구도 과연 괜찮은가 싶다. 나로서는 세 번째 수[105]가 가장 친근하다.

이와쓰보 이와오(岩坪巖) 씨는 품격도 있고 내용, 표현 모두 완전히 튼튼한 것이라 생각한다. 다만, 표현기법이 튼튼한 것뿐이 아니라 단카의 소재, 단카이기 이전의 감동이 충분히 튼튼하여 흐트러짐 없는 점이 아주 믿음직스럽게 여겨진다.

마에카와 사다오(前川勘夫) 씨는 오래된 것에 전혀 얽매이지 않은 자유로움으로 완전히 독자적으로 현대 청년의 감회를 토로한다. 특히 강하게 가슴을 치는 바가 있어 공명을 느끼게 하는 매력이 있다. 그에 따라 표현도

---

104) 10월호에 게재된 '친족들 모두 내지(內地)로 가게하고 마음 편하다 생각하고 있기도 그저 이삼일 정도'.
105) 10월호에 게재된 '방공호를 구축하게 되었다 이른 저녁에 벌써 숨길 수 없는 귀뚜라미의 소리'.

자유로우며 들뜬 점이 전혀 없는 독자적 풍격을 드러내고 있음과 동시에 또한 교묘하고, 적확하다는 것은 세 번째 수106)의 자연을 읊은 단카에서 누구나 수긍할 수 있을 것이다.

나(=야마시타 사토시)의 단카에 관해서는 전부터 저조하다는 정평이 있지만 그 저조함이란 어떤 의미에서 일컬어지는 것일까? 내 단카는 지나치게 요란하다고 스스로 생각한다. 더 멋있고 간소하게 노래하여 자기 자신을 표현해야 한다. 생활의 저조함이 불충분한 경지인 것이 단카를 표면적으로 만들고, 요란하게 만들고, 가볍게 만들고, 저조하게 만들고, 품격이 부여되지 않는 것이리라. 말만으로 노래를 만들어가는 버릇을 경계하고 더욱 마음을 담아 생활에서 단카를 읊어야 할 것이다. 그렇게 될 수 있다면 더 이상 중얼거림 정도의 단카라도 저조하다고는 하지 못할 것이다.

후지와라 마사요시(藤原正義) 씨는 만주국의 젊은 학구파로서의 나이에 걸맞지 않는 침착함, 그리고 좋은 의미에서의 자부심, 기개가 단카를 의욕이 있고 강력한 것으로 만들고 있는데, 때로는 경묘함으로 치달을 위험성이 없지는 않다. 그러나 최근의 작품은 무조건 수긍할 수 있는 것이 많다. 표현이 극히 유연한 만큼 숙달하기를 기대하고 싶다.

이토 다즈(伊藤田鶴) 씨는 매우 의욕적이며 위험도 적다. 첫째 수107)는 좋은데 네 번째 수108)는 너무도 단카를 짓는다는 의욕이 지나치게 앞서 설명으로 빠져 버렸다.

호리 아키라(堀全) 씨의 느슨해지지 않는 노력은 인정할 만하며, 착실히

---

106) 10월호에 게재된 '만주사변이 일어난 후 생각은 이것을 떠난 적이 없네 십 년 후 부대에 있을 지도'.
107) 10월호에 게재된 '맑고 청신한 흐름에 몸뚱이를 다 드러내고 내 반생의 잔재를 씻으려고 하노라'.
108) 10월호에 게재된 '나의 귀로 돌아온 메아리라 알게 된 이상 광야에 두지 않으리 나의 중얼거림은'.

궤도에 올라 온 것 같다. 다만 경지에서 오는 저조한 아쉬움이 있으며, 예를 들어 세 번째 수[109]가 그러한데, 단카는 이치를 따지기 전에 우선 노래해야 하는 것이며, 마찬가지의 소재이지만 9월호의 미치히사(道久) 씨의 격조 높은 단카[110]가 기인하는 바를 생각해야 한다.

이마부 류이치(今府劉一) 씨의 이번 달 작품에 관해서는 감복되지도 않지만 나쁘다고도 할 수 없다. 이러한 작품들이 그의 단카이며 완성된 것이며 즉 스에다(末田) 씨가 말하는 몸에 배인 두께가 있는 것이다. 평명하고 실질적인 점은 있지만, 지나치게 온건하여 이마부 씨의 육체적 숨결과는 멀리 떨어져 있다.

아마쿠 다쿠오(天久卓夫) 씨는 데라다 씨와 마찬가지로 난해하며 하나의 기법이 도달한 곳에서 감동이나 인간적 술회를 수반하지 않는 말장난을 시도하는 것은 아닐까? 아무래도 확 와 닿지 않고 어려워서 이렇게 억측해 본다.

히다카 가즈오(日高一雄) 씨의 단카는 평명하고 확실하다. 굳이 말하자면 더 크고 풍요로운 격조라는 점이다. 이것은 나의 우견(愚見)이지만 넷째 수[111]에서 '보니'는 설명적인데 '보인다'라고 하면 묘사가 되지는 않는 것일까?

쓰네오카 가즈유키(常岡一幸) 씨의 첫째 수의 '해설'을 '가게유(かげゆ)'[112]

109) 10월호에 게재된 '굴복하지 않는 신을 치기 이전에 말로 설득해 화평하는 마음은 오늘에 이어지고'.
110) 9월호에 게재된 미치히사 료의 단카 16수를 말하는데, 「적토창생(赤土蒼生)」이라는 가제로 '니키타쓰(熟田津)에 배를 타기 위하여 달 기다리니 바닷물도 차온다, 이제 노 저어 가자'라는 『만요슈』의 유명한 누카타노 오키미(額田王)의 단카를 소재로 하여 읊은 일련의 노래들.
111) 10월호에 게재된 '기차 창에서 보니 깨끗한 올벼 농사를 하는 논두렁 밤나무숲 골짜기에 이른다'.
112) 가게유(かげゆ)라는 것은 원래 헤이안(平安) 시대 초기에 전임자가 후임자에게 인수인계하는 서류를 심사하는 것을 말하므로 '解說'이라는 한자에 대어쓰는 음으로 적합하지 않다는 의미.

라고 읽게 하는 것은 적당하지 않다. 두 번째 수[113]의 1, 2구 근처의 설명조가 잘 살아나지 않는 것 같다. 여섯째 수[114] 위의 반 정도까지는 더 단순화했으면 좋았으리라 생각하는데, 네 번째 다섯 번째 수[115]를 단숨에 읽은 단카 쪽이 도리어 좋은 것 같다.

스에다 아키라(末田晃) 씨는 역시 소재적으로, 기교적으로 뛰어나서 완전히 경복했지만, 그보다도 손에 꼽을 점은 격조가 위태로워지는 일이 없는 확실함이다. '보초는', '나팔은' 등의 조사의 용법에 기교의 산뜻함을 볼 수 있지만, 나와 같은 언어의 용법에 치졸한 자 눈에도 하나하나 걸리듯 느끼는 것은 왜일까? 생각해 보았으면 한다.

미치히사 료(道久良) 씨는 어떠한 경우에도, 또한 아무리 저조한 소재라도 절대로 격을 벗어나지 않는 확고함은 분명 제일인자로서 신뢰할 수 있는 관록을 보인다. 요컨대 단카를 향한 확고한 태도에 귀일하는 바라고 생각한다. 시국 단카로서도 간명하게 말해야 할 것은 딱 잘라 표현하고, 우리들이 설명에 빠지기 쉬운 부분에서도 그 안에 반드시 감동이 조심성 깊이 담겨져 있어서 설명조가 되지 않는다. 뒤의 두 수[116]의 자연을 읊은 작품에 있어서는 너무도 단단히 빈틈없는 말로 구성되어 있어서 조금 더 미치히사 씨의 감정의 간격을 들여다보게 해 주었으면 할 정도이다. 어쨌든 단카의 격에 있어서는 훌륭하다.

---

113) 10월호에 게재된 '사방 매미가 울어대는 산속에 틀어박혀서 한여름 나무그늘 검게 드린 석비(石碑)'.
114) 10월호에 게재된 '잘 차려입고 다 같이 걸어가는 아가씨들도 황군의 위엄과 무용 잠시 서서 보아라'.
115) 10월호에 게재된 '비유하여 말하자면 전차와 비슷하려나 돌진한 다음에 새 질서가 서야 하니'와 '목숨을 걸고 신념으로 살아간 니치렌(日蓮)스님 위대하신 인격은 여전히 있는 듯해'.
116) 10월호에 게재된 '순조롭게도 비가 내려 주어서 양배추들이 크게 익은 푸른 잎 밭을 떠올려 본다'와 '푸릇푸릇한 밭두둑 위로 솟아 오른 양배추 잎 색조가 장마다 달라 보기가 좋다'.

세토 요시오(瀬戸由雄) 씨의 단카는 점점 더 건실해지고 독자적인 것을 발휘해 오고 있는데, 가끔은 용어에 대한 편향과 무언가 모방적인 노력의 잔재가 없지도 않다.

야마자키 미쓰토시(山崎光利) 씨는 단 세 수이지만 세 수 모두 좋다. 약간의 무리도 없는 관조적 태도, 하나에 초점이 모인 표현, 충분한 감흥, 그 세 가지가 하나가 되어 야마자키 씨의 인간적 감흥을 직접 독자에게 남김없이 전해준다.

구보타 요시오(久保田義夫), 노즈 다쓰로(野津辰郎) 두 사람의 단카도 야마자키 씨와 마찬가지로 좋다. 이 가인들은 앞이 막히지 않은 만큼 감흥, 표현 모두 풍부하며 생활적이고 건강하다. 이 작품들에 와서 실로 밝은 느낌을 받는다.

사카모토 시게하루(坂元重晴) 씨의 단카는 이것으로 좋다. 역시 오랫동안 단카를 지어온 사람인만큼 확실하고 궤도에 올랐다. 하지만 저속하며 저조하다는 것이 굳이 말하자면 결점일 것이다. 이것은 사카모토 씨뿐 아니라 어느 정도에 도달한 가인들의 대부분이 현실적으로 겪는 문제이다.

가타야마 마코토(片山誠) 씨의 희미한 감상이 얽혀 깨끗하게 떨쳐버릴 수 없는 안타까움이 가타야마 씨의 단카의 경묘함과 좋은 서정을 조금 느슨하게 만들어 버리는 것은 아닐까? 잘 짓는 사람인만큼 고언을 드린다.

노무라 이쿠야(野村祕也) 씨의 단카는 윤기와 폭과 여운이 부족하다. 노무라 씨가 자연을 바라보는 태도는 애정을 가지고 자연에 손을 뻗는 태도가 아니라 무턱대고 자연을 단카 속에 억지로 집어넣으려는 태도가 아닐까?

가지하라 후토시(梶原太) 시의 단카는 가볍지만 전부 표현될 것은 확실히 표현되어 파탄이 나지 않는다. 특별히 꼬집을 수는 없지만 좋은 단카들이다.

미키 요시코(三木允子) 씨의 단카를 오랜만에 본다. 감각적인 장점은 변함없지만 표현상 조금 더 정리해야 할 점이 있다. 기법은 잘 알고 있는 사람이므로 어쨌든 서른 한 글자에 정리해 버리려는 것을 경계하고 한층 마음을 노래에 담아냈으면 한다.

사사키 가즈코(佐々木かず子) 씨의 단카를 좋다고 생각하는 것은 허식이 없이 자기 생활을 노래하며 자기 자신의 단카를 읊기 때문이다. 여류 가인들 중에 흔히 기교에만 얽매여 마침내는 최초의 감흥에서 유리된 다른 단카를 만들어 버리는 데에 고심하는 사람이 있는데 전혀 감동할 수가 없다. 첫 번째, 두 번째 수[117]는 트집 잡을 데 없이 좋고 세 번째 수[118]의 '몸으로 깊이 들네'는 그것만으로 충분한 표현이며 그 이상 덧붙여 표현하면 사사키 씨의 단카가 아니게 될 것이다. 마지막 두 수[119]는 느낌이 옅고 설명으로 빠져 있다.

고바야시 게이코(小林惠子) 씨의 단카는 감흥이 항상 상식적이고 불명확한 채로 노래되어 있어서 선명하지 않고 신선한 느낌이 부족하다.

이와부치 도요코(岩淵豊子) 씨의 세 번째 단카[120]는 '점점이 푸른 볏을 곤두세우'는 것과 '칠면조가 가까이 쫓아오는' 것 중 어느 쪽에 흥미를 가진 것도 아니고 그렇다고 해서 설명조이기 때문에 풍경 묘사도 아니다. 요컨대 겨냥한 바가 분명하지 않은 단카이다.

---

117) 10월호에 게재된 '조용하기만 한 나라는 아니라 생각하면서 예쁘게 생긴 가지 절임반찬을 먹네'와 '꽈리의 색이 짙어지는 마당에 부모 자식이 방공호의 설계에 대해 이야기한다'.
118) 10월호에 게재된 '다음 세대를 짊어지고 가도록 자라는 애들 그 노래 부르는 소리 몸으로 깊이 들네'. 실제로는 네 번째 수,
119) 10월호에 게재된 '러일전쟁을 하던 당시 천막도 가늘게 찢어 병사들의 게타 끈 우리가 만들었네'와 '천 켤레 되는 게타의 끈 만드는 봉사라 해도 놀라지 않게 된 것 생각해 보게 된다'.
120) 10월호에 게재된 '점점이 푸른 볏을 곤두세우고 칠면조가 가까이 쫓아오는 언덕의 밭두렁길'.

미쓰루 지즈코(三鶴千鶴子) 씨의 첫 번째 수[121]는 그래도 느낌이 나타나 있는데 다른 작품들은 모두 설명적이어서 전혀 좋지 않다.

요시다 다케요(吉田竹代) 씨의 단카는 평범하지만 이대로도 나쁘지 않다 고 생각한다.

요시하라 세이지(吉原政治) 씨는 수법이 교묘하고 느낌을 선명하게 잘 드 러내고 있지만 경지는 평범하다.

미나미무라 게이조(南村桂三) 씨에 관해서는 '몽골로부터 모래바람 불어 와', '하얀 도시의 대로', '눈이 내리는 아시아의 봄'과 같은 아주 크고 생 경한 말을 사용하는 경향이 있으며 또한 갖추어진 표현을 너무 많이 사용 하여 표정이 부족하다.

이나다 지카쓰(稻田千勝) 씨의 단카 세 수 모두 가작이며 '보천대(普天臺)' 나 '진관사(津寬寺)'[122] 등의 고유명사도 효과가 좋다.

이상 서른한 명 가인에 관하여 마감일인 오늘 서둘러 비평도 아니고 감 상도 아닌 묘한 월단평을 시도해 보았다. 이런 이유로 개인 개인의 비평 은 많이 하지 못했다고 여겨지지만 전체적으로 나의 견해를 이해해 주리 라 생각한다.

—10월 28일

---

121) 10월호에 게재된 '가을 하늘에 폭음 소리도 높게 질서 정연히 우리 편대기들이 날아가 고 있구나'.
122) 현재 북한산 서쪽에 있는 고려시대의 고찰. 조선시대에는 한양 근교의 4대 사찰 중 하 나로 꼽힌 절.

단카 (3) 독후감

와타나베 요헤이(渡邊陽平)

요시모토 히사오(吉本久男)

아버지께서 나 어릴 적에는 타이 인도차이나 나라이름들조차 입에 담지 않으셨네.

이 정도로 내던진 점에 장점이 있는 작자의 생활에 밀착한 태도는 좋다. 하지만 그 예리한 눈은 이미 옆으로의 확대보다 안으로의 깊이에 향해야 할 것이다. 그것을 작자에게는 기대할 수 있다.

호리우치 하루유키(堀內晴幸)

대군 지키는 방패가 되려는 날 이제 가까워 육년간 다닌 직장 이제 떠나려 한다.

소집에 응했다는 세 수는 엄격한 군대생활에 의해 절실한 내용이 읊어진 것이라 생각하고 기대한다.

'딱따기 나무'와 '아침의 햇빛'은 곤란하다. 무의식일지도 모르지만 어쩌면 나쁜 영향을 받은 것 같다. 이러한 것은 우선 탈피해야 한다.

시모와키 미쓰오(下脇光夫)

전차부대가 지나가는 가두에는 바람 강해서 가로수의 어린잎 빛나면서 있구나.

표현에 난점은 있지만 포착한 점은 매우 좋아 상당한 작품이라 여겨진다. '몇 해라 하든'도 좋은데 유형적이고, '감상을 넘는구나'는 결국 약한 존재가 되는 것이 아닌가 생각한다.

다카미 다케오(高見烈夫)

수 십대 되는 큰 수레의 바퀴가 얼음을 씹는 소리에 잠을 깨버릴 한밤중의 짐승들.

이 단카는 심각한 단카이다. 두 번째, 세 번째 구를 슬쩍 고치면 좋은 단카가 될 것이다. '랜턴의 불빛'에 있어서 셋째 넷째 구의 설명적인 점도 역시 생각할 필요가 있다.

어쨌든 작자의 전장을 읊은 작품은 전호의 것과 더불어 반갑다.

노즈에 하지메(野末一)

바람에 깃발 펄럭이며 병사로 가지 못하는 신세 이러하구나 이런 사념 힘들다.

이 단카는 좋다. 잘 이해가 가지만 '실전 하에서'라는 단카는 좀 어떤가 싶다. 신(新)단카를 하는 사람들을 위해서도 이러한 방식은 손해이다. 작품 이전의 기본에 관한 것이다. '이 사념'이라고 할 때의 '이'는 일부러 넣어야 하는 것일까?

고에토 아키히로(越渡彰裕)

세 수 모두 조금 곤란한 작품이다. 현실의 면을 직시하는 것 같으면서 그 작품에 있어서는 유리되어 있는 작자의 체온 등이 전혀 드러나지 않는다. 더 대상과 생활에 몸을 던져야 한다.

후지모토 아야코(藤本あや子)

통원을 하는 길가에 오늘 아침 낙엽이 지고 가을이 되어 가는 비의 싸늘함이여.

작자의 감수성은 상당한 것이다. 태도도 좋다. 삼방(三防)고원[123]의 노래 쪽을 거론하고 싶은데 조금 더 표현에 고심을 해야 한다.

나카지마 마사코(中島雅子)

봄 아지랑이 뿌연 하늘 끝에서 전달돼 오는 약동의 파도 같은 움직임은 강하다.

작자는 신단카를 지었는데, 앞 호의 정형 작품에 비교하면 이번 달의 작품은 별로 감탄할 수가 없다. 작은 주관이 너무도 강하게 드러났다. 주관의 강도는 이러한 것을 말하는 것이 아니다.

이토 사치오(伊藤左千夫)[124]가 말하는 의미의 표현과 제공의 상이를 생각했으면 한다. 작자의 시정의 풍부함을 정리하여 침잠하거나 감정에 응석을 부려서는 안 된다.

이와타니 미쓰코(岩谷光子)

낮의 한창 때 사방 모두 조용해 담장의 옆에 포플러 나무는 검푸른 그늘 떨군다.

---

123) 현재의 함경남도와 북한쪽 강원도의 도계인 추가령(楸哥嶺) 북쪽 사면에 위치하며, 서쪽에 마상산(麻桑山), 동쪽에 연대봉(淵臺峰)이 솟아 있고 협곡을 이루는데 그 가운데 삼방유협(三防幽峽)이 특히 유명. 삼방이라는 지명은 조선 전기 관북지방의 오랑캐를 방비한 세 개의 관문이 있었던 데서 유래하며 약수, 스키장 및 세포고원(洗浦高原), 석왕사(釋王寺), 원산 송도원(松濤園) 등지와 연결되는 관광휴양지를 이루는 경승지.
124) 이토 사치오(伊藤左千夫, 1864~1913년). 가인, 소설가. 이십대부터 목장에서 일하고 독립하여 착유업(搾乳業)에 종사. 삼십대 중반 마사오카 시키(正岡子規) 문하생이 되어 『만요슈』의 곡조를 신봉함.

모두 확실한 작품이다. 견실함은 좋지만 그것이 모든 단카에서 지나치게 엿보인다고도 할 수 있다. 비약이라고 할지 약간 모험을 해도 좋다고 생각한다. 이 정도로 정리하는 것은 작자로서도 본의가 아닐 것이다. 아직 젊은 사람이라고 하니 놀라울 정도이다. 요컨대 내면성의 문제인데 강한 의욕을 가지고 신생면을 개척해 나가야 한다.

야마모토 도미(山本登美)

출정을 가는 남동생 둘러싸고 비친 부모님 얼굴은 맑으면서 조용할 뿐이었다.

이 단카는 좋다. 작자가 내포하는 것이 아직 충분히 표현되지 않았다. 작자의 머리만이 눈에 들어온다고도 할 수 있다. 이제 여러 장의 베일을 겹치는 것도 필요하지 않을까?

기요에 미즈히로(清江癸浩)

키가 쑥쑥 마치 앞이라도 다투듯 자라나는 옥수수는 생생히 건강한 모습이다.

솔직하게 읊어졌다. 이러한 태도로 당분간 전진해야 할 것이다.

사이토 도미에(齋藤富枝)

안개 피어난 관사의 마당에는 아침바람에 수련의 꽃이 활짝 피어서 떠 있구나.

이러한 태도로 더욱 창작해야 한다. 다만 단카를 지을 경우 묘하게 준비하는 태도를 취하는 것은 금물이다.

이케다 시즈카(池田靜)

올려다보는 커다란 석불상의 온화한 얼굴 가을볕은 비치고 산은 조용하구나.

　작자가 가지고 있는 것과 표현이 대체로 잘 들어맞아 있다고 할 수 있다. 내포한 것이 성장함에 따라 표현이 부족해지는 경지로 자연히 들어간다. 때가 올 것이라 생각한다. 옆으로 널리 눈을 돌리기 전에 스스로를 깊이 파고드는 태도는 항상 필요하다. '깊은 산속의 절'은 너무도 장황하다. 사생이라는 것을 단순한 객체의 모사라고 생각하면 큰일이다.

미나요시 미에코(皆吉美惠子)

아침에 일찍 공장들의 거리를 지나서 가는 젊은 공원이 가진 생명력 건강하다.

　대상에는 마지막까지 파고들어 가야 한다. 그 배후로까지 뚫고 나가는 것이 중요하다. 도중에 시선을 돌려 머릿속으로 짓는 것은 금물.

우하라 히쓰진(宇原畢任)

공터에서는 곡괭이질을 하는 소리 활발하게 방공호를 파는 공사가 진행된다.

　'푸른 하늘에', '하늘 저 높이'와 같은 작품은 표현을 위한 단카인 것 같다. 새로운 대상과 부딪혀 그 다음 그 표현에 고심해야 하는 것이다.

김인애(金仁愛)

밝고 화창한 봄의 햇살을 받고 아가씨들은 물 흐르는 냇가에 봄나물을 뜯누나.

이 작자는 좋은 점을 지니고 있다. 열심히 실작을 해 나가야 한다.

이타가키 사쓰키(板垣五月)

강가 둑에는 포플러 나무에 조각조각의 구름이 불어 날리니 장마 개인 듯하다.

작자의 다면성은 좋다. 이러한 태도로 생활의 진실함을 읊어야 한다. '흐린 곳 없는'은 조금 곤란하다. '모내기 자리'도 네 번째 구로 전환되는 부분에서 안이함이 느껴진다.

후지 가오루(ふじかをる)

앞의 다섯 수는 아주 좋다고 생각한다. 생활을 사랑하는 작자의 태도는 좋은 단카를 꾸미지 않고 지을 수 있다. 삼가는 생활 방식이 보이는 듯하다. 솔직함이라는 것은 이럴 경우 깊은 맛까지 초래한다.

오타 마사조(太田雅三)

작년보다도 피해가 적었다는 홍수의 뒤에 진흙 뒤집어쓰며 호박꽃 피어 있네.

이 단카를 골랐다. 이러한 태도로 계속 단카를 지어나가야 한다.

와타나베 오사무(渡邊修)

하늘에 솟은 와룡 모습의 산 바위 표면에 석양의 담담한 빛이 비치는구나.

작자가 가진 감정은 싱겁다. 너무 약하다. 이 감정에서 벗어나는 것이 무엇보다 중요하다고 본다.

미즈카미 료스케(水上良介)

오늘 하루는 하늘을 뒤덮었던 비구름들이 개이려 하면서 저녁 해가 진다네.

작자의 표현은 적잖이 확실한 점이 있지만 표현의 수법에 있어서만은 누군가의 영향을 그대로 받고 있는 것 같다. 표현만 눈에 들어오고 남은 곳에 있는 무언가가 적은 듯 여겨진다. 조금 모험적으로 진정한 스스로의 경지를 개척해야 한다.

오노 고지(小野紅兒)

높은 들판의 가을 풀 어지럽게 피는 속에서 경기관총을 놓고 훈련하는 생도들.

이 단카를 꼽았는데, 원작은 더 번잡하고 단순화가 부족하다. 언어 사용에 주의를 하는 것이 중요하다.

다카하시 노보루(高橋登)

세 수 모두 단어만이 눈에 들어온다. 삼가며 전진해야 한다. 감동의 크기가 이러한 경우 전혀 실감으로 다가오지 않는 것은 차가운 단어들의 과장된 허세 때문이다.

후지모토 고지(藤本虹兒)

귀뚜라미의 소리 약하디 약하게 끊어져 가고 차갑게 가을밤은 깊어만 가는구나

이 단카는 정리는 되어 있지만 유형이 많은 가경이라는 점은 작자도 알고 있을 것이다.

무명씨

아이의 건강한 성장을 기원하는 마음으로 큰 잉어드림 아침 해 뜰 때 걸어 올렸다.

좋은 생활의 한 장면이다. 첫 수의 '밟기도 아까워서' 등은 곤란하다.

노노무라 미쓰코(野々村美津子)

벌떡 일어서 사내아이들 하루 마당 구석에 방공호 만든다고 흙을 열심히 파내.

이 작자의 건강한 명랑함이라고 할 만한 점에 호감이 느껴진다.

다카하시 하쓰에(高橋初惠)

젊은 여성의 단카라는 것을 생각하면 감안할 수도 있지만 어리광이 지나친 듯한데, 그렇다고 무리하는 것 또한 금물이다. 아픈 사람의 마음은 잘 드러나 있다.

요네야마 시즈에(米山靜枝)

이 작자는 근본적으로 태도를 바꿔야 한다. 구체적인 것을 가지고 오지만 그것은 결국 차가운 설명일 뿐이다.

간바라 마사코(神原政子)

천황폐하의 부름을 받았다고 알리는 도련님 목소리 수화기에 크게 전해져 온다.

이 작자에게는 자연 관조를 권하고 싶을 만큼 머리로만 짓는 태도가 새삼스럽게 여겨지는데, 작은 주관은 버려야 한다. 기대하는 만큼 공부하기를 바란다.

히노 마키(火野まき)

일기예보를 보니 북지나 맑음 이라는 알림 듣게 되어 편안한 마음에 저녁 맞네.

이 작자에게도 느슨함이 눈에 띄는데 장래성은 다분히 있다고 생각한다. 확실하게 공부할 것.

고다마 다미코(兒玉民子)

작품은 적은 것이 유감이다. 더 창작했으면 한다.

모리 노부오(森信夫)

어머니와 자식의 어떤 기분이 드러나 있는 단카로 지금의 작자의 전생활의 단카일 것이리라. 이러한 경지로부터 더욱 여러 작품이 나오기를 기다린다.

이와타 샤쿠슈(岩田錫周)

비평은 뒤로 미룬다. 많이 창작을 했으면 한다.

구로키 고가라오(黒木小柄男)

세상의 온갖 사상들 다 자르고 일억 인구의 머나먼 신화시대 지금 다시 돌아본다.

이 단카는 좋다. 이 작자에게는 크게 기대하는 바가 있다. 이다음에는 작자의 다른 면을 보여 주었으면 한다. 감상은 그 다음에 하고자 한다.

아라키 준(新樹純)

전사한 남편과 함께 살고 있는 아내의 모습이 그려진다. 감정에 빠지지 않는 점이 좋다. 이것은 지금의 생활 태도라고도 할 것이다.

나카무라 기요조(中村喜代三)

나기 시작한 가을 들판의 나물 가득 담아 둔 밥상에 마주앉아 저녁 식사 즐겁다.

건강한 생활의 단카는 좋은 법이다.

고이데 도시코(小出利子)

검소 소박한 저녁식사 마치고 아주 짤막한 시간 동안 조시네 나이 드신 부모님.

작자의 마음씀씀이가 추측된다. 미소가 지어지는 온화한 기분이다.

센 스즈(千鈴)

물속에서 자그만 물고기가 헤엄을 칠 때 해초 속에서 희게 비늘이 빛나더라.

태도도 좋고 작품도 상당하지만, 이것도 정말로 작자의 것으로 만들어야 한다. '여름의 한밤중'은 너무 내던지는 느낌이라 같은 작자라고는 생각되지 않을 정도이다.

기쿠치 하루노(菊池春野)

두 수 모두 좋다. 엄마와 자식의 검소한 생활의 단카가 더 다양성을 가지고 읊어진다면 틀림없이 좋은 작품을 지을 수 있을 것이라 기대한다.

사이간지 후미코(西願寺文子)

'줄기로구나', '꽃이여'의 감탄사는 곤란하다. 너무 안이하다.

이상 나는 솔직함과 인내를 가지고 소평을 시도했다. 이것은 작품평이라기보다 작품 이전의 태도와 같은 것에 관해 언급한 쪽이 많았을 지도 모르겠지만, 이것을 총체적으로 말하자면 순수함과 평탄함을 혼합한 듯한 착각에 빠져 있는 것을 의식한 점이 있었다. 무엇보다 작품과 작자의 거리가 밀접하지 않고 작자의 체온이라는 것이 느껴지는 작품이 적다는 것은 어쩔 도리가 없는 일일 지도 모르지만, 주의를 했으면 하는 바이다. 그리고 통절히 느낀 것은 초심자들 중에 어쩌면 무의식적이리라고는 생각하지만 혹여 나쁜 영향을 받아 그대로 지니고 있는 사람이 많다는 점이다.

그것은 중세의 와카 작품의 영향이라고도 할 수 있다. 표현상에서 특히 그러한데 내용에서도 자연히 그렇게 된다고 할 수 있다. 이점에서는 탈각해야 한다고 생각한다.

와카를 모른다고 하는 사람들 대부분이 내적으로는 이 영향을 지니고 있는 것은 학교의 교과서 교육에서 기인하는 바가 다분히 있다고 보았다.

어쨌든 이 단카란에는 기대하는 사람이 많다. 크게 정진해 주었으면 한다.

조선규수시초 (2)

밤

밤은 깊어지고 사방 고요해지니
마당 하얗게 뜬 달 맑구나
나의 혼 씻은 듯 깨끗해지고
내 바탕이 되는 마음 한하게 널리 보인다

야좌(夜坐)　정일당 강씨(靜一堂 姜氏)

夜久群動息　　　　　庭空皓月明
方寸淸如洗　　　　　豁然見性情

가난한 여인이 노래하다

찾아오는 사람도 세상의 일도
산 깊은 데에 살아 아주 드무네
술조차도 없는 가난함에
묵을 손님조차 없구나.

빈녀음(貧女吟)　임벽당 김씨(林碧堂 金氏)

地僻人來少	山深爲事稀
家貧無斗酒	宿客夜還歸

그대를 보내다

전투하는 마당의 깃발 아래
오랑캐 피리의 꿈 슬프네
길가의 버드나무 싹 나고 지고
한탄을 참으며 그대 기다리려 한다

송부출새(送夫出塞)　이각부인(李恪夫人)

何處沙場駐翠旗	戌歌羌笛夢中悲
陌頭陽柳吾何悔	只待歸鞍繫月支

부슬부슬

창밖에 비는 부슬부슬
부슬부슬 내리는 소리 자연히 나고
그 소리도 자연이라
내 마음도 또한 자연스럽다

소소음(蕭蕭吟)　장씨(張氏)

窓外雨蕭蕭	蕭蕭聲自然
我聞自然聲	我心亦自然

⊕ 오타 마사조(太田雅三)

끊어질 듯한 호흡을 외면하고 전쟁에 대해 가타부타 하는 의사 의심하려고 한다.(아버지 뇌일혈로 돌아가시다)

맥박이 늦게 뛰는 것이 확연해 어머니는 돌마늘의 뿌리를 강판에 갈고 계신다.(돌마늘은 졸중에 효과가 있다고 한다)

목숨만이라도 붙들고 싶어도 방법이 없다 일컬어지는 병이니 위로할 수 있는가.

아주 자세히 병의 요법 등을 적어두셨던 아버지가 남기신 수첩을 열어 본다.

툭하면 눈물 흘리게 되신 우리 어머니에게 가끔은 화가 나서 비오는 밖에 나가.

⊕ 야마무라 리쓰지(山村律次)

백 겹의 파도 천 겹의 파도 헤치고 남쪽으로 진주군의 함대 오로지 나아간다.

높이 떠 비치는 태양의 자식이므로 남쪽의 거대한 바다를 정원에 고인 물로 본다.

수수에 바람 나부끼누나 병사는 다섯 번 출정하여 들판에서 가을을 맞는 듯하다.

충칭(重慶) 폭격하러 가는 비행기 안에 인형의 눈알이 웃음 짓고 있었다던가.

⊕ 모리 노부오(森信夫)

너무 심하게 거칠어진 손을 한 처녀가 알루미늄 잡화 늘어놓고 표를 구한다.

술 냄새 나고 마늘 냄새가 나는 그릇 끝없네 장이 서는 날 저녁 입장권 표를 사니.

한밤중 한 시 비가 내리는 속에 열량짜리의 화차 갈아 넣으려 비옷마저 벗는다.

아침의 점호 맹세의 제창 소리 대범하구나 항상 새로운 말로 들려 울려 퍼진다.

밤샘을 하고 날이 밝아 피로가 극에 달해서 비틀거리고 있는데 몹시 붉은 닭의 볏.

밤이 깊어서 몸의 추위 더하는 철로 전환소 신호등 끌어안고 따스함을 구하네.

⊕ 요시모토 히사오(吉本久男)

사무실에서 해드는 곳에 모여 독일과 소련 전쟁 얘기하는데 끝이 날 줄 모르네.

어제와 오늘 아침 서리 하얗고 가는 가을의 끝자락 양지에서 오후 해를 받는다.

처자식들을 동물원으로 가게 했는데 서풍 강하게 불어오니 나가기는 했는지.

야스쿠니(靖國)신사 폐하께서 친히 참배하시는 때로다 전시내각 탄생하려고 한다.

⊕ 호리우치 하루유키(堀內晴幸)

자원개발은 이 광산의 갱도를 폐쇄하기에 이르른 것 같구나 계곡물은 흐린다.

수국의 꽃이 한창 흐드러지게 핀 작은 냇가에 서성여 세어본다 지난 해 몇 년인지.

해를 지나서 내가 서 있는 마을 저녁 무렵에 옅게 향기 감도는 수국의 꽃내음.

⊕ 오노 고지(小野紅兒)

임전 태세 하 제십칠회의 신궁(神宮) 대회 열리기 전에 신 앞에서 우리들 맹세한다.

(조선신궁 봉찬(奉贊) 체육대회에 참가하여)

가을 햇살의 그 빛을 받으면서 그라운드에 마음 기량 하나 된 제전이 열렸구나.

체력증강을 목표로 한 총후의 젊은이들이 용감히 싸운다네 힘과 미의 제전을.

⊕ 고에토 아키히로(越渡彰裕)

감청색 하늘 위 올려다보면서 언덕에 서서 연을 날리겠다며 아이들 야단법석.

봉공할 것을 마음으로 맹세한 나인 까닭에 사소한 병치레는 말도 않고 나선다.

배웅을 해도 얼굴도 들지 못해 눈썹 내리고 입을 꼭 다문 채로 그대 아무 말 않네.

남동생의 도시락 반찬으로 무엇을 할까 요리에 관한 책을 책꽂이에서 꺼내.

저녁 식사의 준비를 하려고 내려왔을 때 밤밥을 받아왔네 옆집 사람에게서.

⊕ 이와타니 미쓰코(岩谷光子)

마음만큼은 강하게 가졌어도 현실의 신세 매일 매일의 근무 무거운 부담이네.

나른하게도 몹시도 지쳐 버려 다리 무겁게 귀가하는 밤길에 귀뚜라미 우누나.

이 년 동안에 내가 다녔던 시골 일 얘기하는 제자와 마주앉아 대화가 즐겁구나.

헤어져 산 지 육 년이 되었구나 그저 간절히 기원해왔던 오빠 졸업이 다가왔다.

졸업식 하고 동시에 군병으로 소집돼 가는 오빠이기에 우리 할 말도 없었노라.

⊕ 간바라 마사코(神原政子)

봉사작업

후방의 우리 목숨을 직접 걸지 않았지만 이슬 내리는 아침 엄격히 훈련한다.

아침 햇살이 비치는 들판 아침 아지랑이에 마음을 긴장시켜 대원들 점호한다.(나는 반장이 되었다)

제삼반 이상 없습니다 라고 하는 보고에 대장님께서는 거수경례 하신다.

망치질 하던 손을 잠시 멈추고 정오가 되면 묵도를 바칩니다 흙속의 참호에서.

저녁의 어둠 이미 짙게 깔리는 이 들판에서 방공호를 구축하는 작업 거의 되었다.

⊕ 후지 가오루(ふちかをる)

몇 년씩이나 아끼며 사용하던 타이프라이터 마치 혈기가 통하는 듯이 느껴지누나.

하루 동안의 업무를 끝마쳤다 홀가분함에 타이프기 정성껏 닦아 깨끗이 하네.

두 다리 바쳐 의족을 받아 끼운 사람이 있어 발걸음 소리도 일정하게 온다네.

두 다리를 바치고 지팡이에 매달려 있는 그 사람은 환하게 미소를 지으신다.

초겨울의 오늘 아침은 신선한 파란 파 넣은 된장국 수증기에 유리문이 하얗다.

둥지 안으로 틀어박힌 새 며칠 먹이 안 먹고 내가 가까이 가면 날카로운 소리 내.

⏺ 나카지마 마사코(中島雅子)

결혼 앞두고 신랑이 소집되어 출정가게 된 친구의 마음을 나 추측하기 어렵네.

흔들흔들 코스모스가 가을 햇살에 모여 단엽기(單葉機)125) 높이 높이 하늘을 날던 날에.

기원 이천육백 년의 하늘 별자리는 건강하게 지상의 소용돌이 조용히 비춘다네.

애수라는 말 어감에서 아름다움 사라지고 현실은 딜레마의 연속인 것입니다.

역사의 위에 군대는 있다 꽃을 장식한 콧수염 위에 조국의 존엄한 건강 충족됩니다.

⏺ 후지키 아야코(藤木あや子)

마른 풀잎에 스며든 가을 해의 따사로움에 휴식 취하노라면 병 따위 잊게 된다.

수련의 둥근 잎이 색은 바래고 흔들리면서 수면에 조용하게 가을은 가나보다.

가을 햇볕을 받아서 밝게 빛나는 연못의 표면 물새들에게 먹이 던져주는 아이들.

몸에 스미게 바람은 차졌지만 마른 잔디에 앉으면 가을 햇살 따사로움이 있다.

⏺ 다카하시 하쓰에(高橋初惠)

천황의 나라 수호신을 모시는 신사에 헌등(獻燈)126) 불을 켜서 밝히고 가을밤은 조용해.

외로움마저 참으며 가려하는 나 스스로도 염원하며 살리라 이 어려운 시대에.

일이 한바탕 끝나서 점심밥을 먹고 있으니 방송의 거문고는 나를 위무한다네.

---

125) 단엽 비행기를 말하며 날개가 양쪽에 하나씩 있는 비행기.
126) 신불에게 바치는 등불.

⊕ 무라카미 아키코(村上章子)

산 정상에서 쉬면서 점심밥을 즐긴 다음에 각기 증상 누르며 비봉(碑峰)[127]으로 오른다.

바위 위에서 만세소리 외치는 사람들 있어 그 메아리는 멀리 푸른 하늘을 찔러.

저녁 하늘에 빛나는 산봉우리 뒤돌아보며 종이 떠서 만드는 마을을 내려왔다.

코스모스가 한창 많이 피었네 코스모스의 꽃 무더기 속에서 카메라를 향한다.

⊕ 고이데 도시코(小出利子)

어린 아이의 옆에 누워 있으니 희미하게도 젖 냄새 달콤하게 느껴지는 애틋함.

말에 올라타 한여름에 도로를 달려서 가는 군복 입은 그 등에 땀은 배어나와.

사락사락하며 잎이 부딪는 가을바람 선선해 소나기구름 하늘에 꼼짝도 않고 있네.

⊕ 노노무라 미쓰코(野々村美津子)

해가 그려진 깃발을 드높은 곳 꽂아두고서 여자청년대 하는 행진 아름답구나.

내지(內地)와 조선 여자들인 우리는 한데 모여서 행진을 하는구나 대지를 꾹 밟으며.

상회(常會)가 한창 열린 중에 보도된 내각(內閣) 총사직 그 뉴스를 듣고는 침묵이 이어진다.

사이렌의 웅웅거리는 소리 어둠속에서 퍼져 적기의 공습 전달하고 있구나.

⊕ 미나요시 미에코(皆吉美惠子)

바다 남쪽의 외로운 섬에 혼자 황제의 위엄 있는 몸가짐 지키는 영웅 나폴레옹.

독일 소련전(戰) 뉴스 전황은 점점 험악해지는 날 나는 나폴레옹 전기를 다 읽었다

코르시카[128]의 한 청년의 마음을 용솟음치는 정열을 이유로 해 황제로 만들었네.

---

127) 북한산의 비봉능선에 있는 높이 560미터의 봉우리. 신라 진흥왕순수비가 세워진 데서 유래한 이름.

⊕ 기요에 미즈히로(清江癸浩)

몹시도 밤이 깊어져 버렸구나 이제 마침내 글쓰기를 끝내고 마음이 조용하다.

과거의 날들 풀 위에 뒹굴면서 놀곤 했었던 교각의 밑동에는 가을풀이 무성해.

자기 목숨을 나라에 바쳐 버린 병사들에게 마음을 가득 담아 편지 써서 보낸다.

전쟁을 지금 벌이고 있는 나라인 기색도 없이 지금 흰 구름이 조용히 흘러간다.

등화관제는 이제 완수되었다 어둠 속에서 밝은 것은 오로지 달빛 별빛뿐이네.

전쟁터에서 일하는 사촌형의 그리움 묻은 편지 도착했구나 흙의 향기가 난다.

한결같게도 부탁하고 원하는 여동생에게 안 된다고 말하기 어려워 끄덕였다.

⊕ 히카와 세이코(陽川聖子)

석남등 나무 희미한 향기 나는 풀덤불 안에 난 작은 길을 내가 서둘러 가고 있다.

붉은 수수의 그림자 분명하게 가장자리에 지고 여름밤의 달은 조용히 떠오른다.

어릴 적 날들 친구와 함께 놀던 이 언덕으로 와서 보니 그립다 산딸기도 있구나.

부소산(扶蘇山)[129)]에도 단풍이 들었구나 나무 아래에 앉아 곡창 자리의 그을린 쌀 줍는다.

황혼이 질 때 담쟁이덩굴 푸른 잎 한들한들 흔들리는 모습이 바다 잔물결 같다.

등불이 켜진 벽에 도착을 하니 푸른 잎 그림자 검게 비추어서 흔들흔들 동요해.

---

128) 지중해 북부 사르데냐 섬 북쪽 보니파시오 해협 사이에 있는 프랑스령의 섬으로 그 주
　　도(州都)인 아작시오는 나폴레옹 1세가 태어난 곳.
129) 충남 부여군 금강(일명 백마강) 기슭의 높이 106미터의 낮은 산. 낙화암(落花岩)이 있는
　　곳.

구라하치 시게루(倉八しげる)

코르셋[130] 차고 지낸지 한참이 된 아픈 내 아이 장난감 말과 함께 놀고 있구나.

병상에 있는 어린 자식 코르셋 안아 올리니 등자(鐙子) 부분이 그저 차갑기만 하구나.

코르셋의 끈 검고 가느다란데 걸을 때 풀면 내 아이는 기어서 가지고 오는구나.

코르셋 차고 있는 나의 아이의 한쪽 다리가 가늘고 짧아진다 아내가 말을 하네.

코르셋 질질 끌며 계단 오르는 내 아이의 뒤에는 아내가 지키며 서 있구나.

스기하라 다즈(杉原田鶴)

가을 햇살이 정면으로 비춘다 작은 정원가 백일홍의 꽃들이 색 변한 듯 보이네.

성터자리라 하는 것은 이름만 남아 백제의 들판에 내선일체 큰 신궁을 세운다.

희끄무레히 산에 해가 뜰 무렵 신성스러움 안개에 젖어들어 평제탑이 보인다.

근로봉사대 깃발을 내세우고 백제 들판에 모여서 서있구나 오백 명 젊은이들.

히노 마키(火野まき)

희미한 햇빛 비치는 경내 넓다 담쟁이넝쿨 붉게 물든 낙엽을 잔디 위에서 봤다.

용이 새겨진 조각 몹시 색 바래 어두침침한 대웅전을 올려다보며 배례 드린다.

짐짓 차분해진 경내 깨끗하구나 붉고 선명히 다알리아가 피어 있는 전등사(傳燈寺)[131] 마당.

구즈메(葛目)[132] 부대가 크나큰 전과 올린 그 뉴스를 눈물 가득 지으며 오늘밤 듣는구나.

---

130) 여기에서 말하는 코르셋은 정형외과에서 환부를 지지하거나 고정, 혹은 교정할 목적으로 몸에 부착하는 단단한 깁스 같은 도구를 말함.

131) 강화도에서 가장 큰 사찰. 381년 창건으로 전해져 현존 한국 사찰 중 가장 오랜 역사를 가진 곳.

132) 원문에는 '葛月'로 되어 있으나 '葛目'의 오식으로 보임. 구즈메 나오유키(葛目直幸, 1890~1944년)로 추측되며, 1941년 다카마쓰(高松) 연대구(連隊區)의 사령관을 맡고 7월 보(步) 제222연대장을 맡음. 1944년 7월 격전지였던 인도네시아 비악(Biak)섬에서

⊕ 아카사카 미요시(赤坂美好)

아무렇지도 않게 한 한 마디 말 그 확고함에 내 딸이 한 말인가 일순 망설여진다.

여섯 명 중에 세 명을 나라 위해 바친 자식들 잘 지내고 있어라 어머니 기도하네.

마흔까지는 얼마 남지도 않은 어머니도 외출할 때는 조심하라며 자식이 마음 쓴다.

휴일 아침에 마당에서 낙엽을 태워 고구마 구워먹고 있구나 나의 아이들은.

⊕ 도요야마 도시코(豊山敏子)

저녁 햇빛을 받은 마당의 화초 바라보노니 눈이 부실 정도로 빛이 나고 있구나.

잔비 내리는 자갈 깔린 광장에 죽 늘어앉아 공손하게 신에게 이마를 조아리네.

계속 내리는 오월의 장맛비를 기뻐하면서 모내기 서두르는 시골마을 사람들.

한층 더 고향 그리워하는 마음이 끓어오르는 어린잎 자랄 무렵 되어 버렸구나.

마을 모퉁이 꽃을 파는 지게꾼 손에 들려 있는 참억새 꽃다발에 가을을 생각했네.

⊕ 김인애(金仁愛)

오동나무 잎 바짝 말라 떨어진 소리에마저 가을의 깊이를 생각하면서 있구나.

글을 읽어서 피로해진 두 눈을 잠시 동안은 감고 있던 일순간 이 고요함이란.

마을 모퉁이 군고구마를 굽는 냄새가 나고 겨울은 마침내 가까이에 왔구나.

⊕ 우하라 히쓰진(宇原畢任)

맑고 투명한 서늘한 달의 빛을 감나무는 제대로 정면에서 받아 냉랭히 서 있네.

집 뒷마당에 한 그루 자라 있는 복숭아나무 불어오는 찬바람에 잎을 떨어뜨린다.

전사한 군인.

학교 교사의 벽을 돌아가는 담쟁이덩굴 잎 모두 단풍 들어 아름다워졌구나.

⊕ 요네야마 시즈에(米山靜枝)

공습 있다는 사이렌의 소리가 울리는 한밤중 어두운 밤하늘에 별 그림자 보인다.
한 걸음조차 늦추는 일도 없는 어두운 길을 더듬어 올라간다 방공감시를 하러.

⊕ 사사키 하쓰에(佐々木初惠)

자식을 키워 이제 한숨 돌리신 노모께서는 지나간 날들처럼 어린애와 노신다.
위대한 이번 세기의 사업에 직면을 하여 내 존재의 약소함 절절히 느낀다네.
맑고 깨끗한 아침의 공기를 가슴에 넣고 직장으로 서둘러 가는 마음 가벼워.
의의 깊은 내 생활을 구축하고 싶다는 생각 마음속으로부터 하게 되는 요즘 나.

⊕ 구로키 고가라오(黑木小柄男)

시그널의 파란 불 켜진 동안 지나가려고 아침의 발걸음에 기운을 넣게 된다.
집 가까이의 골목길을 돌아서 오동나무의 푸르름을 보다가 발걸음 늦춰진다.
소풍가는데 젓가락 잊어버린 아이 쫓아서 아침 이른 거리를 땀 흘리며 뛰었네.
왼쪽 위로는 플라타너스 잎이 살랑거리고 파란 전차 오가는 창문을 보는 매일.

⊕ 무라타니 히로시(村谷寬)

하이난섬(海南島)[133]의 조사강연을 듣겠다 모여든 양복 한복 입은 사람들 장사진을 이루네.
외박을 나온 병사들 종대(縱隊) 꾸러미 들고 목욕탕 가는 구두소리도 가지런히 들린다.

---

133) 중국 남쪽의 큰 섬. 하이난섬은 1930~40년대에는 중국 공산당과 일본이 교전을 했던
곳이자 제2차대전 당시 일본군 주둔지였던 곳.

젊은 하사에게 각반(脚絆)[134]이 풀어졌다 주의를 받고 웃으며 수긍하는 나이 많이 든 병사.

처마에 세운 사다리에 앉아서 망보고 있는 몸뻬[135] 입은 다리의 부드러운 곡선.

증서가 들어 있는 서고 자물쇠 열면서 문득 공습 피난할 때에 지참물 생각한다.

술을 팔 시간 지나버려 적적한 밤 나팔소리 멀리서 울려오니 나 스스로 삼간다.

🌐 아베 고가이(安部孤涯)

온천 숙소에 조선 연극을 위한 가건물에서 울려오는 딴따라[136] 어린 시절 떠올라.

해안가에서 모래 언덕 몇 개나 넘어가면서 학생과 얘기하네 시간도 잊은 채로.

강물 위에는 나무다리 놓였고 언덕도 있다 여기 달천(達川)온천[137]도 또한 좋은 곳이네.

남동생이 "보쿠진톤(朴仁敦),[138] 보쿠진톤" 부르는 소리 언덕을 올라 좀처럼 돌아오지 않네.

삼천(三泉)[139]의 달은 맑기도 하다 숙소 게타(下駄)[140]의 소리 울리면서 나간다 냉

면을 사 먹으러.

이렇게 밤이 깊었는데 영어로 뉴스에 내각 사직소식을 듣고 마음이 편치 않다.

---

134) 걸을 때 발목 부분을 가뜬하게 하기 위해 무릎아래부터 발목까지 감는 띠.
135) 여성 노동용 바지의 일종으로 통이 넓고 발목 부분을 조인 모양으로 활동성을 좋게 한
    것. 특히 태평양 전쟁 중 '몸뻬 보급운동'이 부인회에서 장려되고 공습 시 여성들에게
    방공용으로 착용이 의무화.
136) 원문에는 '진타(ヂンタ)'라고 되어 있는데 이것이 '진탓타'하는 연주소리의 의성어에서
    온 말로 서커스나 선전 따위에 쓰는 소수인의 악대를 의미하므로 비슷한 우리말인 '딴
    따라'로 옮김.
137) 원문에는 '達泉溫泉'이라 표기되어 있으나 '達川'의 오기로 봄. 황해도 신천군에 있는
    온천.
138) 원문에는 한국인 이름 '박인경(朴仁敬)'으로 표기되어 있으나 읽기가 'トン'으로 두 번
    반복되고 있어서 비슷한 글자인 '돈(敦)'의 오식으로 보아 고쳤음.
139) 삼천온천으로 유명한 황해도 신천군 궁흥면 삼천리(三千里).
140) 끈이 달리고 굽이 있는 일본식 나막신.

⊕ 나카무라 기요조(中村喜代三)

자연스럽게 가슴에 다가오는 가을의 밤에 마음은 가라앉고 환영을 따라간다.

이슬이 가득 내린 가로수 길에 군화 소리가 들려 입영 임박한 나의 피가 끓는다.

군화소리가 포장도로에 세게 리듬을 주며 병사되기 기다리는 내 마음은 떨린다.

⊕ 미즈카미 료스케(水上良介)

정오가 지난 때부터 방공연습 시작되므로 모래 산처럼 높이 문에 쌓아 두었다.

밀잠자리가 낮게 땅을 기듯이 날아 가면은 오후의 태양빛이 강하게 비친 마당.

연두색 나는 담배의 넓은 잎을 보고 오르며 산 속의 마을에 도착을 하게 됐네.

비늘이 있는 채로 아침에 먹은 커다란 잉어 된장에 넣고 삶은 것이 따뜻하구나.

저 멀리 있는 산의 밑자락에 감돌고 있는 물이 보이는 것도 이 산이기 때문에.

⊕ 후지모토 고지(藤本虹兒)

내가 말하는 조선어가 웃긴다 수염 쓰다듬는 노옹은 담배 속을 바꿔 눌러 담았다.

조선아이들 신나게 떠드는 데 다가가 보니 오래된 신문 속의 일본군 칭찬하네.

등에 업혀 있는 조선 농부의 아이 내가 웃으니 낯가리지도 않고 나를 보고 되웃네.

⊕ 하나토 아키라(花戶章)

어깻죽지에 파고내리는 총을 참아내면서 싸우는 병사들을 나는 생각하노라.(재향군

인훈련)

비행기 내린 병사들은 느긋이 휴식취하며 모두 같은 모습으로 담배 피우고 있다.

⊕ 나카노 도시코(中野俊子)

어머니 죽음 알기나 하는 건가 지금 시신에 불을 옮기는 아이 아직 어리기만 해.

묘를 파내는 정 소리가 산으로 메아리치며 불경을 외는 사이 맑게 되돌아온다.

가을하늘의 아래에 슬프구나 서서 오르는 그대를 장사지낸 연기에 합장하네.

공습경보가 큰 소리를 내므로 너무 놀라서 하늘 올려다보며 개가 계속 짖는다.

좋은 나라에 태어난 것이로다 생각하면서 방공연습을 하는 중에 외국 떠올려.

⊕ 기쿠치 하루노(菊池春野)

옷을 꿰매면 내 옆으로 바짝 다가와 앉아 흉내 내는 아이와 오로지 단 둘이네.

아이가 잠든 얼굴 지켜보면서 망설여지는 마음을 잘 정하고 스스로 격려한다.

낙엽 태우는 불에서 하얀 연기 냄새가 나고 이 산속 절에도 가을은 깊어졌다.

아이도 잠이 들어 조용해졌다 이런 밤에는 라디오 들으면서 뜨개질하는 즐거움.

⊕ 사카이 마사미(境正美)

세차게 부는 바람 살갗에 스며 비로봉 안의 깊은 계곡들은 어둠에 가라앉네.

바로 눈앞에 삐죽삐죽 높이도 우뚝 서 있는 옥녀봉에도 구름 걸려 오고 있구나.

깊은 산속 길 바위틈에 피어 있는 보라색 용담 달빛에 차가운 그림자 드리운다.

삼불의 모습 흐릿해지는구나 석양이 비친 산속 길에 들리는 계곡물 흐르는 소리.

⊕ 시마키 후지코(島木フジ子)

작은 정원에 이슬이 촉촉하게 내린 아침에 코스모스 피었고 가을 가까워졌다.

초가을 바람 조용하구나 하늘 저 멀리에서 깜박이는 별들의 빛은 맑고 또렷해.

숙모님 임종 소식 듣고 조용히 생각해 본다 뒤에 남겨지게 된 그 남편과 그 아이.

⊕ 후나토 주사부로(船渡忠三郞)

고향에 계신 부모님은 어떻게 계시는지 달밤에 벌레소리 들으며 생각한다.

⊕ 시라코 다케오(白子武夫)

가을 하늘에 날갯짓도 가볍게 공중회전을 하는 모형비행기 태양에 빛이 난다.

라이 산요(賴山陽)[141]의 어머니로부터

사이키 간지(佐井木勘治)

들판을 이리저리 뛰어 돌아다니는 개구쟁이 꼬마에게까지

그 이름 알려진 자는

「편성숙숙(鞭聲肅々)」[142]의 작자이며 『일본외사(日本外史)』[143]의 저자이다

이 정열의 국가시인 라이 산요일 것이다

그 어머니는 여류학자였다

그보다도

나를 끌어당기고 놓아주지 않은 것은

"후지산 봉우리도 오미(近江)의 큰 호수[144]도 미치지 못할 임금과 아버
지의 은혜 잊지 말아라"는 노래를

그에게 준

어머니로서의 순수한 지도정신입니다

---

141) 라이 산요(賴山陽, 1780~1832). 에도(江戸)시대 후기의 유학자, 역사가, 한시인. 오사카
(大坂)에서 출생. 슌즈이(春水)의 장남으로 이름은 노보루(襄), 자는 시세이(子成). 18살에
에도로 나와 경학, 국사를 배우고 후에 교토로 가서 사숙(私塾)을 열어 문인들과 교류
했다. 저서에 『일본외사(日本外史)』, 『일본정기(日本政記)』, 『산요 시초(山陽詩鈔)』 등이
있다.
142) 상대방이 알아차리지 못하도록 조용히 말에게 채찍을 가하는 모습을 말함. 우에스기
겐신(上杉謙信)과 다케다 신겐(武田信玄)의 전투를 다룬 라이산요(賴山陽)의 유명한 시
구임.
143) 라이 산요가 저술한 22권의 역사서. 1826년 성립되어 1836년 간행됨. 일본 무가의
흥망성쇠의 역사를 유창한 한문체로 기록한 것으로 막부 말기 존왕(尊王)사상에 영향
을 줌.
144) 비파호를 이르는 말.

그리고 이 어머니의 마음은
시종일관 그를 이끌었습니다
어느 날 산요가 술에 취해 엉망이 된 적이 있었습니다
그러자 그녀는 아버지 슌스이(春水)145)의 유서를 걸고
간절히 그를 말로 타이른 것입니다
이것은 사실 산요가 마흔다섯 때였습니다

어제까지의 세계라면 거짓 고백에 의해서도 이끌 수 있다
톨스토이의 『나의 참회』146)를 보라
그러나 어머니가 아이를 이끄는 데에는
헌신적 진실의 사랑이 필요하다

---

145) 라이 슌스이(賴春水, 1746~1816). 에도 시대 후기의 유학자, 한시인. 1766년 오사카로
와서 한시 결사인 혼돈사(混沌社)의 일원으로 활동하였다. 1781년 히로시마번(廣島藩)에
유관(儒官)으로 초빙되어 히로시마로 돌아갔다. 유학은 주자학을 신봉하였으며 후에 막
부 유관들이 이학(異學) 금지 추진에 크게 협력했다. 그의 시문은 『슌스이 유고(春水遺
稿)』에 정리되어 있다.
146) 톨스토이가 쓴 1882년의 『참회록(Ispoved')』을 말함.

저녁의 곡조(夕暮のしらべ)

시로야마 마사키(城山昌樹)

가을 풀을 깔고 나는 눕는다
눈을 감고
어머니 무릎에 어리광 부리듯이

숲 안쪽에서 살짝 바람이 다가온다
마음에 웅크리고 있던 현실이 잡힌다
내 안에 나의 오아시스가 만들어진다
조용한 과거에 대한 소요가 시작된다

나는 눈을 뜬다
잠시의 꿈이 끝나고—
종모양의 꽃이 내 신경을 사로잡는다

——바람에 흔들리는 용담(龍膽)이다
——두세 점의 자주색이다
——이렇다 할 수 없는 은은한 향기이다

갑자기 나는 그을린 램프 같은 저녁 빛을 느낀다
어느 샌가 내 눈물선이 흔들리고 있다

적적한 모든 모습에
나는 혼자 감격하고 있는 것이다

훈련(訓練)

기무라 데쓰오(木村徹夫)

시야에 가득 펼쳐지는 불의 선 끝에서
칸나 꽃이 불타고 있다
꽃 주위에서 어제의 꿈이 탄다

손가락과, 땀과, 스핀들 기름 냄새와
그 안에 묻혀
지금, 내 두 손은 총의 든든한 무게감을 지탱한다
한창 내리쬐는 해 아래에서 재처럼 무너지는 감정

뿜어내는 땅의 열기 위에 누워 등을 개미가 무는 대로 두고 총의 가늠
자 저쪽에 눈의 초점을 맞춘다

명령은……
짧은 일순간, 나는 조용히 기다린다
전투모 창에, 조용히 구름이 그늘져온다

저녁 노래(夕の歌)

히로무라 에이이치(ひろむら英一)

하늘에도 등을 켰으니——
사람들아
우리가 사는 작은 집들 창에도
등을 켭시다
그리고
오늘 하루의 생활 노래를
망각의 멜로디와 함께
밤의 장막 안에 흘립시다

하늘에도 등을 켰으니——
사람들아
우리 마음에도 등을 켭시다
그리고
안락했던 오늘과
내일의 행복에 대해
신에게 기도를 바칩시다

서부에서의 승리(SIEG IM WESTEN)[147]

마스다 에이이치(增田榮一)

에너지 왕성한 청년의 옆얼굴

화염 방사기는 프랑스 탱크를 태우고

비행기 편대는 폭음 높이 화면을 가로지른다

마지노선은 돌파되었다!

히틀러의 오른 손이 오르는 곳

국민은 열광한다

제삼제국의 건설로!

세계지도는 매일 바뀌어 그려진다

독일을 위한 전쟁이라면

긍정하라, 그대!

길도 또한 이루어졌다

무엇을 하든 여전히 그대는 주저한다——라고

국민시인 멘첼은 드높이 외쳤다

---

147) 2차 대전 당시 영화 유럽 박스오피스 1위 독일 홍보 영화의 제목. 1940년 5-6월 서유
럽 전격전을 소재로 독일의 대담한 공격과 무기의 우수성을 주된 내용으로 하는 다큐
멘터리 뉴스영화이다.

가을바람 불던 날(秋風の日)

에나미 데쓰지(江波悊治)

기름얼룩에 기와 위에도
가을바람은 왔다
마른 머리에
얼음비를 자아낸
투명한 리본을 묶어 달면서――

사랑스러운 사람아
가로등이 두건을 벗겨간다
가엽게도 어리석은 동작으로

눈을 감아도
들장미의 과실처럼
이미 차갑게 익은
아름다운 당신의 입술

멀리 어두운
회한의 눈물을 연결하며
가을바람은 왔다

저녁 때(夕食時)

일 때문이겠지
귀가가 늦네
테이블 위 꽃을 바라보면서
바깥 발소리에 귀를 기울이고 있다

때때로 뒤에 말없이 서있는 듯한 느낌이 들어 돌아본다
어쩌면 서 있을지도 모른다고 생각하고는 깜짝 놀란다

라디오 뉴스 시간이다
창에서 저쪽을 쳐다보면서
빠져나가는 뉴스를 멍하니 잡는다

뜨거운 물이 쉭쉭 끓고 있다

만추 단초(晚秋短草)

다니구치 가즈토(谷口二人)

담 벽돌 건너편에 거리는 고요히 저물고
가을의 음률 잃어가는 만가여

꽃병에 꽂은 국화의 향기로운 내음
군장한 친구의 사진이 환하게 미소를 짓고 있다

영겁——시간의 인쇄 속에서
불을 켜고 혼자 생각에 빠진다

중양의 국화(重陽の菊)

에하라 시게오(江原茂雄)

닭울음소리에 일어나니
마치 눈으로 착각되는 서리가
한 무더기 황금 국화에 더해졌다
그 그윽한 향과 그 예쁜 색

오늘은 중양절148)이다

먼 하늘에
조용히 기러기가 날아간다

---

148) 중양절(重陽節) 음력 9월 9일

우리들의 세계(俺達の世界)

기교 센슈(桔梗川修)

나는 지금 세계지도를 보고 있다

내 다리는 지금 반도를 밟고 있는 것이다

나라는 사내가 있어서 또한 믿음직한 우리들의 제국

작지만 용맹한 무언가가 있다

내가 태어난 저 아름답고 그리운 아와지(淡路)149)의 섬도 보이지 않는

것 같다

세계 앞에는 작고 서글픈 내 고향

하지만 우리는 저 대륙을 본다! 저 칠대양을 본다

그리고 세계의 존재를 인식한다

---

149) 현재의 효고현(兵庫縣)에 있는 아와지섬(淡路島)을 일컫는 옛 지명.

『국민 개로(皆勞)의 노래』 기타

　국민총력 조선연맹 문화부에서는 국민 개로 운동을 고무 격려하기 위해 국민 개로를 주제로 한 작곡 및 무용을 창작하여 이를 연예단체, 방송 등 각 방면에 사용하게 했는데, 다음에 그 가사 중에서 국어의 분을 채록해 두기로 한다. 작자는 모두 반도 시단의 선배들이다. 또한 서문에 조선군에 의해 제작된 영화『너와 나(君と僕)』[150]의 주제가가 다나카 하쓰오(田中初夫) 씨에 의해 쓰였는데 이를 채록해 둔다.

---

150) 1941년의 영화로 내선일체와 만선일여의 구현을 주제로 한 조선군 보도부 제작으로 일본과 만주, 조선의 스타들이 대거 출연한 화제작.

국민 개로의 노래

다나카 하쓰오(田中初夫) 작사

(1) 가지런한 발걸음 논길을 걸어
     괭이를 짊어지고 진군을 한다
     사람손이 부족한 곳이라 하면
     모두 도와줍시다 일을 합시다

(2) 삽과 곡괭이로 흙을 나르고
     땀을 뚝뚝 흘리며 도로 공사 중
     인부 한 명이라도 필요하겠나
     있는 힘을 담아서 일을 합시다

(3) 늙은이 젊은이도 모두 총동원
     직장에 직장으로 돌격을 하자
     놀면서 지내기는 안 될 말이다
     나라를 위하여서 일을 합시다

모두 나가 베어라

우에다 다다오(上田忠男) 작사

1. 아침이다 동 튼다 빛나는 하늘이다
     (합창) 사쿠리 사쿠사쿠 란란란라
    모두 나가 베어라 초록색의 야산을
    낫으로 솜씨 좋게 자르는 맛 보이며
    짐수레 백 번조차 고생이 아냐
     (합창) 그래 그래그래 고생이 아냐

2. 총 들지도 않으며 놀 수는 없는 노릇
     (합창) 사쿠리 사쿠사쿠 란란란라
    모두들 힘을 내라 전쟁 할 작정으로
    군마들에게 바칠 꼴을 베러 가려고
    오늘도 모두 출동 봉공을 간다
     (합창) 그래 그래그래 봉공을 간다

3. 뒤로 묶는 머리끈 단단히 조여매고
     (합창) 사쿠리 사쿠사쿠 란란란라
    모두 밝은 기분에 아가씨도 새댁도
    쌓아서 겹쳐 올린 산더미 같은 퇴비
    올려본 웃는 얼굴 피가 끓는다
     (합창) 그래 그래그래 피가 끓는다

들은 화창하다

나카오 기요시(中尾淸)

(1)
나라의 보물은
백성과 벼이삭
　　벼이삭 요—

흙의 냄새에서 희망은 넘쳐나고
땀을 흠뻑 흘리머 논밭일히네
　　모두 다 같이 함께
　　명랑도 하게
　　마음은 하나로다
　　손도 잡아라

(2)
넓은 논의 표면에
아침 안개가 끼면
　　끼면 요—

모내기 좋은 날씨 산들 바람 향기나
푸른 잎의 그늘에 볏모가 살랑인다

모두 다 같이 함께
자 모내기다
온 마을이 모였다
일손도 갖춰졌다

(3)
이백에 십 일(이백십일)이나
일도 없이 지내고
　　지내고 요―

황금의 벼이삭은 다 익으면 부른다
자자 빨리들 가자 벼를 베러
　　모두 다 같이 함께
　　자자 베자
　　찢어진 허수아비
　　마음도 개여

(4)
봄날 모내기에는
노래까지 블렀다
　　불렀다 요―

우리 집 아들 녀석 정의로운 출정에
자자 내보내자 후방의 방패
　　모두 다 같이 함께

도와주자
걱정시키지 말자
후방의 일은

(5)
올해는 풍년이네
가마니가 산더미
　산더미 요—

마을에서 떨어진 느티나무 숲에서
추수 축하의 춤에 징 소리 울려
　모두 다 같이 함께
　떠들썩하게
　다 모였다 모였다
　마음도 모였다

우물 청소의 노래

히로세 쓰즈쿠(廣瀨續) 작사

영차 영차
모두 모여서 청소하는 우물은 영차
옥처럼 맑은 물이 우물가까지 넘치고
밤에는 별빛이 반짝반짝
아침에는 그 아가씨도 물동이 이고
　　자 영차 영차

영차 영차
마을이 모두 깨끗이 닦는 우물은 영차
옥처럼 맑은 물이 우물가까지 넘치고
여름에는 감로수가 솟으며
겨울에도 따스한 기운이 올라오는 온수가 된다
　　자 영차 영차

영차 영차
힘을 합쳐 씻는 우물은 영차
옥처럼 맑은 물이 우물가까지 넘치고
어떤 불의 신인들 무서워하리
적기도 오려거든 와 봐라

자 영차 영차

영차 영차
부락이 일심으로 깨끗이 하는 우물은 영차
옥처럼 맑은 물이 우물가까지 넘치고
할아버지도 사용한 이 물로
손주도 증손주도 자라난다
　　자 영차 영차

지원병 행진가

―영화 『너와 나(君と僕)』 주제가―

다나카 하쓰오(田中初夫) 작사

총을 한번 짊어진 이상
나도 황군의 군인이다
천황폐하의 방패로
불타는 열사(熱砂)의 길을 밟으며
당당히 나아가는 지원병

길은 동아(東亞)의 구름 위에
멀리 이어지지만 한 줄기로
조국 일본 국민의
높은 자긍심에 빛나며
신발소리 드높다 지원병

포화 연기 총알 비가 쏟아지는 전장으로
내일은 소집되어 갈 몸이다
진충보국 오로지 그 한 길
무쇠 단련으로 몸을 단련하고
보조도 가볍구나 지원병

친구여 우리는 아침 해에
피어서 향기로운 어린 버드나무
세계를 유신하는 여명을
장식할 막중한 책무는 양 어깨에
결의도 굳세구나 지원병

기쁨의 노래[151]

멀고 파란 하늘 저쪽으로
새가 되어 날아가자
　　새하얀 구름 살랑 부는 바람
　　마음 가볍게
　　버드나무 피리도 울려 퍼진다
　　함께 노래하라 기쁨의 노래

맑고 푸른 바다의 저쪽으로
물고기가 되어 헤엄쳐 가자
　　황금의 달 부서지는 파도
　　별빛에
　　조용히 흔들리는 배의 불빛
　　함께 노래하라 기쁨의 노래

초록이 무성한 언덕 저쪽으로
바람이 되어 불어가자
　　노랑 저고리 치마

---

151) [필자주] 이 주제가는 녹음할 때 가사의 일부를 정정할 지도 모릅니다. 또한 킹 레코드
에서 녹음했습니다.

꽃다운 아가씨

꿈을 꾸는 생각은 그립다

함께 노래하자 기쁨의 노래

편집후기

미치히사 료(道久良)

　본지도 '국민시가연맹' 간사 각각의 헌신적인 노력에 의해 예상대로 순조롭게 발행할 수 있었음은 그지없이 기쁜 일이다. 그러나 간사 모두는 각각 본직을 가지고 있으며, 연맹결성 당시 상태로는 사무 처리도 부족하였기 때문에 간사 모두의 협의에 의해 새롭게 가타야마 마코토(片山誠), 니시무라 마사유키(西村正雲), 이나다 지카쓰(稲田千勝), 요시하라 세이지(吉原政治) 제씨가 간사에 참여하기로 하고, 상의를 한 후 히다카 가즈오(日高一雄), 미시마 리우(美島梨雨) 양씨는 간사와 같은 사무를 담당해 주기로 했다. 이것은 전호의 후기에서 써둔 연맹의 개조(改造)와는 별도로 사무적 필요에서 응급조치로 결정한 사항이다.

　'국민시가연맹'의 간사는『국민시가』편집발행 사무라는 상당히 큰일을 짊어지고 있기 때문에 우선 첫째 그에 필요한 사무 처리를 제공할 필요가 있으며 오늘날 유사한 단체의 임원처럼 이름만 있는 형태와는 자연히 다르다. 이러한 점에서도 '국민시가연맹'은 용감하게 진정한 신체제를 선도적으로 실행하고 있다. 연맹 회원 각위도 제작에 있어, 반도 및 대륙의 문화건설을 위해 스스로 자진하여 노력할 것을 희망한다. 지협적인 이야기보다는 대도(大道)를 따르며, 우선 스스로 가능한 실행을 행하는 것이 이 중대 시국 하에서 우리나라에 진력하는 길이라고 나는 생각한다.

　조선에서 오늘날까지의 모든 결사를 해산한 우리의 결의에 대해 내지 시가단에서도 커다란 기대를 가지고 보고 있다는 사실을 알고 있다. 우리는 이러한 기대에 어긋나지 않기 위해서도, 일본 시가단의 정도(正道)를 위해서도, 오늘의 결의를 무디게 하는 일이 절대로 있어서는 안 된다. 그러나 이와 같은 일에는 커다란 지구력이 필요하며, 이 모든 일은 우리가 그것을 견딜 수 있는지 없는지에 달려 있다. 예술작품에 있어서도 작자의 강고한 지구력을 배후에 갖지 못하는 작품은 약간의 도도함을 갖추었더라도, 새로운 일본문화의 양식으로서는 선향(線香)이나 불꽃처럼 나중에 그 어떤 것도 남길 수 없을 것이다. 우리는 선향이나 불꽃과 같은 작품이 아니라 일본문화의 피가 되고 살이 되는 작품을 낳아야만 하는 것이다. 작은 감상을 뛰어넘어 일본 시가의 대도를 당당히 생각해야 한다.

창간호 발행이 예정보다 늦어졌기 때문에 어쩔 도리 없이 본 호를 12월호로 발행하고 내년 1월호부터 예정대로 매월 1일에 확실히 발행하고자 한다. 1월호의 원고는 12월 5일까지 전원이 기고(寄稿)하기를 바라며, 충실한 내용으로 발행하고자 한다. 11월호의 회비는 순차 다음 달로 돌리기로 한다.

『국민시가』 투고규정

一. '국민시가연맹' 회원은 누구든 본지에 투고할 수 있다.

一. '국민시가연맹' 회원이 되려고 하는 자는 회비 2개월 치 이상을 첨부하여 '국민시가발행소'로 신청하기 바란다.

　보통회원 월 60전 매월 단카 10수 또는 시 10행 이내를 기고할 수 있다.

　특별회원 월 1엔 위의 제한 없음.

　회비의 송금은 계좌로 '경성 523번 국민시가발행소'로 납입하기 바란다.

一. 원고는 매월 5일 도착을 마감하여 다음 달 호에 발표한다.

一. 원고는 국판(菊版, 본지와 대략 동형) 원고용지를 사용하여 세로쓰기로 헨타이가나(變體仮名)[152]를 사용하지 않도록 주의하기 바란다.

정가 금 60전 송료 3전

1941년 11월 25일 인쇄 납본

1941년 12월 1일 발행

편집겸 발행인 미치히사 료

　　경성부 광희정 1-182

인쇄인 신영구

　　경성부 종로 3-156

인쇄소 광성인쇄소

　　경성부 종로 3-156

발행소 국민시가발행소

　　경성부 광희정 1-182

　　우편대체 경성 523번

---

152) 히라가나(平仮名)의 통용되는 글자체와는 다른 형태의 것을 말함. 현재 일반적으로 사용되는 글자체는 1900년 소학교령(小學校令) 시행규칙에서 정한 것.

『후노 겐지(布野謙爾)[153] 유고집』

병든 몸에는 더 없이 쓸쓸하다 칠엽수 싹을 적시지 않을 만큼 비가 내리는 이 밤.
병들어 누운 따분한 나날들을 고하여 놓고 유품으로 울린다 어머니도 우시네.
나라 전체가 젊은 사내는 모두 싸우러 간다 병은 들어 있지만 마음을 다잡는다.

후노 겐지 군이 풍부한 시적 재능을 품은 채 경성제국대학 의학부 졸업을 앞두고 타계한지 벌써 일 년 남짓 지났습니다. 그 시를 애석히 여겨 마쓰에(松江)고등학교 시절의 학우들이 서로 도모하여 유고집을 엮기로 했는데, 이번에 선배님들과 지우들의 도움으로 완성을 보기에 이르렀습니다. 여러분들께 배포하고자 합니다. 내용은 다음과 같습니다.

사륙판 400쪽
표지 장정 구사미쓰 노부시게(草光信成)[154] 화백
시 제목 다니구치 가이란(谷口廻瀾)[155]선생
서문 모모타 소지(百田宗治)[156] 선생

1. 시집
2. 습유(拾遺), 시 단카, 번역, 평론
3. 일기(1934년부터 1940년까지)
4. 서긴

배포가 3원   송료 40전

발매소
효고현(兵庫縣) 아시야시(芦屋市) 야마노시타(山の下)1-369(스기야마 헤이이치(杉山平一)[157] 앞)

후노 겐지 유고집 발행소

---

153) 후노 겐지(布野謙爾, 1912~1940년). 시인, 가인. 시마네현(島根縣) 출신. 마쓰에(松江)고교 졸업 후 경성제국대학 입학. 1931년부터 칠년 간 어머니, 남동생, 여동생을 여읨. 경성제국대학병원에서 객사.

154) 구사미쓰 노부시게(草光信成, 1892~1970년). 서양화가. 도쿄미술학교(지금의 도쿄예술대학)을 졸업. 1922년 제전(帝展)에 첫 입선 후 여러 번의 특선. 전후에는 일전(日展)에 지속적으로 출품.

155) 다니구치 가이란(谷口廻瀾, 1880~1942년). 한학자, 교육자. 시마네(島根)사범학교 졸업. 1934년 도쿄제국대학 촉탁이 되어 『상해 한화대자전(詳解漢和大字典)』 편집에 종사.

156) 모모타 소지(百田宗治, 1893~1955). 시인, 아동문학자. 민중시파 시인으로 유명.

157) 스기야마 헤이이치(杉山平一, 1914~2012년). 시인, 영화평론가. 마쓰에(松江)고등학교를 거쳐 도쿄제국대학 미학미술사학과 졸업. 시인으로서 활동하였으며 특히 전후에는 영화평론을 기고.

여름을 타지 않도록…

지용성 비타민 보급이 중요

그러려면… …할리바를
지속적으로 사용하여 충분한
지용성 비타민을 보급하고
피부나 호흡기 점막의
방벽을 강화하여 세균에
지지 않는 강한 저항력을
갖추고… …가을부터 겨울에
걸쳐 감기, 기타 병을 앓지
않도록… …조심하는 것이
가장 중요합니다.

할리바는 지용성
비타민의 농후한
팥알 크기의 당의정으로 어른
하루 두 알, 소아 하루 한두
알로 충분하며, 냄새가 나지
않고 위장에도 무리가 없는
여름의 보건제입니다.

기름덩어리 당의정

백　　정…이원 오십전
오백정…십원 오십전

할리바

『국민시가』 1941년 12월호 해제

(1)

일본어 문학잡지 『국민시가(國民詩歌)』는 조선총독부의 잡지 통폐합 정책에 따라서 기존의 모든 잡지를 폐간하고 식민지 조선에서 유일하게 간행된 시가(詩歌)잡지이다. 『국민시가(國民詩歌)』는 「편집후기」란에 잡지 창간 유래에 대해 기술하고 있듯이 1941년 6월 잡지 통합에 관한 조선총독부의 요망이 있었고, 그래서 국민총력 조선연맹 문화부의 지도를 받아 동년 7월말에 잡지발행의 모체로서 '국민시가연맹(國民詩歌聯盟)'을 결성하고, 한반도에서 오랫동안 단카 문단에 관여하고 있었던 미치히사 료(道久良)가 편집인 겸 발행자로서 동년 9월에 창간호를 간행하게 되었다. 이후에도 지속석으로 국민총력 조선연맹의 정책적 지도를 받고 있었던 것은 미치히사 료의 글을 통해 확인할 수 있다.

중일전쟁 이후 한반도에서는 1938년 한글교육 폐지를 요체로 하는 조선교육령의 발포, 1939년 창씨개명 조치, 1940년 『동아일보』, 『조선일보』 등 한글신문의 폐지, 1942년 조선어학회 해산 등 민족의식 말살을 주요 내용으로 하는 이른바 황민화정책이 추진되었다. 이러한 조치들로 인해 『문장』, 『인문평론』, 『신세기』 등 한글 문예잡지들이 폐간되고 『인문평론』의 후속 잡지로 『국민문학(國民文學)』(1941.11~1945.2)이 간행되었다. 이러한 사실을 통해 알 수 있듯이, 당시 식민지 조선 내 재조일본인 문단이나 조선인 문단을 막론한 이러한 조치들은 문학단체와 잡지의 통합을 통해 전시총동원체제에 걸맞은 어용적인 국책문학화를 조직하기 위함이었다. 이는 이 잡지의 발행기관인 '국민시가연맹'이 1943년 결성된 '조선문인보국회(朝鮮文人報國會)'의 전신에 해당하는 5개 단체인 조선문인협회(朝鮮文人協

會), 국민시가연맹, 조선하이쿠작가협회(朝鮮俳句作家協會), 조선센류협회(朝鮮川柳協會), 조선가인협회(朝鮮歌人協會) 중 하나이고, 창간호에서 이 잡지의 간행 목적을 "고도국방국가체제 완수에 이바지하기 위해 국민 총력의 추진을 지향하는 건전한 국민시가의 수립에 힘쓴다"고 선언한 부분을 보더라도 충분히 그러한 사정을 이해할 수 있다.

(2)

『국민시가』 1941년 12월호의 체재는 6편의 평론과 29명의 단카 작품, 그리고 8편의 시 작품, 평론 4편, 조선 여인들의 한시 작품 4편의 번역, 41명의 단카 작품, 10편의 시 작품, '국민 개로(皆勞)의 노래', '지원병 행진가' 등 가요 6편, 편집후기 등으로 구성되어 있다. 『국민시가』 11월호는 원고 수합이 늦어져 간행되지 못했으며 10월호에 게재된 작품 비평이 12월호에서 이루어지고 있다. 창간호 및 제2호와 마찬가지로 평론과 단카 작품, 시 작품 등을 골고루 배치하고 있지만, 12월호에는 처음으로 본격적인 시평(詩評)도 등장하고 있고, 국민들의 노동과 전쟁의식을 고취하기 위한 가요가 보이고 있다는 점이 이전 호들과 다른 점이라 할 수 있다. 『국민시가』 제3호의 특징과 내용에 대해 몇 가지 설명하면 다음과 같다.

첫째, 평론란은 창간호와 10월호에 계속하여 '국민문학'의 논리와 개념 규정을 시도하고 있는데 12월호에서는 문학 분야뿐만 아니라 '일본문화론' 내지 '동양문화론'에 관한 입장의 개진을 통해 서양 문명에 대한 일본 문화와 정신의 우수성을 강조하고 있다. 먼저, 다나카 하쓰오(田中初夫)는 전편에 이어서 「문학 전통-반도의 국민문학 서론 2」에서 '조선에서 바람직스러운 문학은 국민문학, 일본제국 국민으로서의 문학이며 그것은 조선 풍토에서 생장한 것이어야 한다'라며 재차 조선의 국민문학에 대해 규정을 내리고 있다. 즉, 조선이 '황국신민화'를 통해 '조선의 공동 사회생활은 종래 조선사회의 그것으로부터 이탈하여 일본화해 가야 하'며, '일본민족의 전통을 자신의 전통으로 해야만' 하는데 이것이 바로 '내선일체'의 방향이라 주장하고 있다.

다음으로 오노 가쓰오(小野勝雄)는 「전환기의 윤리」에서 '일본은 세계사의 무대에 등장하는데 즈음하여 자기를 동아신질서, 동아공영권의 지도자로서 발견하였다'고 전제하고 있다. 그리하여 '일본 도덕의 바람직스런 상태를 국가 – 가족적 성격에서' 탐색하면서 이러한 '전환기'에 일본 윤리의 형태가 어떠한 방향으로 향해야 하는지 논하고 있다. 한편, 마에카와 사다오(前川勘夫)는 「일본문화론 잡감」에서 '우리는 이번 사변을 계기로 하여' '동양의 제민족을 이끌고 인류사에 미증유의 신질서, 신문화를 창조하려는', '커다란 책무'를 부여받았다는 논리에서 출발하고 있다. 그래서 수많은 동양문화론, 일본문화론이 나오고 있지만 이러할 시기에 '일본문화론도 이러한 대이상, 이러한 대사명의 선에 따라 형성되어야 한다'는 주장 아래, 그런 측면에서 '지도성'을 가지고 있어야 함을 강조하고 있다.

둘째, 『국민시가』 제3호에서는 창간호 및 제2호와는 달리, 일종의 시비평과 더불어 이전 호에 실린 시 작품의 평가를 하고 있다는 점이 눈에 띈다. 예를 들면 이마가와 다쿠조(今川卓三)의 「시란(詩欄) 잡감」과 가와니시 신타로(河西新太郎)의 「『국민시가』 2호 시평」이 이에 해당하는 데, 이들 글들이 야마시타 사토시(山下智)와 와타나베 요헤이(渡邊陽平)에 의해 쓰여진 제2호의 「단카 촌평」 및 「독후감」 두 편과 나란히 실려 있어서 대체적으로 이 문학잡지의 기본 구성에 맞는 체재를 취하려는 흔적을 엿볼 수 있다.

셋째, 나아가 일종의 가론(歌論)이라 할 수 있는 단카 평론도 창간호와 제2호에 이어 계속 지속되고 있다. 스에다 아키라(末田晃)는 「단카의 역사주의와 전통-3」에서 '『만요슈(万葉集)』'를 '생활과 유리되지 않은' 훌륭한 '예술작품'이라 위치지우며 '미증유의 전투 속에 있'는 '오늘의 현실'을 적극 반영해야 함을 강조하고 있다. 그리고 후지와라 마사요시(藤原正義)는 「단카의 전통 또는 정신과 혁신」에서는 중세 가인 '니조 다메요(二條爲世)와 교고쿠 다메카네(京極爲兼)의 대립항쟁'을 '신구 내지 보수, 혁신의 대립 상극'으로 파악하여 가론을 전개하고 있다.

넷째, 앞에서 지적했듯이 1941년 12월호에서는 국민들의 노동과 전쟁의식을 고취하기 위한 일종의 선전용 '가요'를 수록하였다. 나아가 미치히사 료의 「시평(時評)」에서는 전호에 이어 '일본 가단(歌壇)의 개조'와 방향성에 대해 적극적인 제언을 하고 있는데 여기에는 가단 및 시단의 통합과 잡지의 통합을 이루어낸 재조일본인 문학자 입장에서 일본 중앙문단에 대한 일종의 우위의식이라고도 할 수 있다.

다섯째, 『국민시가』 제3호에 단카와 시들의 세부 내용은 보면 전쟁과 전황 자체를 생생하게 묘사하여 전의를 고취하는 시가, 팔굉일우의 정신 하에 대동아공영권을 옹호하고 천황가를 찬미하며 황국신민으로서의 자부심을 강조하려는 시가, 부모 자식 간, 혹은 형제나 친구 사이 같이 인간이 갖는 본성과 연계시켜 후방에서 신민으로서의 역할을 강조한 시가 등 다양한 형태의 국책시가들이 등장하고 있다. 그렇지만 「저녁의 곡조(夕暮のしらべ)」(城山昌樹), 「저녁 노래」(ひろむら英一), 「가을바람 불던 날」(江波澄治), 「중양의 국화」(江原茂雄) 등 국책시라고 볼 수 없는 작품들도 여전히 존재하고 있다.

여섯째, 『국민시가』 제3호의 경우에는 조선인 작가의 작품은 시의 경우 가야마 미쓰로(香山光郎)와 시로야마 마사키(城山昌樹)가 참가하고 있으며 단카에서는 김인애(金仁愛)의 작품만 보일 뿐이다.

(3)

『국민시가』 제3호의 「편집후기」를 보면 가타야마 마코토(片山誠), 니시무라 쇼운(西村正雲), 이나다 치카쓰(稲田千勝), 요시하라 마사하루(吉原政治) 등 새롭게 간사로 참여한 사람들을 소개하고 건전한 '반도 문화를 위해 또한 대륙문화 건설을 위해' 분투하고자 하는 의지를 밝히고 있다.

제3호의 경우도 편집 겸 발행인은 미치히사 료이며 다수의 편집간사를 두고 함께 잡지의 편집 작업을 담당하였다. 이 잡지에는 '국민시가연맹'의 회원이면 누구나 투고할 수 있으며, 회원은 보통회원(월 60전)과 특별회원(월 1엔)을 두고 있는데, 보통회원의 경우 단카 열 수나 시 열 줄의 기고를, 특별회원의 경우는 제한 없이 투고할 수 있도록 하고 있다. 그리고 판매 금액은 보통회원의 월회비와 같은 60전이며, 간기(刊記)에 따르면 경성 광희정의 '국민시가발행소'에서 이 문학잡지를 발행하였다.

— 정병호

인명 찾아보기

항목 뒤에 ①, ②, ③, ④, ⑤, ⑥, ⑦은 각각
① 『국민시가』 1941년 9월호(창간호), ② 1941년 10월호, ③ 1941년 12월호,
④ 1942년 3월 특집호 『국민시가집』, ⑤ 1942년 8월호, ⑥ 1942년 11월호,
⑦ 연구서 ≪문학잡지 『國民詩歌』와 한반도의 일본어 시가문학≫을 지칭한다.

ㄱ

③-111

노베하라 게이조(延原慶三) ⑥-113

노즈 다쓰로(野津辰郎) ①-100, ②-109,
③-78, ③-111, ④-31, ⑤-131, ⑦-113, ⑦-
177

노즈에 하지메(野末一) ②-147, ③-115,
④-31, ⑥-133, ⑦-177

누카타노 오키미(額田王) ①-63, ②-34,
③-109, ⑦-105

니노미야 고마오(二宮高麗夫) ④-94

니시다 기타로(西田幾多郎) ②-30, ③-47,
③-54, ③-59~60

니시무라 마사유키(西村正雪) ①-103,
③-164, ⑤-18, ⑤-149, ⑦-177

니시타니 게이지(西谷啓治) ③-53

니조 다메요(二條爲世) ③-33~34, ③-36,
③-39~40, ③-44, ③-47, ③-174

ㄷ

다나베 쓰토무(田邊務) ④-28, ⑦-177

다나카 다이치(田中太市) ④-28, ⑦-177

다나카 미오코(田中美緒子) ①-115, ②-
163, ③-104, ③-148, ⑦-146

다나카 유키코(田中由紀子) ①-113, ⑦-
146

다나카 하쓰오(田中初夫) ①-13, ①-78,
②-13, ②-97, ②-106, ②-184, ③-13, ③-
82, ③-102, ③-125, ③-152~153, ③-160,
③-172, ④-85, ⑤-38, ⑤-151, ⑦-78, ⑦-
83~84, ⑦-86, ⑦-96, ⑦-129, ⑦-132, ⑦-

142, ⑦-162, ⑦-190

다니 가나에(谷鼎) ⑥-31

다니 가오루(谷馨) ①-87, ①-147

다니구치 가이란(谷口廻瀾) ③-167

다니구치 가즈토(谷口二人) ①-120, ②-
158, ③-104, ③-149, ④-87, ⑦-132, ⑦-
140, ⑦-146

다니자키 준이치로(谷崎潤一郎) ⑦-16

다니카와 데쓰조(谷川徹三) ③-51

다부치 기요코(田淵きよ子) ④-28, ⑦-
177

다사카 가즈오(田坂數夫) ②-174, ③-106

다이쇼(大正) 천황 ⑥-42

다카기 이치노스케(高木一之助) ⑦-48

다카미 다케오(高見烈夫) ①-128, ②-135,
②-147, ③-115

다카시마 도시오(高島敏雄) ④-83, ⑦-
191

다카야스 야스코(高安やす子) ⑥-34

다카하마 교시(高濱虛子) ⑦-16

다카하시 노보루(高橋登) ②-153, ③-
120, ⑦-177

다카하시 미에코(高橋美惠子) ①-134,
②-141, ④-28, ⑤-124, ⑦-178

다카하시 하루에(高橋春江) ④-28, ⑤-
125

다카하시 하쓰에(高橋初惠) ①-132, ②-
139, ②-154, ③-121, ③-130, ④-27, ⑤-
35, ⑤-117, ⑤-138, ⑦-178

다카하시 히로에(高橋廣江) ②-32

다케다 야스시(武田康) ⑤-113

사항 찾아보기

항목 뒤에 ①, ②, ③, ④, ⑤, ⑥, ⑦은 각각
① 『국민시가』 1941년 9월호(창간호), ② 1941년 10월호, ③ 1941년 12월호,
④ 1942년 3월 특집호 『국민시가집』, ⑤ 1942년 8월호, ⑥ 1942년 11월호,
⑦ 연구서 ≪문학잡지 『國民詩歌』와 한반도의 일본어 시가문학≫을 지칭한다.

ㄱ

[영인] 國民詩歌 十二月號

여기서부터는 影印本을 인쇄한 부분으로 맨 뒷 페이지부터 보십시오.

布野謙爾遺稿集

病む身にはこよなくさびしとちの芽をぬらさぬ程に雨のふる宵

やみこやるあぢきなき日を告けやりてかたみに泣かんたらちねもなく

くにをこぞり若き男の子はたゝかふとし病みつゝをれど心まほふも

布野謙爾君が豊かな詩才を抱きながら、京城帝大醫學部卒業を前に亡くなられて、はや一年餘も過ぎました。その詩を惜んで松江高校時分の學友にて相企り遺稿集を編むことに致しましたが、この程先輩知友の御援助により完成を見るに至り。皆様にお頒ち致したく存じてをります。内容は左の如くでございます。

四 六 判　　四〇〇頁　　詩　　集

表紙装畫　草光　信成畫伯　　1　詩　　集

題　詩　谷口　廻瀾　先生　　2　拾遺、詩短歌、飜譯、評論

序　文　百田　宗治　先生　　3　日記（自昭和九年至昭和十五年）

　　　　　　　　　　　　　　4　書翰

　　　　頒價　參圓　送料　十四錢

　發　賣　所　　兵庫縣芦屋市山の下一、三六九（杉山平一方）

　　　　　　　布野謙爾遺稿集發行所

—(9 8)—

編輯後記

道　久　良

本誌も『國民詩歌聯盟』幹事各氏の獻身的な努力により、段々順調な運營が出來ることはよろこびに耐へない。しかし『幹事各氏は各々本務をもつてゐるものであり、聯盟結成當時のままでは事務の處理にも不足することになつたので幹事會の協議により新に片山誠、西村正雪、樫田千勳、蘆原政治の諸氏に幹事に加つてもらふこととし、相談役の日高一雄、美島梨雨兩氏には、幹事と同樣の事務をとつておいた聯盟の後組から聯盟の指導として決定したものである。

『國民詩歌聯盟』の幹事は、『國民詩歌』『その他聯盟行事務といふ相當大な仕事を背負つてゐるので先づ第一にそれに必要な勞務を處理し得るものが必要であつて、今日までの類似の團體の役員の如く名前だけのそれとは自ら異つてゐるのである。かふいふ譯でも『國民詩歌聯盟』は是迄に類のない聯盟員各位から制作する先づ實行してゐるのである。聯盟員各位が進んで努力されてゐるのである。小さなことに自ら進んで努力されむことを希望する。小さなことは。

すといふことが、この顧示時局下にて我々の國につくす道であらうと私は考へてゐる。顧示に於て、今日までのあらゆる缺陷を解消した我々の決意に對し內地詩歌壇に於ても大きな期待をもつて見てゐるといふ感じを私は知つた。共はかふいふ期待にそむかない樣にも、日本詩歌壇の正道の爲にも、今日の決意を綱領に掲げた樣なことがあつてはならぬ。しかしこの樣な根本信念には、缺くべき持久力が必要なのであつて、我々がそれに對し得得るかどうかといふ問題にかかつてくる。聯盟作品にしても、持久力を背後にもたない作品は少し位氣がきいた作品でもたいしても。

新しき日本文化の輝を殘すことは出來ないでありませうか。我々は何物をもあとに殘すことは出來ないでありませうか。何線香花火の樣な作品でなく、日本文化の血になり肉線香花火の樣な作品を生ますにはならない。小さな感想を乘り越えて日本詩歌の大道を踏まねばならない。

創刊號の發行が豫定よりおくれた爲に、救し方なく本號を十二月號として發行し、明年一月號だい。一月號は定價に復舊に復舊して行きたい。一月號の原稿は十二月五日までに年員の努稿を顧ひ、亦豫定したものを出したいと思つてゐる。十一月號の會員は顧示發月に爛すこととした。

『國民詩歌』投稿規定

一、『國民詩歌聯盟』會員は何人にても本誌に投稿するを得。

一、『國民詩歌聯盟』會員たらむとするものは會費三ヶ月分以上を添へて『國民詩歌發行所』へ申込まれたし。

　理事會員月六十錢　毎月購讀十錢以內を希望するを得。

　特別會員月一圓　右の制度無し。

一、會費の送金は振替にて『京城五三番國民詩歌發行所』へ拂込まれたし。

一、原稿は毎月五日締切を以て編輯し、翌月號に發表す。

一、原稿は楷書（本誌と略同型）原稿用紙を使用し特に正しき假名使用せる原稿に限られたし。

定價金六十錢　送料三錢

昭和十六年十一月廿五日　印刷納本
昭和十六年十二月一日　發行

國民詩歌發行人　道　久　良
京城府光熙町一ノ一八二

印刷人　申　永　求
京城府鍾路三ノ一五六

印刷所　光昌印刷所
京城府鍾路三ノ一五六

發行所　國民詩歌發行所
京城府光熙町一ノ一八二
振替京城五三二八番

よいそれ　よいそれ
みんなそろつて汲へる井戸は　よいそれ
玉の眞淸水ふちまであふれ
胃は昇影きらきらと
朝はあの娘も水くみに
よいそれ　よいそれ
ほれ　よいそれ　よいそれ

村をこぞつて汲める井戸は　よいそれ

志願兵行進歌　映畵『君と僕』主題歌……田中初夫作詞

銃を一度擔ひては
われも皇國の寅人ぞ
天皇陛下の御楯と
燃ゆる赤誠の道をふみ
堂々進む志願兵

道は東亞の雲の上
遠く躍けど一筋に
祖國日本國民の
高き誇りに頌きて
靴音高し志願兵

砲彈雨の戰場へ
明日は召されてゆく身なり
護國戰線だぞ一途・

玉の眞淸水ふちまであふれ
夏は甘露の水がわき
冬も湯氣たつお湯となる
よいそれ　よいそれ
ほれ　よいそれ　よいそれ

鐵の鍛へに身を鍛へ
悲調も輕し志願兵
たよ　我亞は相日に
映きて匂へる若櫻
世界維新の黎明に
かざる任務は雙肩に
決意も固し志願兵

よろこびの歌

遠い青い空の彼方へ
鳥になつて飛んでゆかうよ
眞白な雲　そよ吹く風
心躍く
楊柳（ホドルギ）の笛も鳴りひびく

玉の眞淸水ふちまであふれ
銘洛一心汲める井戸は　よいそれ
力あはせて汲へる井戸
親父もつかつたこの水で
孫もひまごも生湯する
ほれ　よいそれ　よいそれ

國搜くるならやつて來い
ほれ　よいそれ　よいそれ
よいそれ　よいそれ
銘洛一心汲める井戸は　よいそれ
玉の眞淸水ふちまであふれ
親父もつかつたこの水で
孫もひまごも生湯する
ほれ　よいそれ　よいそれ

よろこびの歌……田中初夫作詞

ともにうたへ　よろこびの歌
淸い靑い海の彼方へ
魚になつて泳ぎゆかうよ
黄昏の月　砕ける彼
鼻の影に
卵かに搖れる艪あかり
ともにうたへ　よろこびの歌

みどりしける丘の彼方へ
風になつて吹いてゆかうよ
黄色い上衣（チョゴリ）裳裙（チマ）
花の乙女
夢みる悠なつかしい
ともにうたへ　よろこびの歌

註
この主題歌は鐵晉の諺歌詞の一部を訂正する
かも知れません。なほキングレコードに吹込
みました。

井戸浚への歌………………………廣　瀬　　續　作詞

（一）
國のたからは
百姓と稻穗
稻穗　ヨー
土の香に　希望は溢れ
汗を流して　野良仕事
みんな一しよだ
朗らかに
心は一つだ
手も揃れ

（二）
遠い田の面に
朝霧立てば
立てば　ヨー
村中揃うた
人手も揃た
さあさ繰出せ　うしろ鉢
みんな一しよだ
手傳はう
心配させるな
あとのこと

（三）
二百十日も
ことなく過ぎて
過ぎて　ヨー
黄金稻穗は　實れば招く
さつさ行かうよ　稻刈りに
みんな一しよだ
さあ刈らう
やぶれ　案山子の
氣も晴れる

（四）
春の田植にや
唄までうたうた
うたうた　ヨー
今年や豐年
叺の山だ
山だ　ヨー
村のはづれの　欅の木で
瑞穗蒲の　銅鑼の音
みんな一しよだ
にぎやかに
揃うた揃うたよ
氣も揃た

（五）
田植日和の　そよ風照り
背葉の影に　茜さやぐ
みんな一しよだ
さあ揃へよ
うちのむすこは　正義の出征

『國民皆勞の歌』その他

國民皆勞方鮮聯盟文化部では、國民皆勞運動を鼓舞激勵する爲に、國民皆勞を主題とする歌曲重に舞踊を創作し、之を頂類類體、放送等各方面に似用せしめたが、左にその歌詞の中から國語の分を採錄して置く。作者はみな學島詩壇の先輩である。なほ序に、朝鮮軍によって製作された映畵『君と僕』の主題歌が田中初夫氏によって曹かれたが、之も採錄して置く。

國民皆勞の歌.........田中初夫作詞

（一）
揃ふ足直田圃道
鍬をかついで進軍だ
人手が足りない所なら
手傳ひませう　働きませう

（二）シャベル　鶴嘴　土運び
汗を流して道導韻
人夫は一人も要るものか
力をこめて　働きませう

（三）老も若きも總動員
職場職場へ突貫だ
遊んで暮しちゃ相濟まぬ
お國の爲に働きませう

みんな出て刈れ.........上田忠男作詞

一、朝だ夜明けだ　かゞやく空だ
（合唱）サクリ　サクサク　ランランランラ
みんな出て刈れ　みどりの野山
鎌に自慢の　切れ狀みせて
擢東の音など　苦にならぬ
（合唱）さうだ　さうださうだ　苦にならぬ

二、鈍も鈍らぬに　遊んぢゃすまぬ
（合唱）サクリ　サクサク　ランランランラ
みんな顔晴れ　暇のつもり
軍馬にさゝげる　秣を刈りに
けふも總出の　御奉公
（合唱）さうだ　さうださうだ　御奉公

三、うしろ鉢卷　きりりとしめて
（合唱）サクリ　サクサク　ランランランラ
みんな晴れ晴れ　娘も嫁も
弴んでかされた　堆肥の山を
仰ぐ笑顔に　血が燃へる
（合唱）さうだ　さうださうだ　血が燃へる

野良は日和だ.........中尾清作詞

晩秋短草　　谷口二人

甃石の向ふに街は靜謐に暮れ
秋の韻律喪はれゆく挽歌よ

軍裝した友の寫眞が莞爾と微笑してゐる
永劫——時間の連鎖のなかで
燈をともし、ひとり沈思する

重陽の菊　　江原茂雄

花瓶にさした菊の馥郁たる香り
ひとむらの金菊に泚した
さながら雪と見まがふ霜が
鶏聲に起き上れば
嗚呼なんと清い花であらう——

その幽き香と　その佳き色
はるかの空に
今日は重陽の節だ
蕭蕭と雁が飛んでゆく

俺達の世界　　桔梗川修

俺はいま世界地圖を眺めてゐる
俺の足はいまあの半島を踏んでゐるんだ
俺と云ふ男ありてまた頼もしい俺達の帝國
小さいが雄々しいものがある
俺の生まれたあの美しく懐しい淡路の島も見えない様
だ

世界の前には小さい哀れなる俺の故郷
だが俺達はあの大陸をみる！あの七洋をみる
そして世界の存在を識る

秋風の日　　　　　　　　　　　江波澄治

脂のしみに煉瓦の上にも
秋風は來た
乾いた髪に
氷雨を紡いだ
透明なリボンを結びつけながら――

愛しいひとよ
街燈が頭巾をとつてゆく
あはれにも愚かな仕草で

瞼をとぢても
野薔薇の果實のやうに
すでに冷やかに熟れた
美しいあなたの唇

遙かに杳い
悔恨の泪をつないで
秋風は來た

夕　食　時　　　　　　　　　　田中美緒子

仕事の都合だらう
歸りが遅い
机の花を眺め乍ら
外の足音に耳をすましてゐる
時ごき後に默つて立つてる様な氣がして振返つてみる
もしかしたら立つてゐるかも知れないと思つてハツと

する

ラヂオのニュースの時間だ
窓からあちらの方を見やり乍ら
抜け出してゆくニュースをボンヤリとつかまへる
湯がシンシンとたぎつてゐる

夕の歌

ひろむら英一

天にも燈を點けたから──
ひとびとよ
私達の住む小さい家々の窓にも
燈を點しませう
そして
けふ一日の生活の歌を
忘却のメロディと共に
夜の帷のなかに流しませう

天にも燈を點けたから──
ひとびとよ
私達の心にも燈を點しませう
そして
安らかなりしけふと
明日の幸を
神に祈りをさゝげませう

SIEG IM WESTEN

増田榮一

エネルギッシュな青年の横顔
火焔放射機はフランスのタンクを焦し
飛行機の編隊は爆音高く畫面を横ぎる
マジノ線は突破された！
ヒツトラーの右手のあがるところ
國民は熱狂する
第三帝國の建設へ！

世界地圖は日毎に書きかへられる
ドイツのための戰ひなれば
肯けよ、君！
途もまた成りぬ
何すれぞなほも君のためらふ──と
國民詩人メンツェルは高らかに叫んだ

林の奥からひつそりと風がやつてくる
心にわだかまつた現實が攪はれる
僕の中に僕のォアシスがつくられる
静かな過去への逍遙が始められる

僕は眼をあける
しばしの夢が終つて──
鐘形の花が僕の神經を捉へる

訓　練

視野いつぱいに擴がる火線の端で
カンナの花が炎えてゐる
花の廻りで昨日の夢が燃える

掌脂と、汗と、止錆油(スピンドル)の匂ひと
その中に埋れて
いま、ぼくの雙手は銃の逞しい量感を支へる

──風にゆれる龍膽である
──二三點の紫である
──そこはかとない香りである

急に僕は煤けたランプのやうな暮色を感じる
いつの間にか僕の涙腺がゆるんでゐる
寂々としたもろ〳〵の姿に
僕は一人感激してゐるのである

木　村　微　夫

壯んな天日の下で、灰の様に崩れる感情
噴上げる地熱に臥し、背を蟻の喰ふにまかせ照尺の彼
方に瞳を凝らす

命令は……
ほんの一瞬、ぼくは静かに待つてゐる
戰鬪帽の庇に、ひつそりと雲が翳つてくる

──(90)──

頼山陽の母より

佐井木勘治

野良を駈けずり廻つてゐる腕白小僧にまで
その文名を知られてゐる者は
鞭聲蕭々の作者であり　日本外史の著者である
かの情熱の國家詩人　頼山陽であらう
彼の母は　名を静とまうしました
彼女は當時の女流學者であつた
そのことよりも
私をひきつけてはなしませんのは
『不二の嶺も近江の湖も及びなき
君と父との恵み忘るな』といふ歌を
彼に與へた
母としての純一な指導精神であります

そして　この母の心は
終生一貫して彼を導きました
ある日　山陽が酒に醉ひつぶれたことがありました
すると彼女は父春水の遺書を掛けて
懇々と彼を説諭したものです
これは實に山陽が四十五才の時でありました
偕し　母が子を導くのには
トルストイのわが懺悔をみよ
昨日までの世界なら誣の告白によつても導ける
獻身的な眞實の愛が必要である

夕暮のしらべ

城山昌樹

秋草を藉いて　僕はねころぶ
眼を閉ぢて

母親の膝に甘へるやうに

—（89）—

衣縫へばわれのかたへに座りきて眞似する吾子とただ二人なり

子の寝顔見まもりゐつつ迷ひゐし心さだめて己はげます

落葉たく白き煙りのにほひしてこの山寺に秋深みたり

子も寝ねて靜かなりけりこの夜はラヂォ聞きつつもの編む樂しさ

　　　　　　　　　　　　　　　　　　　　　境　正　美

〇

三佛の影うすれたり夕映の山路に聞くは谷川の音

深山路の岩間に咲けるリンドウは月に冷たき影をおとせり

眼の前に峻々としてそびえたる玉女峰にも雲かかり來ぬ

吹きあぐる風肌にしむ昆盧峰の深き谷間はやみにしづめる

　　　　　　　　　　　　　　　　　　　　　島　木　フジ子

〇

叔母の死を聞きて靜かに思ひをりあとに残せしその夫その子

初秋の風靜かなり空遠くまたたく星の光さやけく

小庭邊に露しつとりとおける朝コスモス咲きて秋づきにけり

　　　　　　　　　　　　　　　　　　　　　船　渡　忠　三　郎

〇

故鄕の父母いかにゐるますやと月夜の蟲をききつつ思ふ

秋空に翼も輕く宙返る模型飛行機陽に輝けり

　　　　　　　　　　　　　　　　　　　　　白　子　武　夫

シホカラトンボ低く地をはひ飛びて行けば午後の日ざしの強く照る庭

萠黄色の煙草のひろき葉を見つゝ山の中なる村に着きけり

うろこのまゝ朝に食ひし大きなる鯉の味噌煮のあたゝかさかな

はるかなる山ぶところにたゝへたる水の見ゆるもこの山にして

○

藤本虹兒

背負はれし鮮農の子に我笑めば人見知りもせず笑みかへしけり

鮮童のざわめきゐるに近寄れば古新聞の日本軍を讃ふ

我が語る鮮語おかしと鬚を撫し老翁は煙草を詰め替へてゐる

○

花戸章

機を降りし兵はのびのびと憩ひつつ皆一様に煙草をすへり

肩口に喰ひ込む銃をたへにつつたたかふ兵をわれはおもふも （在郷軍人訓練）

○

中野俊子

母の死を知れるや今ししかばねに火をうつす子はまだいとけなき

墓を刻む鑿の音山にこだまして誦經の間に冴えかへりくる

秋空のなかに悲しも立ちのぼる君を葬りの煙に合掌す

空襲警報とゞろきて天にい向ひ犬しきり吠ゆ

よき國に生れしものよと思ひつつ防空演習下に外國想ふ

○

菊池春野

若き下士にとけしゲートル注意され笑みてうなづく老いし兵かな

軒に立つ梯子にかけて見張するモンペの足のやはらかき線

證書入るゝ文庫の鍵をあけてふと空襲避難の持物を思ふ

酒を賣る時間に外れて寂しむ夜ラツパ遠鳴りわれをつゝしむ

〇

安 部 孤 涯

温泉宿朝鮮芝居の掛小屋ゆ響くヂンタに幼き日おもふ

海岸の砂丘いくやま越え行きつ敎兒と語る時も忘れて

流には木橋並べり丘もあり達泉温泉も亦佳きところ

弟が『朴仁敬、ボクジントン』と呼ぶ聲は丘を登りてなかゝ歸らず

三泉の月淸かりき宿の下駄鳴らして出でぬ冷麵くひに

此の夜更け英語ニュースに內閣の辭職を聞きて心安からず

〇

中 村 喜 代 三

おのづから胸にせまれる秋の夜にこころしづみて幻を追ふ

霜こむる並木路に軍靴の音きこゆ入營近づくわれの血は燃ゆ

軍靴の舖道に強くリズムして兵をまつ身のこころはふるふ

〇

水 上 良 介

豐すぎより防空演習始まれば砂うづたかく門に積みたり

米山靜枝

裏庭に一本立てる桃の木も吹くこがらしに葉をおとしたり

まなびやのかべを巡れるつたの葉は皆紅葉して美くしくなりぬ

○

空襲のサイレンのひゞくまよなかのくらき夜空に屋のかげみゆ

一足もゆるむ事なき暗き途さぐりつゝ登る防空監視に

佐々木初惠

意義深きわが生活を築かむとこゝろより思ふこの頃のわれ

清々しき朝の空氣を胸に入れ職場へ急ぐ心輕やか

大いなる世紀の事業に直面して小さき我をつくづ〱思ふ

子を育て一息つきし老母は過ぎし日のごと幼兒とたはむる

○

黑木小柄男

シグナルの青き閒によゞらむと朝の歩行に勢つけぬ

家近き路地を曲りて梧桐の青きを見れば歩調ゆるみぬ

遠足の箸忘れたる子を追ひて朝けの街に汗たらし居り

左上に篠懸樹そよぎ青電車往き來する窓に向ふあけくれ

○

村谷寛

海南島の調査講演聽かんとし洋服鮮服の長蛇の列ぞ

外泊の兵士の縱隊袋さげ湯に行く靴の音も揃ひぬ

なにげなく語る一言のたしかさに吾娘の言ひしことかとまどふ

六人の三人はみくにささぐる子性よくあれよと母は祈るも

四十にはまのなき母も外出には心せよとて子の氣づかひぬ

休み日の朝の庭に落葉焚き薯をやきをり吾が子供らは

赤坂美好

○

夕日あびし庭の草花ながむればまぶしきまでに光りゐるかな

小雨降る砂利の廣場に居並びてうやうやしくも神に額づく

降り續くこの五月雨を喜びて田植を急ぐ里の人々

一入と思郷の想ひ湧出づる若葉の頃と成りにけるかな

町角の花賣のチゲがもちゐるすゝきの花に秋をおもへり

豊山敏子

○

桐の葉のす枯れて落つる音にさへ秋の深さを思ひつつをり

文よみてつかれたる眼を暫くはとぢし一瞬この靜かさや

町かごに燒薯をやくにほひして冬は漸く近づきにけり

金仁愛

○

冴え渡る月の光を柿の木は眞ともに受けて冷々と立つ

宇原畢任

黄昏をつたの青葉のなよ／＼と搖る／＼は海の小波の如し
ともしびの壁に届けば青葉影黑く映りてゆら／＼搖る

倉八しげる

○

コルセットとはめて久しきいたつきの吾子は玩具の馬とあそべり
いたつきの幼き吾子のコルセット抱けば鑞ひたに冷たし
コルセットの黑きほそ紐步くとき解くれば吾子は這ひて持ち來ぬ
コルセットはめたる吾子の片足の細くみじかくなるを妻はいふ
コルセットひきづり登る階段の吾子のうしろに妻は護り立つ

○

秋の日の照りまともなり狹庭邊の百日紅の花うつろひて見ゆ
城址といふは名のみのこりたる百濟野に內鮮一體の大宮を建つ
ほの白む山の旦の神々しさ霧に霑れて平濟塔見ゆ
勤勞奉仕隊の幟押立て百濟野に集ひて立てり五百の若人

杉原田鶴

○

うすら陽の境內廣し紅のつたの落葉を芝の上にみき
龍の彫いたく色あせほのくらき大雄殿をおろがみまつる
しづまれる境內淸しあかあかとダリヤの咲ける傳燈寺の庭
葛月部隊の大き戰果のニュースをば淚ぐみつゝ今宵はきゝぬ

火野まき

○

海南の狐島に獨り皇帝の威儀たもてりと英雄ナポレオン

獨ソ戰のニュース愈々けわしき日ナボレオン傳記を吾が讀み終へぬ

コルシカの一青年をたぎりたつ情熱のゆゑに皇帝とせり

皆　吉　美　惠　子

○

いたく夜のふけにしものよやう〳〵にものかき終へて心しづけき

かつての日草に轉びて遊びける橋のたもとに秋草しげる

命をば國にさゝげしつはものに心をこめて文書きおくる

戰を持てる國なる氣配あらず今白雲の靜かに流る

管制はいまや全しくらやみにあかきは月と星ばかりなり

戰場にはたらく從兄のなつかしき手紙つきたり土の香もして

ひたむきに賴み願へる妹に駄目といひかねうなづきやりぬ

清　江　癸　浩

○

なゝかまざほのかに匂ふ草むらの小徑をわれの急ぎ居るかな

唐きびの蔭明らかに緣に落ちて夏の夜の月靜かにのぼる

幼き日友と遊びしこの岡に來ればなつかし山莓あり

扶蘇山の紅葉せし木の下にして穀倉あとの焦米拾ふ

陽　川　聖　子

皇國の護り神おはす御祉に獻燈明かし秋夜しづかに

さびしさも耐へてぞゆかむみみづから念じつつ生きむさびしき時代に

ひとしごとすみてひるげをとりをれば放送の琴はわれをなぐさむ

村　上　章　子

○

頂にいこふひるげをたのしみて脚氣をおして碑峰にのぼる

岩の上萬歳さけぶ人等あり山彦遠く青空をつく

夕空にかゞやく峰をふりかへり紙すく村を下りきにけり

コスモスの花盛りなりコスモスの花むらにゐてカメラにむかふ

小　出　利　子

○

幼兒にそひ寝をすればほのかにもあまき乳の香にほふ情らさ

馬に乗り眞晝の道を馳けゆける軍服の背に汗はにじみて

さやさやと葉ずれの秋の風涼し入道雲は空に動かず

○

日の丸のみ旗たからにかざしつゝ女子青年隊の行進美し

內鮮のをみな子われらつゞひつゝ行進をすも大地をふみて

常會のさ中に報ず內閣の總辭職のニュースに沈默のつゞく

サイレンのうなりは闇をつきゝゝて敵機空襲をつたへたるかも

野々村美津子

幾年かいとしみ使ふタイプライター血潮の通ふ如くにおばゆ

いちにちの務の終へし樂しさにタイプ機丹念にふき清めたり

もろ足を捧げて義足いただきし人の歩行は定まりて來ぬ

もろ足を捧げて杖にすがりたる人は明るく笑ませ給ひぬ

初冬の今朝はさやかな青ねぎの味噌汁の氣にガラス戸白し

巣籠れるとりはいく日か餌を取らず吾が近づけば鋭き聲す

　　　　　　　　　　　　　　中島雅子

　　○

結婚をひかへて召され征く友の心やわれのはかり難しも

なよく〜とコスモス秋の陽ざしにより添ひ單葉機高く空を飛ぶ日

紀元二千六百年の天の星座は健康に地上の渦をしづかに照らす

哀愁といふ語藏から美しさが消えて現實はジレンマの連續なのです

歴史の上に兵隊はあり花をかざす髭の上に祖國の聲い健康がみたされます

　　　　　　　　　藤木あや子

　　○

枯草に泌む秋の日の溫かさ憩ひてあれば病忘るる

水蓮のまろ葉色褪せさゆらぎつ水面しづけく秋はゆくらし

秋の陽をあびてあかるき池の面水鳥に餌を投ぐる子供等

身に泌みて風冷ゆれども枯芝に坐せば秋日のあたたかさあり

　　　　　　　高橋初惠

見送れど顔も上げ得ずまつげをはなをり〳〵とうて君語らざる

弟の辨當のさい何にせむと料理の本を棚よりおろしぬ

夕仕度にとりかゝらむと下りしとき栗飯をもらひぬ隣の人より

　　　　　　　　　　　　　　　　岩　谷　光　子

　　　○

心のみ強く持てどもうつせ身に日々の勤は重荷となりぬ

ぐつたりとしるく疲れて足重く歸る夜道にこほろぎ鳴くも

二年の我の往ひし郎の事語る教へ兒と對ひて樂し

別れ住みて六年なりきひたすらに祈りし兄の卒業迫りぬ

卒業と同時に兵に召されゆく兄なり我等云ふ事はなし

　　　○

　　牽　仕　作　潔

銃後われ生命賭くるにあらねども霜おく朝をきびしく錬ふ

あさひかげいてらふ原の朝禮に心引緊め隊員點呼す（吾は班長なりきし）

第三班異常なしとの報告に隊長殿は舉手の禮したまふ

ハンマー振る手をしばし止めて默禱を捧げまつりぬ正午の土壕に

夕暗のすでにこめたるこの原に防空壕構築の大牛成れり

　　　　　　　　　　　　　　神　原　政　子

　　　○

　　　　　　　　　　　　　　　　ふ　ち　か　を　る

事務室の日向によりて獨ッ戰をなしてゐるに盡くるともなし

きのふ今日朝稀しるしゆく秋の緣の日向で午後の陽をあぶ

妻子等を動物園に行かせしが西風强く出でにけるかも

靖國神社に陛下御親拜の御時ぞ戰時内閣生れむとせり

○

吉 本 久 男

年を經て我れ立つさとのゆふぐれにほのぼの匂ふあじさゐの花

あじさゐの花まさかりの小川邊に佇ちてかぞふる經にし年數

資源開發はこの鑛山の廢坑にも及び來しらし谷川にごる

○

堀 田 晴 幸

臨戰下第十七回の神宮大會まづ大前にわれら誓へり （朝鮮神宮奉贊體育大會に參加して）

秋の陽の光を受けてグラウンドに心技一如の祭典は開かれぬ

體力增强を目指す銃後の若人が敢鬪すなり力と美の祭典を

○

小 野 紅 兒

紺靑の空仰ぎつゝ丘に立ち凧をあげむと子等はしやげり

奉公を心にちかひしわれなればいさゝの病は言はず出にけり

○

越 渡 彰 裕

○

絶えだえの呼吸をよそに戰などあげつらふ醫師を疑はむとす　（父・腦溢血にて逝く）

脈摶の遲緩は著るし母上は死人の花の根を卸し居り　（死人花は卒中に効くといふ）

生命のみとりとむるとも術なしと云ふ病にあれば慰まむとするか

こまごまと療法などのしたためし父の遺せる手帖ひもどく

涙もろくなり給ひつる母上に時々腹立ち雨の外に出き

太　田　雅　三

○

重慶の爆撃行の機の中に人形のまなこ笑みてあるとか

高梁に風のそよげり兵は五度征野に秋をむかへけらしも

高照らす日のみこなれば南の大わだつみを庭たづみとす

百重波千重波わけて南へ進駐軍の艦ひたすゝむ

山　村　律　次

○

いちじるしく荒れし手を持つ處女なりアルミ貨ならべ切符もとめぬ

酒臭きにんにく臭き容つぎぬ市日の夕を出札すれば

夜半一時雨降るなかに十輛の貨車入換えんと台羽さへぬぐ

朝點呼誓詞齊唱おほらかに常あたらしき言葉とひびく

徹夜明けて疲れきはまりゆるびたるところにいたし紅き鷄頭

夜更けて身冷えはしるき轉轍に合圖燈抱きて暖をとるなり

森　信　夫

朝鮮閨秀詩抄 (2)

田中初夫

夜

小夜ふけてものしづもれば
庭白く月は冴えたり
わが魂ぞ洗ひ清まり
さがこころさやかにひろし

夜　坐　　舜一堂　姜　氏

夜久群動息
庭空晴月明
澄然見性情

貧しき女の歌へる

おとなふ人も世の事も
山家住ひの稀にして
酒さへもなき貧しさは
宿る客とて無かりけり

貧女吟　　林碧堂　金　氏

地僻人來少
山深裕事稀
家貧無斗酒
宿客夜還歸

君を送る

いくさの庭の旅かげの
ゑびすの笛の夢かなし
道邊の柳萌えて散る
嘆きに耐えて君待たむ

送夫出塞　　李氏夫人

何處沙場許客旗
戍歌寒笛思中悲
路邊楊柳吾何恨
只待歸勘緊月支

しとしとと

窓外の雨はしとしと
しとしとの聲をのづから
その聲もをのづからにて
わが心またをのづから

瀟々吟　　張　氏

窓外雨瀟々
瀟々縣自然
我聞自然聲
我心亦自然

—(7 6)—

高橋初惠

若い女性の歌である事を思へば間引も出來るが甘さが過ぎる樣だが　無理は父

禁物であるが病める人の心はよく出てゐる

米山靜枝

此の作者は根本的に態度を變へなければ、いけない具體的なものを持って來てゐ

るがそれは結局冷い說明である

神原政子

大裍召受けしと告ぐる嚴兄の督督詫總に太く傳はりて來ぬ

火野まき

此の作者には自然觀照を勸めて見たい　態度が改まると思ふのだ

が小主觀は捨てるべきである期待してゐるだけに勉强を望む

兒玉民子

天賦みこみ北支那歸とつげたれば安きおもひに夕暮れにけり

この作者にも甘さが眼立つが將來性は多分にあると思ふしつかり　勉强のこと

作品の少いのが殘念であるもつと作つて貰ひたい

森　信夫

母と子の或氣持が出てゐる歌であり　今の作者の至生活の歌であるのだらう此

の膚趣からもつと色々な作品が出て來るのを待つ

岩田錫周

批評は後にするとしく作つて貰ひたい

黑木小柄男

もろくの思想憂絕えて一應が違つ禪代をいま振り返る

はいふ。此の作者には大いに期待する所がある此の　次には作者の別の面を見せ

て貰ひたいと思ふ感想はそれからにしたい

新　樹純

散亂した夫と共に生きてゐる妻の敎が偲ばれる宽惰に　觸れない所がいゝこれ

は今の生活の態度とも云へよう

中村蓉代三

出でそめし秋の野榮の鞘られたる綿にむかひて夕餉は樂し

健かな生活の歌はいゝものである

小出利子

さゝやかな夕餉を終へて東の間にはやまどろみぬ老いし父母

作者の心のよさが思はれるほゝゑましくもなごやかな氣持である

千　鈴

水底に小さき魚の泳ぐとき藻かげに白く鱗光れり

二首共いゝし作品も相當なものであるがこれも　本當に作者のものとすべきで

ある『夏の夜牟かな』は餘りに投げやりであり同じ　作者とは思はれない程であ

る

菊池春野

二首共いゝ母と子のつゝましい生活の歌がもつと多彩性を以て　詠まれたら乾

度いゝものが出來ると期待する

西願寺文子

『小牌よ』『花よ』のよは困る甘過ぎる

以上私は率直と怒射を以て小評を試みたそれは作品評と云ふより　作品以前の

態度の如きものについて觸れた方が多かつたかも　知れないがこれは自然である

（以下六七頁へ）

對象には震感玄つゝ込んで 行かなければならぬ。その書巨につき拔ける事が肝要である。途中から眼を外して頭の中で作ることは禁物。

宇原重任
恩師にはつるはしの音いさましく防空壕踊る土軍進めり。
『書ぐに』『空高く』の如き 作品は表現の爲の頭の痕である、新しい對象にぶつかつて、それからその表現に苦心すべきなのである。

金 仁愛
聽らかな春日をあびて乙女らは、川のほとりに若葉をつめり。
此の作者はいいものを持つてゐるどしく實作すべきである。

板道五月
川端の廿手のポプラに切れ切れの雲吹き飛びて梅雨はれるらし。
作者の多面性はいい、此の調子で 生活の貞賞を詠むべきである。『くもりなき』は一寸困る。

ふじかほる
『苗代の』も四句への轉換は安易さが感じられる
最初の五音は大變いゝと思ふ生活を愛する作者の態度はよき 畝を巧まずして生むと云へるつゝましい生き方が見える點だ装頁さと云ふことは 此の場合深み
をささもたらす

太田雅三
去年よりは被留多き洪水あとに泥かむりつゝ齒爪花咲く
を取るこの調子で歌ひ進むべし

渡邊修

天そゝる臥龍の山の遊肌に夕陽の淡き光うつれり
作者の持つ感情は甘い弱過ぎる。此の感情から脱け出すことが 何より大切と思ふ

水上良介
このひと日向學をおほひ雨雲のはれむとしつゝゝ夕暮れにけり
作者の表現は隅る確かなものであるが表現の手法のみに於て 誰かの影響をその まゝ受けてゐる樣である。表現のみ眼について殘る所のものが 少い樣に思ふ少し自覺的に眞に自からの增地を拓くべきである。

小野紅兒
高原の秋草亂咲く中に瞑想をすゝし若き生徒ら
を取るが原作はもつとわづらはしい單純化が足りないのだ 言葉の使用に注賞肝

高橋登
三首民誉葉のみが眼につくつゝましく進むべきである 感動の大きさが此の場合全然習感に迫つてゐないのは冷い言葉の仰々しさである

藤本虹兒
鼈鷺の喝く音はそゝゝ 消え行きて冷たく秋の夜更けにけり
はまとまつてはゐるが類型の多い歌境であることは作者も承知してゐる 事であらう

無名氏
健やかな子の成長を願ひつゝ次きのぼりを朝日に掲げぬ
よき生活の一齣である一首の 踏むを惜しみて』等は困るのである

野々村美津子
さはひ立ち男の子に一日蹊すみに防空壕をつくると土り返す
此の作者の瞬眼なおほらかさと云つたものには好感が持てる

—(7 4)—

風瀬振り振９兵に行けぬ身はかくあれと云ふこの思ひきびしい

はいと思ふ、解ると思ふのであるが『寶戰下』の作品になると、一寸如何かと思ふ、新短歌をやる人の為にもかかる行き方は損であるが作品以前のものなのだ『この思ひ』のこのは飛入れなければいけないのだらうか

越渡彰裕
三首共一寸困つた作品である現實面を直覗してゐる様でその作品に於ては遊離してゐる作者の體溫罪全然出てゐないもつと對象に生活に身を投げ込むことである

藤本あや子
通院の道べにけさは落葉して秋となり行く雨のつめたき
作者の感受性は相當なものである 態度もいい菖原の際の方を取りたいが今一度表現に苦心すべきである

中島雅子
容がすむ空のはてよりつたひ來る此の露動のうねりは強し
作者は新短歌をやつてゐたのであるが削韻の定型作品に比較すると 今月のは如何も感心出来ない小手觀が余りに 出過ぎてゐる半題の強さと云ふものはかり云うことではない。

岩谷光子
左千夫の云ふ意味の表現と提供の相異を考へて頂ひたい 作者の詩情の豊さを磐理沈着し感情に甘へてはならぬと思ふ。

貴たけてものみな畔けし畔きわのポプラ黒々影を落せり
何れもしつかりしてゐる作品である吟實さはいいがそれが 全首から覗き過き

てゐるとも云へる。飛驒と云ふか少し冒險的であっても いいと思ふ。此の湯でまとまる事は作者としても不本意であらう。未だ若い 人だと聞いて驚いた程である、婆は內面性の問題であるが、強い意慾を以て新生面を拓く事である。

山本登美
従く弱をかこみてうつす父母の面は淨く群がりかける はいい。作者の內包するものがまだ充分に表現されてゐない 作者の頭のみが眼につくと云へる、もう數枚ヴェールをかける事も必要なのではないか。

清江英浩
すくすくと爭ふ稗に伸びて行く朱罌粟は生々とせり
素直に詠まれてゐる、此の態度でしばらく進むべきである

齋藤寳枝
霧立ちし官舍の庭の朝風に水蓮の花咲きて浮べり
此の調子でもつと作るべし。唯作感する場合妙に搆えた 態度を以てすることは禁物である。

池田 靜
仰ぎ見る大石佛の過顏に秋陽は照りて山靜かなり
作者の持つてゐるものと表現とが 大體しつくりしてゐると云へる、内包するものの成良に依つて、素兎の足らざる境地に自然に入つて行く 時があると思ふ横に腹く眼をやる前に自らを深く掘り下げると云ふ事は 常に必要である。『深山寺の』は餘りにうるさい。寫生と云ふことは單なる 客體の模寫であると思つては大變である

皆吉美惠子
朝早く干場街を通り行く若き丁員のいのちたくまし

—(73)—

小林 惠子氏 の歌は、感冒がつねに常識的で、不明瞭のまゝにうたつてゐ
るので不鮮明で新鮮さを欠く。

岩淵 薫子氏 の第三首のうた、班碧のときさを ふり立てることか、七面鳥
が迫ひ迫り來るとかの、どちらかに興際を持つたのでもある まいし、と云つて
說明調であるから、風景の描寫ともならない。要するに 狙ひのはつきりしない
歌である。

吉田 竹代氏 の歌は平凡ながらいこのまゝで惡くないと思ふ。

三類千禮子氏 の第一首はまだ感じが出てるが 他は至くの說明であつて全然
いけない。

吉本久男
父吾の幼き頃は添師印の國の名をすら臧にせざりき
此の湿度でつき放した所にさすがある作者の生活に即した 態度はいゝがそ
の濃著な眼はもう横のひろがりより内への深さに、向けられるべきである、それ
を作者には明待出來る。

堀内勗幸
大君のみたてとなしむ日は近く六年の親揚今去らむとす
職白三首はいゝきひしい頭隊生活に依つて、切實なものが 詠まれる事と思ひ
明得する
『柏子木』を『あさひかげ』は困る、無買読かも知れないが 或ふ悪い影響を受
けてゐる、かう云つたものは先づ脱度すべきである

短歌(三)讀後感

渡邊陽平

吉廣 政治氏 は手法巧妙であり、よく感じを鮮明に出してゐるが、增捌は
卒俗である。

專村 桂三氏 に就ては、『蜜舌より砂嵐吹けば』『首都の大絡』『雪の降
るアジアの容』など甚だ大まかな、生硬なことば づかひがあり、亦道具立が多
すぎて表裕に乏しい。

稻田 千勝氏 の歌三首共に悼作、翆天閣、諸寶寺等の 固有名詞もきいてを
る。以上三十一名に就いて、締切日の今日燃いて、批評でも 無い妙な月
日を讀みた、そう云ふわけで 個人個人の批評はあたつて無いと思ふが、至邨を
通じて小生の見方はわかつて貰へると思ふ
（十月二十八日）

下脇光夫
戰車隊通る街道に風强く亜末の苦形光りつゝあり
表現の難はあるが、把握したものは 大襲い相常な作品と思ふ『預歲か』も
いゝが類型的であるし、『感復を越ゆ』は 結段巽いものになるのではないかと
思ふ

高見烈夫
幾十の大車の車輪氷嚙むおとに目囂めむ眞夜の獸ら
はきびしい歌である、二、三句を如何にかすれば いゝものになるのである『ランタン
の』に於ける三四句の說明的なのも矢張り一考を要する

野末 一
ともあれ作者の戰場詠は前號のものと共にうれしいものである、

—(72)—

る『といへば描冩になりはしないだらうか。

常岡　一幸氏　の第一首の解説をかげゆと讀ますのは　辯書で無いと思ふ、第二首の一、二句あたり說明調で　生きて來ないやうである。第六首上句にもつと緊細化が欲しいと思ふが、四、五首あたり　一息によんだ歌の方が却つてよい標である。

末田　晃氏は、やはり、素材的に、技巧的にすぐれて居り、全く敬服されるが、それよりも數へる點は　格調の危げの無い確かさである。『步哨は』・『剌叭は』等の助詞の用法に　技巧の冴えが見られるが、私のやうな、ことばの用法に拙いものの目には一々ひつかかりを夢えるのは　何故だらうか、考へてみたいと思ふ。

道久　良氏　のいかなる場合でも、亦いかに低調な　素材であつても、絕對に格をはづさない確かさは、確かに第一人者として信賴し　得べき質實である。要するに歌に向ふ確乎たる　態度に關するものと思ふ。時局歌にしても簡明にふべくは云ひ切り、我々の　說明に陷り易いところでも、その中に必ず感動が用意深くひそめられてゐて、說明に　ならないのである。後二首の自然詠に於てはあまりにかつちりと隙間の　無いことばで構成されてて、もう少し氏の感情の隙をのぞかして欲しいと思ふ程である。とにかく　歌の格に於ては素晴しい。獨自のものを彂揮して來てゐるが、どうかすると用語への偏りと、何か模倣的努力の　彂淳が無いこともない。

山崎　光利氏　は僅か三首ながら三首とも佳い。いささかの　無理も無い觀照の態度、一つに焦点のような　感興、その三つが一つになつて、

戸由雄氏の歌は　慇々　儶賞となり、歌の格に於ては素晴しい。

久保田義夫　野津辰郎兩氏　の歌も山崎氏と　同じ位に佳いと思ふ。この人達氏の人間的感謝をちかに　部智に悼へて餘さない。

は行づまつてゐないだけに、感興、表現共に　豐かであり、生活的であり、健康である。ここに來て實に明るい思ひがする。

坂本　重晴氏　のうたはこれで　よいのである。やはり永く歌をやつてゐる人だけに確かであり軌道に乘つてゐる。だが低俗であるといふことが　强ひて云へば欠点であらう。これは坂本氏　のみならずある程度に達した歌人の多くが早踏みしてゐる點だ。

片山　誠也氏　のかすかなる感傷が　まつはつて、すつかりふり落せないもどかしさが氏の　歌の輕妙さとよい、抒情を小さく甘くしてのやしないか、巧みな人だけに苦言を呈する。

野村　稔也氏　のうたは潤ひと　幅と餘韻に乏しい、氏の自然を眺める態度は　愛情を以て自然に手を伸すと云ふ態度で無く、がむしやらに　自然をうたの中にたたき込むといふ態度では　無からうか。

梶原　太氏　の歌は輕いが、全部表現されるものは確かに　表現されてては　たんが無い。どれと云つて取上げ…無いが佳い歌だ。

三木　允子氏　の歌は久しぶりに見る。感覺的なよさは　相變らずだが、表現上もう少し謦理すべき歌がある。技法は心得てゐる　人だから、とにかく三十一文字にまとめてしまふと云ふことを警戒して、一層心を歌にひそめて欲しい。

佐佐木かづ子氏　の歌を佳いと思ふのは、遊離した別の歌をまとめ上げることに苦心してゐるからである。よく女流の　歌人に技巧にのみ凝つて、つひには最初の感興から、虛飾無く自分の　生活を詠ひ、自分自身のうたを詠んでゐるからである。一、二は文句無しによく、三の身にしめて　聞くは、それだけで充分な表現であり、それ以上つき込んで　表現せば、氏のうたで無くなるであらう、最後の二首は感うすく說明に墮してゐる。

—(7 1)—

渡部 俊氏 の軟い表現は未だ的確でない惱みがある、『古風なる感傷』『稚き惱』等は不消化なことばであり、その間が艶波湖と云ふなじみの無い個有名詞ゆゑに一層とりつき難い。

寺田 光養氏 の作は小生には甚が雑物である、氏の見方、考へ方、云ひ方に不熟な我々はどうもついて行けないのである。要するに技巧の未が氣になるのでは無いかと思ふ『また』とか、『嵩』とか、『はや』とか氏のよくつかふひまはしにも引つかゝりを覺えるし、四首目の結句もどうかと思ふ、私としては第三首が最も身近い。

岩坪 巖氏 は格もあり、内容、表現ともに全くがつちりしたものだと思ふ。ただに表現技法のがつちりしてるのみで無く歌の要材、短歌にある以前の感動が充分がつちりして狂ひの無いところ全く賴もしいと思はせる。

前川 勘夫氏 は古いものに全然捉はれない自由さで、全く獨自に現代青年の感慨を洩らず、とゝに強く胸を打つものがあり、共鳴を感ずる魅力がある。表現もそれに伴つて自由であり、浮ついたところの全然ない獨自の風格を示してゐるが同時に亦巧みであり、的確であることは、三首の自然詠に於いて誰しもうなづけるであらう。小生の歌については由來低調の定評があるが、その低調とはどう云ふ意味でいはれるのであらうか、小生のうたはたゞで過ぎると自分では思つてゐるもっとしぶく地味にうたつて自分自身を表はすべきだと思ふ、生活の低調さ境地

の不充分さが、歌を表面的にし、はでにし、輕くし、低調にし、品格を與へないのであらう、ことばのみで歌をこしらへあげる癖を懲めて、もっと心をこめて生活より歌をよむべきであらう、そうなり得ればもはやつぶやきのやうなものでも低調とはいへないであらう

藤原 正義氏 の滿洲風の若き與況としての、年に似あはぬ落つき、と、よい意味での氣取り、氣慨がったを潔例と意欲ある、時としては輕妙に走る危險無きにしもあらず、然し最近の作は文句無しにうなづけるものが多い、表現が極めて柔軟であるだけに老成を期したい。

伊藤 田鶴氏 は甚が意欲的に危險も少くない、第一首はよいが、第四首はあまりに作爲意欲が先立ちすぎて説明に墮してゐるやうに見るべきであり、着實に軌道に乘つて來てゐるのは氏の撰まれぬ努力は見るべきであり、例へば第三首などそうであるが、歌はことわる前に先づつたふべきで、同じ撰た素材ながら九月號の道久氏の歌の格調の高さの因つて來るところを考へるべきであらう。

今府 劉一氏 の今月の作に就ては、感服もされないが、悪いともいへない、これらは氏の歌であり、即ち來田氏のいゝ身についた厚みがあるのである。平明質實な節はあるが、過麗に過ぎて氏の肉體的息吹さとは違い。

天久 卓夫氏 は寺田氏と同じく難解であり、一つの技法の行きついたところで、感動や、人間的遺憾を伴はない言葉のあそびを試みてゐるのでは無からうか、どうもピンと來ず、むづかしいので、かく臆測してみる。

日高 一雄氏 の歌は平明にして確かである。強していへば、もっと大きな豐かな格調の點である。これは愚見年り第四首、『見れば』は説明であり、『見ゆ』

—(70)—

『秋忍ひらく』　　　　　増田葵一氏
本格的な詩道を行くもの、姿をこの詩に見る。但し前途は遠かではあるが

『落日の花』　　　　　　江波惡治氏
もう一歩と云ふところである。

『驟雨』　　　　　　　　城山昌樹氏
うまい、鮮かな手並をキラリと見せて。

『或る日』　　　　　　　椎名徹氏
風物詩として悪くはない。

『飛鼓略回想』　　　　　青木中氏
無難である。

『雲』　　　　　　　　　谷口二人氏
小さく纏ってゐる。もう少し規模を大きくすれば素晴しかった。

『遊暈』　　　　　　　　實方誠一氏
平凡ではあるが將來性が認められる。

『戰野に』　　　　　　　兒玉卓郎氏
眞實性が讀者を惹きつける。

『追求』　　　　　　　　ひろむら英二氏
まだ詞野が擴大されてゐない。

『出陣』　　　　　　　　田中美緒子氏
純情をとる。

『邪なる夜』　　　　　　米山耶枝氏
詩作態度が極めて自然的であり、同時に安易である。

『兵隊ゴッコ』　　　　　池原榮大氏
上手下手は別として腎賢さが見える。

『友の手紙』　　　　　　池田雨氏
烈しい詩情を盛り上げてゐる。感覺的。

『勁風』　　　　　　　　中村喜代三氏
詩としての詩感の燃燒がない。

『日記帳から』　　　　　平野ろだん氏
餘りにも斷片的であり過ぎる。

『眞夏の日』　　　　　　村上章子氏
歌ひ方に追刀と緊りがない。

『戰地の友へ』　　　　　江原茂雄氏
型態的に陷穽がある。

『星の窓』　　　　　　　平沼文甫氏
一寸したよい閃めきはあるが——。

『かふえ』　　　　　　　加地多豈月氏
時代感情からは疎れられた古い詩材であり從つて魅力もなくなってゐる。

『夏の夜』　　　　　　　吹田文夫氏
何でもない日常茶飯事を歌ってゐるが、この短い詩には、鋭さがかくされてゐる。そしてその爲めに、ピリッとしてよく味の利いた好さがある。

『覺醒』　　　　　　　　田坂叡夫氏
難のない短唱であり、快い詩感を漂はせてゐる。唯もう少し力が欲しかったやうに思はれる。

『淘』　　　　　　　　　岩田錫周氏
獨り含詒のところが見られる。

―(6 9)―

『國民詩歌』二號詩評

河西新太郎

『征戦』

尼ケ崎豊氏

凝結した熱情が、白熱の炎を噴いてゐるやうな、力強さと高貴さとを示してゐる。感覚を適かに越えて、香り高く凄烈の辞現が、柄平たる眼玉を大きく見ひらいて『征戦』を見つめてゐると云つた詩であり、疾頭を飾るにふさはしい詩腸の白眉であらう。

『評釈』

今川卓三氏

狙ひどころが観者の魂を働いてゐる。着想の鋭さに、この詩の魅力がある。

『史』

吉田常夫氏

短唱であるためか、作者された結果は、平凡になつてゐる。軽い気の利いた小品ではあるが。

『静かな決意』

安部一郎氏

まことに題名にふさはしい詩である。前の尼ケ崎氏の『征戦』とともに注目さるべき佳篇であらう。

『孫の顔』

島居ふみ氏

甘いと云つても、眼に甘いと云つて済まされぬものを待つてゐる。詩の物語性を多分に活用してあることは、観者にとつて嬉しいことである。

『母の夢』

柴田留多子氏

女らしい愛情の芳香を感じる。座實でしかも美しい抒情味を備えてゐる。

『三民をとく歌』

上田忠男氏

うまい。老巧と云はうか、爛熟と云はうか心憎いまでに隙のない出来榮えである。自由詩の持つ良さをはつきりと、この作品に盛り上げてある。表現技功の完壁さ、詩句の緊密さ、まさしく半島詩壇の異色ある存在であり手堅い揺ぎなき詩人である。

『わが泉』

香山光郎氏

無難ではあらう。

『朝鮮閨秀詩抄』

田中初夫氏

このやうな識詩の意義は勿論、大切なことであるが、田中氏自身の殿を久せて貰ひたかつた。

『經濟學』

森田良一氏

頭の上で奇智を弄した嫌ひがあるやうに思ふが如何。

『大海讃歌』

田原三郎氏

地道に進む態度に、将来を期待出来る。

『詩を笑ふ者に花を贈れ』

李春人氏

前の森田氏の場合と同じやうなことが云へると思ふ。

『眞珠の粉が』

佐井木勘治氏

面白いと思ふ。

『赤蜻』

川口清氏

民謡的な感覚を持つてゐる。微笑ましい情景をよく捉へてゐる。

—(6 8)—

232　国민시가 國民詩歌

（七十五頁よりつゞく）

総體的に云えば菱道と平板と混合した樣な錯覺に陷入るのを、意譯する樣なことが
あつた。何よりも作品と作者の距離が密切でなく作者の慣溺と、云ふものが感じ
られる作品の少い事は致し方のない事かも知れないが、注意して頂きたい所であ
るそれから作品に感ずる事は初心者の人の中で、恐らく無意識であらうと思はれ
が或悪い影響を受けて持つてゐる人の多いことである
それは中世の和歌作品の影響とも云へる之は脱却しなければならぬ、と思ふのであ
に於ても自然そうなつてゐると云へる
る

和歌を知らないと云ふ人の殆どが裏に此の影響を持つてゐるのは學校の教科書
から來る所が多分にあると思つたりする
ともあれ此の欄には期待する人が多い大いに精進して頂きたいと思ふ

や森田良一の『煙草』『經濟學』は前述の意味からして、もつと普遍性をもつ
て欲しいのである。普遍性とは決して安價な大衆的なものであれと云ふのではな
く、作者の感動は多varyの人々の感動であつて、個人的な感慨の始終が人々の共感
を得るか否かは疑問であらう。とは云へ兩氏の書きなれた游技には敬服に値する
ものがある。

詩は簡略にして然も餘情を含む表現こそ好ましいのであるが、簡略に陷り奇拔
な思ひ付きを斷片的に叙したに過ぎない樣た詩、或は作者の意圖を解するに苦し
む樣な舌足らずな表現や超感覺的なものとなることは注意しなければならない。
吉田常夫氏の『史』『歴日』は簡略の問題を提出させるものがある。けれど『歴
日』に於ける作者の恋が抒情的な餘韻を良いて、力景を示す佳作であらう。九月
號『アカシヤの花』『二日』十月號『妹を笑ふ者に花を捧れ』『眞夏の日』『深
の窓』『覺醒』等の諸作には簡略化よりの貧困と詩人のやむにやまれぬ恋の發現
と云ふ問題を高て嵌めてみたいのである。

やむにやまれぬ恋の發現とは、決して單刀直入的な表現の意ではなく、そこに
は高く深い藝術的感動が盛られなければならないのである。そして藝術的感動の
民を流れるものは抒情の精神であり、その精神こそ高度教養から生まれ出るとこ
ろの復古の精神であり、新しい國民詩隊登の原動力でもある。抒情は決して感傷
の詞ではなく、また花鳥風月に戯れるところの懦弱な心情の發現でもない。

總して本誌の作品には抒情に乏しいものが多くあり、折角の抒情も感傷に押し
流され、或は作者の恋が離れて忘却してゐる作品は何故であらう。一
つ〵の作品に向つて感想の筆を執りたいのであるが、相当の頁數を要するだら
うし、一人よがり左傾感に陷る惧れに鑑みて擱筆するとして、前掲の雑記（一
）（二）の拔抄をもう一度押しつけることを反省して擱置することによつて今後諸賢の努力に期待する
ものである。

國民詩歌十一月例會

一、日　時　十一月二十三日午後一時より

一、場　所　京城府北米倉町『國民總力朝鮮聯盟事務局』會
　　　　　　議室

一、會　費　三十錢

一、各自詩一篇又は短歌一首宛目持參のこと

―（67）―

詩欄雜感

呼べ　今川卓三

詩は人々の志の率直な表現である。そしてまた然現であらねばならない。時代意識を知らうとするならば、その時代の詩を讀むことによつて感知することが出來得ると言つても敢て過言ではないのである。何時の時代に於ても詩は人々の志によつてのみ生れ、決して僞はることの出來ない心情の流露である。

近世に至つて詩が我々すべてのものの所有となつた所以もこゝにあつて、決して詩人だけの一人よがりな趣味でも餘興でもないのである。更に志は常に時代を離れて存在するものではなく、時代によつて高揚され或は低調化され、詩文藝の興隆となり、また貧困ともなるのである。

嘗つての自由主義華やかなる時代、文學界に於ては群雄割據的な表現主義乃至は技法が簇生し樣々な論議が喧傳され、一見文藝界興隆の感を呈したのであつたけれど今日に至つての回顧は儚ない机上論であり、徒らな暗中模索の醜態に過ぎないのであつた。

當時詩壇に於ては新しき詩人出現の待望を叫び、詩の貧困を託つことによつて辛じて命脈を保つに過ぎなかつた。それは混沌たる時代意識が、人々の志をよりどころなくしてゐた時代の罪であつて、我國民に詩精神の缺けてゐる證左ではなかつた。

今や我々は我々の進むべき道を明示され、我々の志は明瞭としたよりどころを得た。そして止むにやまれぬ志は過去の混沌たる詩文學を淸算して、國民的意識の盛上つた新らしい詩文化の興隆に發足したのである。

『國民詩歌』が誕生したのも時代意識への活潑な動き、即ち我々の志の覺醒が一つの方向に一丸となつて行動を起した現れであつてみれば、本誌の内容にも我々の詩が愛國的感動を盛つてゐるであらうし、またあらねばならない。

本誌創刊號掲載の尼ケ崎豐氏の雜記（一）にも敍してあるやうに『漫然と詩作すると云ふ詩人の詩作態度は全く排斥しなければならぬ。……詩は自由である書けばよいと云ふ樣な幼稚な或は輕率な見地から出發したところに、今日の詩の低調がある』或はまた『新しき詩人が形而上學的思索や建設的な意慾に依つて起上らねばならぬ』等々は誠に示唆多い言葉である。同じく末田晃氏の雜記（二）に於ける『現時の時局といふものが、どう云いふものであるかといふ確たる自覺』『感動が眞實なものであるならば、深い淸いものが表現されなくてはならない』『時代的角度といふものを考へてほしい』等々の忠言を掲載作品に當て嵌めてみる時、一層切實なものを感じるのである。その點上田忠男氏の『臣道』『三尺をとゞ「む」』から我々は氏の感動が眞實なものであり、その搖ぎない志に深く動かされ啓發されるのである。『驟頭譜』『征戰』に於ける尼ケ崎豐氏の詩技は抒情的精神が時代意識に火焔を散らし、聊か生硬な感じを與へないではないが、眞摯な感動と熱意が胸を打つのである。

國民意識が兎角に激情的な傾向を帶びる作品の中にあつて、緊田智多子氏の『慰問袋にそへて』『母の夢』は纖細な落着いた女性の感情が遺憾なく表現し盡され、こんな詩は今の時代もつと多くの女性によつて歌はれていゝのではあるまいかと思ふのである。が、この二篇に含まれてゐるところの感情を短詩の型式に盛上げることは出來ないものであらうか。

詩がすべての人々の所有である所以は、人々の歡びを共に歡び、悲しみは共に悲しむところに詩の普遍性があるのである。安部一郎氏の『道』『靜かな決意』

『それ火は板塀に燃え移りぬ
それ、たるきへ、それ屋根へ』

バケツの水は飛びつ　梯子は簷に掛けられつ
つぎ／＼に水盛れるバケツは上へ上へと運ばれぬ

『火は消されたり』と吾現示すれば
はり切りたる顔部にさつと滿足の笑は綻べり

『御苦勞さまでした』『ありがたうございました』
云ひかはすとき云ひ知れぬ親しみの吾が湧くかな

夜に入れば赤電燈下げて門毎に
吾燈火管制を観て廻る役なりき

勤勞隊の名簿にもわが名漏れたり

『御免下さい電燈を見せて戴きます』
『いゝえ消してはいけませぬ、覆をして下さい』

『一燈の光は敵機の道しるべ
一燈の覆は國の護りですぞ』

『すみませぬ明日は設備をします
暗いところを御苦勞さま』といはれて門を出づるわが

嬉しさ

わが靴音は闇の路次にいや高し
九時も半を過ぎたるにいまだ殘す四五十軒
ひもじさとくたびれ覺えつゝ微笑みぬ
家に歸れば十時も過ぎたり
わが齢今や五十、兵にははなれず
國は曠古の非常時といふに死場所もなく

つきのわが身の腑甲斐なさよ

—（65）—

友よ
大陸の曠野に　祖國の旗を掲げ東洋の歌を高唱ひ
君が軒昂の意氣は
鋭き光鋒となつて天翔りゆく

この莊嚴な乾坤の黎明に
新しきものは建設される
古きものは容赦なく壞され

現　示　班

町の人たち吾を指導員に選びき
防空演習には現示班となりぬ

『現示班』の腕章の墨色鮮かに
手にせる赤旗振りく〳〵吾廻る

呼び交ひ　昂る　民族の激情は一塊の餤となり
地軸の回轉と共に交響し進展しようとする

噫　稚き額を研ぐ淸冽な一陣の風に
遑しき神々の聲を聆きながら
一通の戰信を握り締め
ぼくはいま遙かな祈禱を捧げよう

香　山　光　郎

『燒夷彈落下』と吾路次に叫べば
モンペ姿かひぐ〳〵しく愛國班員驅け寄れり

濡れカマス焔に掛けて
その上を砂にてしかと押ふ

あるとき　國境の方でほんの小さな物音がした

その響はみるみるうちに邦中にひろがつてたくさんの

家が倒れ幾千となく人々が死んだ

地はもの狂ほしく咆哮し街は覆へされ

毒ある雨は火のやうに降りそゝいで

若悶と悲泣はながいあひだ　天の柱を慄はせてゐたと

いふ

その明る年はいままでになく

花畠に美しい花がいつぱい咲いた

これが天國といはれてゐるものなのであらう

戦　信　に　題　す

尼　ケ　崎　　豊

手の爪の脱けるのも忘れ　一途に城壁を攀登り

一枚の日章旗を高らかに打振ることが

こよなき希ひである……………

ひとりの若者の祖國への誓ひの一幟よ

粗末な一葉のこの箋とともに

四角にたゝみ込まれた

征旅の郷愁を超えた美しい決意は

一條より一條へ硝煙の匂ひ罩めて

ひたゝゝと漣かへし

胸底　杳く　祖先の血を招き呼ぶ

斷雲流れゆく　西の涯

あるひは泥濘に伏し　　飢餓と闘ひ

あるひは砂塵に塗れ　　彈雨に曝され

ひたすら崇き使命に身を碎かうとする

されど南の方日本へのコースは
つねに平和と濕氣と安息を齎らして
傷つけるはたすけ
遲るゝは待ちあはせ
聲、聲を呼び　影、影をさそひ

あゝ　今日も雁がわたる
蕭々として雁がわたる

逃がるゝに非ず　求もて戀ふて
たゞひたむきに翼をみがき

噺　　　　　　　　吉　田　常　夫

花畠の下に邦があつた
その邦を支へてゐる神殿の支柱は
天を支へてゐるのである

その柱をめぐつて愉しい街があり
住民たちは　みんな賢く勤勉で
氣高く優雅な容貌をしてゐた

春になると若者たちは

建ちならぶ白銀の柱をつたはつて
明るい光りと豊かな收穫を求めて旅立つて行つたが…
‥‥‥

朱にそまり息を絶え絶えにあへぎながら獲ち得てきた
之れ等　勇者たちの神聖な戰利品によつて
さゝやかな市民たちの生活は虔しやかに營まれてゆく
のであつた

―（62）―

散　華　（ノモンハン戦抄）

安　部　一　郎

この廣い砂原に烈々たる太陽と意志があつた
草があればそれは緑に燃え　また
大きくこの宇宙は燃えるのであつた
一　軍人は忠節を盡すを本分とすべし
一つのものが盡き集團となつて火と燃えた
燒片は太陽に近くイカロを燒き墜し

無限の焦げた砂の上には
キャタピラにとびついた燒片が敵のエンヂンを燒いた
この廣い砂原には烈々たる太陽と意志があつた
夕暮遠い蒙古の夏の陽に
地上には火と燃えて散つた燒片が
赫奕としていつまでも焰をあげてゐた。

雁

川　口　清

雁がわたる
雁がわたる
たゝけばきーんと音のしさうな青空を
北の地平から南の雲へ
蕭々として雁がわたる

或日ヤブロノイの山脈を越え
或日萬里の長城と並行し
とゞろく砲聲に愕き
爆音におびやかされ
あやぶく隊形を亂したことも幾度か

—(6 1)—

望　郷

今　川　卓　三

拓けた田園に五穀は實り
鹽田には濱師が歌ひ
入江には小魚が戯れ
瀬戸の海は島々を浮べて光る

妻よ　土と潮の香を嗅いでごらん
古里の土に生き土に還つた祖先の魂が
若い生命の血脈に傳はり流れてゐるではないか

父を失つて七年
古里の家の太い梁は徒らに黝み荒れ
裏の小山の墓石の中に
今も尚假りの墓標が傾いてゐる

妻よ　墓を守る母の嘆きを想へば
何はともあれ新しい墓碑は
祖先に劣らぬものを建てたいものだ

古里を遙か思郷の幾春秋
醜の御盾に召されても死なず
自らの榮達に汲々の時は既に流れ去り
東亞共榮圏滅私奉公の誠に勵む

妻よ　明け暮れの生計は乏しくとも
土と潮の祖先の魂に生き
母の嘆きを忘れてはならぬ

女　心　斷　章

柴　田　智　多　子

妻といふものは夫の背にかくれて生きてゐる。世の中のはげしい雨風や強烈な陽ざしから妻をかばつてくれるものは夫の背中だ。

　と愕然とする。

夫の旅は、生活のあけくれに夫の背の有難さを忘れはてゝゐる妻の心にその有難さを晩香花のようなせつないかぐはしさで思ひ到らせてくれる。

夫が旅に出て十日二十日とたつうちにいつの間にか妻は一人の人間として世間に對してゐる自分の姿に氣づく。日頃は何氣なく見てすぎ聞き流したことゞもの一つ一つがはつきりとした形を持ち、角をもつて目の前に現れてくる。その事柄に精一杯氣負つた構へで立向つてゐる自分の姿を見出した時、夫の背にかばはれてすごすくらしの何とあたゝかく平穩なものだらうか

そして子供と共にいそ〳〵と指折つて夫の歸りを待ち佗びる心になる時、ふと、心の中で手を合せる。

世の中の辛い風雪から妻を守つてくれる夫を戰の庭に送り出してけなげにも雨風と鬪つてゐる數多くの妻たちに何よりよいかわからぬ程の感謝とすまなさで胸が一杯になり、ひつそりと合掌し、どうぞ雨風よ留守を守る妻の家居のそこだけには強く吹いてくれるなと念じる。。

しよせん妻といふものは夫の背にかくまはれて歩いてゐるものだと今更のように稚い心になつて旅歸りの夫を待つてゐる。

原　始

田　中　初　夫

石を磨きて槍の穂となさむ
石磨かれてなば
朝霧のきらめく中に
槍を投げて鹿を殺らむ

石ははや磨かれて鋭し
我が腕に力瘤は盛上れり
渾身の力こめて足ふむばり
電の如く疾く槍を投げむ
まことこの槍の穂先を避けて
逃れ得む鹿はあらじ

獵銃を構へて撃つは易き業なるべし
硝煙の中に鹿はばた／＼と倒れゆかむ
さはれ我が心のすべてと
我が肉體のすべてと
一つの生命の働きに綜べられて生き
その殺られむ鹿の數こそは尠けれ
生活の足らへる心は實にうるはし
石を磨きて槍の穂となし
槍を投げて
血肉に生きる原始の技術をうべなはむ
我が書讀む業も亦然なるを

―（ 5 8 ）―

242　국민시가 國民詩歌

ものなべてうつろひゆけばあまつ日のひかりも沁みて返さざりけり

とぶとりの明日香の里はわたる日のひかりも淡くおもはゆるかな

指さして平城宮のあとどころ白く咲けるは韮の花かも

いにしへの内裏の址はあのあたりと指さす方にひかる沼あり

龍田川いまもたぎちて流るれどうつつにはなしいにしへ人は

今　府　劉　一

○

踊國神社臨時大祭に先だち十月十五日頒饌の招魂式取行はせらる

劉喨と神の鎮の響くとき感情を超えし涙せきくも

今ここに流す涙を女々しとは誰か云ひ得む靈車の響

いとけなき兒の泣く聲もまぢりつつ遺族席よりのざわめききこゆ

さらにさらに一萬五千十三の御靈むかへて嚴けき神苑

十月十八日午前十一時五分天皇陛下御親拜あらせらる

かけまくもかしこき極み大君の民草の靈に躬を曲げ給ふ

空襲警報の笛とどろきてあるときに公園の山茶花一つ咲きをり

末　田　晃

○

十月十二日より十日間全國に防空訓練實施さる

防毒面防毒衣着けて待機するこころをさなくきほひるにけり

一二間這へるがごとくに走りつつわが呼吸あえぐ發煙地上に

息づまるくるしきときにもうかびくるもののおもひは斷片の如くに

防毒衣のにほひは消えぬわが肌をたのしむに似て疲れつつ居り

—(57)—

○

渡邊陽平

江碧島

島深く入り來り徑は山に入りぬ傳燈寺指標は畑中に立つ

山腹にみ寺守ると築かれし三郎城に僧兵はあらず

海渡り王いくたびか脱れ來し歷史はかなし戰へる代に

陽を透きて青葉淸しき谷あひに藥水汲むと人にしたがふ

外海ゆ岬を越えて疾風吹き夕潮速き水道に立つ

○

渡部　保

あかときの光に淡き影つくる淸けき鮎を我は手にとる

笹の上に濡れて光れる鮎の魚くろく淸しき瞳は見たり

淸流を眼すがしくさ走りし鮎よこたはる濡れ光りつつ

金黃の色おちそめし胎み鮎青笹の上にかすかににほふ

胎卵に直ぐなる形崩れたる鮎は並べり青き笹の上

胎みたる鮎は跳ねつつ水をいでて青笹の上に體を反らす

○

常岡一幸

春日野抄

いにしへをいまのうつゝにたもちつゝありへし里はおのづから寂びし

ものなべて古りて靜けき村里のひかりにうごくものゝかそけさ

山頂は指呼に見ゆれご銀梯は幾曲りして尚登り着かず

稲田千勝

○

トラックに兵ら乘りこみ街ゆけりなにか迫れるこころおこるも

軍服の兵ら乘りこむ電車内きびしき訓練の汗ははひて

私利をほり統制萎し曳かれゆく人なほありて罪絶えずかも

岩壁に見送る人ら手をふりぬわかれを惜しむテープはなしに

梶原太

○

熱帶性の颱風あるる眞夜にして擬寶珠の花の香に眼覺めけり

窓先の糸瓜の葉裏みてゐるしにひとつひとつが息づく如し

すこやかに吾子ねし時に夕方のニュースは告げぬ佛印進駐を

ゆたかなる妻の乳房にひたよりて子は太るなり物乏しけれご

○

東安省勃利縣に來る大和民族が住める限りのさいはへの北邊の地なり

軍需苦力への糧食配給を縣公署の開拓科の人等が懸命にせり

八月を降りつぐ雨はおごろおごろ死棺押し流し來る洪水となりぬ

わけもなき優越感といはば抽象に過ぐかかる土に生くる日本人意識

酒に逃るる事の弱さすら純粹のものの如くに自慰し慣らへり

瀬戸由雄

二重窓の日射の上の壁隅にてんとう虫の群れうごめけり　（ハルビンにて）

國をあげ戦ふときぞ配給の乏しきことを口には云はず

東洋の君子の國の性(さが)なるやプロパガンダの拙きをなげく

堀　　全

○

あんず見の花見列車の動きしを宿の夕食にききつつわれは　（新京にて）

櫻咲かぬ國境に住む日本人春は杏の花見をすらし

日本人の住む限り咲く櫻としあへて思ひしわれにはあらねども

○

少女らの着物の色も落着いて街路の上に秋風涼し

あゝ日本の秋空はよしこの空に敵機來るなど想像も出來ぬ

夜空截るさーちらいとの錯綜に戦争の藝術性を考へて居た

ひとり研究室で鼠を切いて居る何か幻覺でも現はれさうな夜

野津辰郎

○

金剛山

切り立ちし岩の崖はも千年の重みに城へて崩れんと見ゆ

大いなる傾く岩のつくりたる蔭は冷し座すれば寒し

健脚家境がおらぶ聲澄みて深山路遠くこだましひゞく

吉原政治

—(5 4)—

廟守りの今日は居らねばの空さなる箕子の御陵に草生ひにけり

〇

まづしさを雑草原にふりすてゝ摘み來し花に心うるほす
長雨に出來ぬ張物のことにのみかゝはりてゐて何もなさゞりき
久々に月を仰ぐと端近くたつま早くも黑雲現れぬ
雨やみて空あかるめり坂塀の露のしづくのひかりつゝおつ

　　　　　　　　　　　　　　　　　　　　　　　伊　藤　田　鶴

〇

吾れの汲む山井の水にうすべにの水はぎの花散りうきてをり
風もなく秋の光りの降る朝は心はづみぬ子供も吾れも
霧しげき島の朝けはものなべて深き想ひに輝やけるごとし
干潟地の青田の中にまた建ちぬ白亞赤屋根のロープ工場は
あかつきを遠く聞ゆるサイレンに少年工ら職場へいそぐ

　　　　　　　　　　　　　　　　　　　　　　　小　林　惠　子

〇

　　　　　　　　　　　　　　　　　　　　　　　三　鶴　千　鶴　子

〇

鍬とりて腕のいたみもなほれりと言ひます父の面やけるます
久々にわがふるさとにかへり來て老いたる父と芋ほりするも

　　　　　　　　　　　　　　　　　　　　　　　南　村　桂　三

〇

暁を南瓜の蔓に笛に吹く少國民の健かなるこゑ

遠足にゆくにかあらん學童ら今朝きほひ吹く南瓜の蔓を

念佛を唱へずわれは三七日の夜を酒のみて君をとむらふ

君と在りし日の思ひ出は若かりし生命ふたゝびわれをたぎらす

戰ひて國の興りし日本の大きなる軍南にすゝむ

小林凡骨

〇

石油節約を申し合せて村人等洋燈の芯を細きに替へぬ

溫突のほのかな溫み慕ひつゝ樂しむが如く蠅の遊べる

したゝかに蠅を叩けばその音の透りてひゞく溫突の部屋

小山田の案山子は牛ば傾きて刈り近き穂にそよぐ夕風

露深き稻田の畔の草かげに日向もとめて蝗は動く

遠山の麓につゞく蕎麥畠白らゝとして黄昏に浮く

小林林藏

〇

家群を越えてながるゝ大河の濁る水嵩に眼をこらす

川上に起伏す山の幾重にも連なるいろはおなじくあらず

朱の扉いろはあせつゝ彈痕に蟻はつくぐひとつ這ひ居り （其子謠）

藤川美子

—(5 2)—

248　국민시가 國民詩歌

秋深き頃再び古都にて

井村一夫

日をひと日吹きあれし風落ちしかば湖の水夕べすみたり

李朝の君が通ひましける殿上への石廟を行けば散るはぜ紅葉

山ふかき水邊の岸の枯草に秋陽黄いろく透きてゐにけり

この便りにも銃後の緊張をつたへたれどわれらは未だいさををたてず

慰問品たぶと入り來し少女ごち去りたるあとをほゝけてゐたり

〇

耐ゆるところまで耐へてのちに立ちあがるわが國力と吐すゑてまつ

まづしさををかこつことなく臨戰下の生活に足れり子はすくやかに

子をつれて山海に遊ぶゆとりなごはつゆ持たざれど日々ありがたし

萬一のときはときなりいまさらになにいらだつと自に言ひきかす

家の周圍の桑つみつくし夕陽光のあらはに射すをむなしとは見つ

〇

瀨戸由雄京都より歌を送る即ち容ふる歌

久保田義夫

かなしとも思ふ命を滿洲の基礎となす力たらしめよ

先生となりて始めて寢る夜や風強くして汽笛なるなり

この町の海は未だ見ず宵々を汽笛をきゝて手紙など書く

葡萄の房を採らむとしつる乙女子の胸のふくらみみづゝゝとせり

停電の宵淺ければ蠟燭ともし戰陣訓に讀みひたるなり
鮮童に戰陣訓を語りつゝ言葉いつしかたかぶりゐたる
梅雨もよひの天氣續きに鶯飼する鮮童も我も心落着かず
數匹の鶯をもらひ來し幼らは姫鶯飛白鶯のあるをつげ來る
灯に飛べる蟲を捕へし幼な子の觀察はしばく吾を驚かす
國語を語る拙なけれども營農の體驗談を聞くはうれしき
いつしかに神代のことにも語りつぎて内鮮一體のことに及べり

日　高　一　雄

○

旅にして朝降る雨のわびしさやいろづく稻はうち沈みたり　（咸興）
日本海の波打ちよする大いさや岸壁のあたりうねり和ぎつゝ　（清津）

岩　坪　巖

非常警戒のサイレン鳴れば電車より降りてしばらく敵機を待つも
街中の消火演習の水しぶき煙霧の上に虹をつくれり

○

寝ねがたき夜半のよすがと枕べに置くスタンドと雑誌四五冊と
灯を消して臥せりたるとき疊這ふひとつの蟲に心をこらす

前　川　勘　夫

百千の言葉なくもが粛として十萬人がかうべたれたり

新しき國の礎かたむると逝きにし人をまつり給へり

武官あり文官もあり滿鐵の職員もあり六千餘柱

○

下　脇　光　夫

女子も國民登録す

山岳地帶は貧しきが多し天然の山深く入り食を覓る　（火田民）

薄赤きチョゴリの少女百合もちて小指につきし夢もてあそぶ

映畫見て密豆を食べ少女らの感傷となる時代にはあらず

家にありて感傷の夢を追ふことも今のをとめに許すことなし

○

坂　元　重　晴

天 日 鹽 田

山岳地帶は貧しきが多し天然の山深く入り食を覓る

苫はねて野積の鹽に積みかくる今日の新鹽が入陽に輝く

うづ高く盛りし新鹽は威勢よくかつぎて倉にはこぼれにけり

かきよせて水たるゝ鹽を籠に盛る鹽夫の面の黑き汗光り

六百町の廣き鹽田天つ日におのづから干て採鹽つきず

○

轟　　嶽

—(49)—

〇

戦へる國に起臥すわれ故に紅葉の照りは忘れぬたりき

激動にそなへて動くもの見れば個の感傷は既にあらざる

感傷を超えて定まるもの〻上に道おのづから定まる如し

個の感傷を超えて伸びゆく日本の民の一人と生きなむわれぞ

道　久　良

〇

大同大街にて

蒙古風の中ひたひたすらに戻り來てひたひたにうすき汗をぬぐひぬ

ことなげにバス待つ群のわれさへも生ける日のま〻動きたるなれ

バス待つと立てる面路よひた流れ南湖の岸にいたると思へ

夕ぐれの冷えのさやけく大街の孝子廟こめてひと歸るなり

山　下　智

〇

みどりなる楡の林にうちまじり色づく葉あり白かんばの木

楡の木の林にうちまじり白樺の幹白くのみ秋は更けつゝ

藤　原　正　義

九月十八日は滿洲學藝十周年記念日にして滿洲藝術院第一回合祝發行はる、ハルビン忠靈塔招魂祭の日

—(4 8)—

る仕事は、結社關係を基礎とした今日の如き歌壇の構成によつては、とても達成し得る見込が無いといふことは今日の歌壇人自身が最もよく知つてゐることであらう。私は中央に於ける短歌雜誌の統合が差しせまつてゐることの際、この好機を逸することなく、先づ中央に於ける結社を全部解散して、新たなる全體的構想のもとに、歌壇を編成替することが最も簡明に日本歌壇を改造する道であると思ふ。その上新たなる日本歌壇は、先づ第一に世代を更新して三十代から四十代初期の人達にまかしてしまふべきである。この人達に新たなる全體的構想を練つてへばいいのである。この人達も、自分のことばかりを考へすに、これから歌壇に出て來る若き世代の爲に、その人達がほんたうに文化的活動の出來る様な歌壇をこしらへてやるべきである。長老は長老として歌壇の構成に關係なく、自らの指導力を發揮して惠心作品を以て若きものを導くべきである。かくして、歌壇人同志が、小さな感情にとらはれることなく、互に協力して日本文化の爲に、二千年の傳統をもつ日本人としての精神力をほんたうに發揮し活動するといふことになれば、歌壇自身がよくなると共に、日本文化推進の爲にも、大いなる仕事が出來ると思ふのである。

私が今ここで云つてゐることは、何も空想を云つてゐ

るのではない。差しせまつてゐる短歌雜誌の統合に關聯して、この際やれればやれることを云つてゐるのである。やれればやれることであるが、やらうと思はなければやれないのである。要はこの時代を認識し、御互が謙讓の精神を發揮し得るか得ないかにかかつてゐると思ふ。

いつまでも、結社などといふ殼のなかで個人的なことばかりを考へてゐる時ではないのである。朝鮮では詩歌に關する限り、あらゆる結社は全部解散してしまつた。我々はこれで無價値な重荷を一つおろしたのである。朝鮮や日本の爲になると思ふことは、誰に遠慮する必要もなく云へる様になつたことだけでも、そのおかげだと思つてゐる。この様になつたのは、現在のところ朝鮮だけであらうと思つてゐるが、私共の體驗を基として日本歌壇の爲に結社の解散を勸告してゐるのである。勸告といふ言葉が惡ければ希望してゐると云つてもよい。先づ第一に結社を解散し、それに關聯したあらゆる夾雜的な感情をぬぐひ去つた上で、この時代に生くる日本文化の爲に働く人としての希望を燃しつつ、新しき日本歌壇の組織を變更することを望んでゐるのである。かういふ風になれば歌人としてこれに過ぐる幸はなく、また日本國民としての我々に與へられた責務をほんたうにはたすことも出來るのだと私は確信してゐるのである。

こいふ外面的なことばかりが考へられ易いが、私はさ
いふ外面的なことを云つてゐるのではなく、自分をたゞ
一人の個人として見るのではなく、自分につづく多くの
人々が、自分の責任において動くのだといふ責任をもつ
て自らの行動を決定する人を指して云つてゐるのである
そして、この様な責任をほんたうに自覺してゐる者こそ
最も優秀なる指揮官であると私は思ふのである。この様
な指揮官の態度をもつて行動すれば、細心の注意は必要
であるけれども、小さなことにとらはれる必要はどこに
もないと思ふのである。私共は多くの朝鮮の民衆に對し
て、かういふ力は少しももつてゐないけれども、朝鮮の
作家のこの様な仕事に對しては、側面から協力して、朝
鮮の爲になれば幸であると考へてゐるのである。

日本歌壇の改造

同日の會合では文藝春秋社の安藤彦三郎氏にも偶然お
目にかゝる機會を得た。實はこの度の講演會に氏が世話
役として來鮮せられてゐるといふことは少しも知らなか
つたので、ゆつくりお話する機會もなかつたのであるが
それでも私共は日本歌壇の現狀と改革について極めて短
時間であつたけれども意見を交すことが出來た。それが
私共の挨拶であつたとも云へるのである。今考へるとい
くらか亂暴なことを話した様にも思ふのであるが、その

ことを思ひ浮べながら、前號にも一寸ふれておいた結社
のことについて、もう一度書いて見ようと思ふ。

短歌新聞の十月號を見ると、東京に於ける短歌雜誌の
統合は、大體本年十二月になされるであらうといふ様な
ことが出てゐた。日本歌壇に於ける結社意識の是正は、
この機會をはづしては、またかういふいい機會はないと
思ふので、再びこの問題にふれることにした。

今日までの日本歌壇は極めて中央集權的であつて、大
體東京に於て發行されてゐる雜誌結社のかたをつけさへ
すれば、日本歌壇はおのづからそれによつて決してしま
ふのである。その爲には東京に所在する各結社の人々は
日本歌壇のリーダーとして、今回だけは、小さなことは
云はずに、結社組織の弊害を是正する爲に大道について

行動してもらひたいと思ふのである。今日の日本歌壇に
於て、短歌結社位、この時代を認識しない方向をたどつ
てゐるものは無いと思ふのである。あらゆるものが戰時
體制下に於て、この時代に適應する様編成がへをしてゐ
る際、最も舊態のまゝ殘されてゐるものの一つがこれで
あると思ふ。結社の罪惡については、かつての政黨の罪
惡と同じ様に、今日まで各方面に於て指摘されてゐるこ
とであるから、再びそれを擧げ様とも思はないが、ほん
たうに日本文化を推進する様な大いなる協同を必要とす

さを要求する指導者が居るとすれば、文藝の何たるかを
また文藝のもつ潜勢的な力を知らないものである。その
様な人達の書いたものや指導によつては、ほんたうに民
衆を指導することは不可能である。しかし、時局といふ
ことを廣く解せば、有史以來のこの重大なる時局下に於
て、この時代を認識し、日本國民として、ほんたうに生
き拔かふとする態度の確定した作家の書いた作品といふ
ものは、いはゆる時局的なものを直接に題材にはしてゐ
なくても、やはりこの時局下に於ける國民の意氣を振興
し得る様な力のある作品が生れると思ふ。かういふ風に
考へると、その様な作品は取材のいかんにかゝはらず、
廣義に於ける時局的作品であるとも云へるのである。要
は作家の態度の問題である。それ故、取材のいかんなど
といふことは枝葉の問題であつて、問題にする價値さへ
もないと思ふのである。結局は日本國民としての態度と
誠實が總てを解結することになると思ふのである。ほん
たうに指導性のある作家といふものはこの様な作家自身
の誠實さによつて、作品を通じ、例へて言へば防空演習
の必要を民衆に意識せしめる
様な作家を言ふのである。　戰爭を題材として戰爭の事實

のみしか傳へ得ない様な作家ではなくして、その戰爭の
意義を民衆にさとらしめ國民としての決意を確定せしめ
る様な作家を言ふのである。　今日の朝鮮に於てこの様な
指導力のある作家の必要なること戰場に於て優秀なる指
揮官を必要とするが如く強く要請せられてゐると思ふ。
　今日の時局に於て最も必要なる作品は、表面的な時局
を題材とした作品ではなくして、臨戰體制下に於ける日
本國民としての態度の確定した作品である。この不動の
態度の上に礎かれた作品であれば、題材なんか問題では
なく、作家の不動の信念といふものは、おのづから讀者
の心に響き、結果に於て指導力を具備し得るのである。
　今日の朝鮮に於て最も必要とする文學といふのは即ちこ
の様な文學であらうと思ふ。これは朝鮮のみに限らない
内地に於ても同様であるが、半島人側の作家の民衆に對
する影響力といふものは、いかに大きな影響力をもつた
作家でも、内地人作家は、その元足にもよれないと思ふ
のである。　朝鮮の作家としては、實に仕事の仕甲斐のあ
る時代であつて、戰場に行かなくても、戰場にある優秀
なる指揮官の如き態度をもつて、大いに働いてもらひた
いと思ふのである。　指揮官といふと、すぐ人の頭に立つ

て精密なる計算がなされるなれば、數學的確かさに於て
それは表示され得る簡單なことである。先づ爲政者によ
つて、かういふ文化的基礎資料が明かにせられることを
希つてやまない。それはこの問題を解結する最捷徑であ
るからである。

　これらの基本問題に對して現在朝鮮語を常用せる作家
をどうするかといふ樣なことは第二義的なことであつて
出來得れば國語で書いて將來の朝鮮を背負ふ作家として
の基礎を作つてもらふことが一番必要であると思ふおそ
らく朝鮮に於ける將來の文化の第一線を背負ふほどの熱
意をもつてゐる作家であれば少し位の困難はあつてもこ
の位のことはやりとげねばならぬ。これが出來ない樣な
熱意の無い作家であり、力の無い作家であれば次の時代
を背負ふことなどは思ひもよらないことである。たゞ
素質的に朝鮮語によらねばどうしても書けない人は朝鮮
語によつて書けばいいのである。朝鮮語しか讀めない人
々の爲に、大いに書けばいいのである。作家は書くこと
によつて先づ實踐しなければならない。書かずに議論ば
かりしてゐても何の役にも立たないのである。國語によ
つても朝鮮語によつても書かないものは作家としての資

格を放棄しなければならない。これは何も半島人側の作
家に限つたことではない。朝鮮には書かずに書ける樣な
ことを言ふ僞似作家が極めて多い。そんなものを救濟す
る爲に問題をこしらへることが一ばん馬鹿げたことであ
つて、それは朝鮮の文化をよくすることには少しもなら
ないのである。何よりも作家は先づ本氣で書かねばなら
ない。それは作家自らの手であらゆる問題を最も手近に
解結する道である。

作　家　と　時　局

　文學に於ける精神論、それに關聯して態度の問題につ
いては、これまで度々書いたので改めてそれを書かふと
は思つてゐないけれども、やはり先日の會合の席上で、
作品に時局的なものを織りこまねばならないのかどうか
といふことが問題になつたので。それに關聯して書いて
見ようと思ふ。

　時局といふことを極めて狹く解して、作品の上に、戰
爭であるとか、防空演習であるとか、そんなものを織り
こまねばこの時代の指導的な作品でないと考へてゐる樣
な作家が居るなれば、この樣な時代に於ても、作家とし
ては全く問題にならないのである。また若しその樣なこ

考へてゐる。しかしこれまで朝鮮語によつて作品を發表
して來た人々にとつては、現實としては、それほど簡單
にはかたづけられない問題を含んでゐるといふことは、
やはり知つておかねばならない。懇談會の席上で問題に
なつたのも、理想と現實とを、各々の立場に於て、主張
するが爲に話が混亂してしまつたのであつて、こんなこ
とは理想と現實とをはつきりのみこんで話しさへすれば
問題にもならないほど簡單な問題であつて、文化の指導
的立場にある人々は、理想を揚げ、出來得る限り、この
理想に接近してもらふ様に希望するのが當然であり、作
家としては、なるべく國家目的としての理想に到達する
様、協力するのが國民として當然の道である。朝鮮に於
てはかういふわかり切つた點が、今日までは案外はつき
りしてゐなかつたのである。その爲に誤解をも産んだの
である。かういふ點をはつきりさすのが、朝鮮に於ける
評論家の一つの任務であると私は思ふ。その爲には、朝
鮮在住の内鮮の評論家が集り、時々は當局者又は作家を
も混へて懇談するといふことは、朝鮮の現状に於ては最
も必要なことであると思ふ。かういふことは、民間にあ
つて、自由な立場にあるものが、誠實をもつてやらねば

うまくゆくものではないと思ふので、私共としても、出
來得る限り、かういふことには努力したいと考へてゐる
誠實をもつて話せば、どんなことだつて解結しないこと
はないといふのが私の信念である。

（二）

國語使用の問題について、いろ〳〵議論のあることは
先に記した通りであるが、理想と現實との間の食ひ違ひ
をどの様に調節するかといふことは、さしせまつた、今
日の朝鮮に於ける文藝の一つの問題である。
この點に於ては讀者といふものを先づ第一に念頭にお
く必要がある。讀者の無いところに文藝は成り立たない
のであつて、この點をはつきりさせへすれば、用語の
問題などは立ちどころに解結するのではないかと思ふ。
即ち、最近の朝鮮に於ける普通教育の普及と、國民學校
に於ける朝鮮語の地位とを合せ考ふれば、十年或は二十
年後に於ける朝鮮語の新しき世代、ここにその中の文藝を
要求する層は、朝鮮語の文藝作品などは、ほとんど顧み
ない様な状態になるのではないかと私は考へてゐるので
ある。この私の常識論は實際常識の域を出でないもので
あるが、この問題についても、この方面の專門家によつ

—（43）—

時　評

朝鮮に於ける文藝用語の問題について

道　久　良

（一）

過日日本文藝家協社の朝鮮派遣班による講演會が京城で開かれた。極めて盛會であつて、半島に於ける銃後國民の生活反省の上に有意義なる催しであつたと思つてゐる。この講演會のあとで文藝家協會より派遣された作家達を圍み、總力聯盟文化部の主催により在鮮作家、評論家との懇談會が催された。その席上に於て、河上徹太郎氏が、均整のとれた文學の必要を強調されてゐたのは、事新しいことではないけれども、確に半島に於ける作家達の反省しなければならない最も重要な點を、指摘してくれたものと言つてよからう。話題は當然の歸結として、半島に於ける文藝の諸問題にもふれたのであるが

その二、三についての私の感想をこゝに記して見よう。

第一に國語使用の問題であるけれども、總督府當局にしても總力聯盟文化部にしても、朝鮮に於て、將來日本文學としこの朝鮮の文學が、國語によつて表現せられねばならないといふことは、極めて當然なことを言つてゐるのであつて、それに異論をさしはさむといふことは、正常なる考へかたではないと私は思ふのである。なぜなれば、それは、朝鮮に於ける文化的理想であり、また政治的理想にも一致してゐるものであつて、現狀に於ける個々の特殊な問題などを離れて考へられねばならない根本的な問題であるからである。それ故日本文學は日本語によつて表現することが正しいといふことは、理想としては、それは問題にもならないほど明かな問題だと私は

は單なる標語ではなく、實容にみち〴〵たところの、いはゞ内容の方から盛上つて來たところのそれであるに反し、氏の場合それは、極めて空虚な、唯思ひ付きにすぎぬ底の、抽象觀念に過ぎぬのである。結局、若すぎるといふか、浮いてゐるといふか、どつしりしてゐない。不遜の辭を列ねるやうであるが、もつと信念のある、腹のすはつたところを打出していたゞきたいのである。

五、

此の邊りで、私の所謂指導性ある研究の方法といふものを明かにして結語となすことが適切であらう。

第一に留意すべきは、指導性あるとは政策ではないが政策に近い態度をもつてといふことである。何故なら現今の研究は、唯過去を過去として理解するのみに止るのでなく、これを改造するといふ意圖をもつてなされねばならぬからである。今我々には、過去を過去として受取ることでなく、これをより高く、より大いなる見地から再構成することが要求されてゐるからである。

第二に、といつてそれが全然架空の事實、假象をもつてなされてならぬことは勿論である。如何に改造するといつても、素質のないところ、可能性のないところに於ては不可能であるからである。要するにわれ〴〵は、過去に於て存在し、且これを實現する可能性あるところのものを摘出するといふ態度をもつてすればよいのである。

そして事實私は日本人の素質の中に、從來指摘された以外に多くの長所があると思ふのである。知的にすぐれてゐるといふこともその一つであらう、存外意志がつよいといふこともその一であらう。又日本人の本領は模倣にあるとか、外國のものを取入れてこれを消化する異常に強力な才能にあるなどといはれてゐるが、しかし存外創造の才、獨創の力をもつてゐるといふこともその一であらう。我々はこれらの長所、特質を取出すにつとめねばならぬ。何故從來の人々はこれを敢てしなかつたのであらうか。私はかやうな種類の研究が、續出せんことを希望して止まぬのである。この點についてはなほ少しの愚見をのべてみたいのであるが、しかしそれは都合により次回にゆずらねばならぬ。

（十六、七、六稿）

―(41)―

人は模倣の才にすぐれ、大和を得意とするところの國民である。併し乍ら日本人の特質は、もつと外の、いはゞ創造的才能とか、進取の性向とかいつたものにもあらはれてゐるのではあるまいか。これについては又改めて申上げたいが、特にかゝる側面に着目することがより必要なのではあるまいか、我々は今後進步的であり、獨創的であつてこそよく榮え得るのである。かゝる意味に於て此の考へ方も亦保守的、回顧的であるを免れぬであらう。

序で乍ら、氏の論理的方法についても申上げたいが、氏の辯證法なるものはヘーゲルのあの動的で、大がかりなそれに比して、いちぢるしく靜的である、といふよりも寧ろその精神を骨拔きにされてゐるのではあるまいか。ヘーゲルから歷史哲學的な、動的な側面をとりのぞいたならば、張り子の虎も同然なのである。なほ又矛盾的同一などといふ餘りに東洋的な表現も、これを他に傳達する場合、氣になるのである。

四

以上の二氏はすでに老大家であられるので止むを得ぬとして、我々は轉じて所謂新進に目を向けよう。とはいへ、此處にても裏切られることが多いのである。

今一例を松村廣藏氏の『支那の現實と日本』（岩波版）にとる。松村氏は御承知の通り例の白票事件以來高名となつた經濟學博士であられるが、最近上海にわたり、其の地の實業界の指導者となられてゐる。典型的な現地人であられるわけで、從つてその所說はさぞかし地についた、どつしりとしたものであらうといふのが私の期待であつたのであるが、議論の若いといふか、理論のもてあそびに過ぎぬといふか、とにかく地に着いてゐないのである。氏も亦現地を重要視せよと叫び、今後の日本人は大陸に骨を埋める覺悟でなければならぬともいはれる。かういふあたりはひと通り出來てゐるのであるが、しかし肝腎の日本文化の使命をもつて東洋と亞歐とを聯合せしめた第三文化の建設にあるとされる條りに至つてアとならざるを得ぬのである。もつとも氏はこれに非常な得意を感ぜられてゐるかもしれぬ。第三文化などといふと、華かで、暫新なるが如くであるからである。併し乍らその溺れ方がいけないと思ふのである。はつきり申すならば、此の語は恐らくナチスの第三帝國といふ語からの聯想であらうが、ナチスの場合それ

—（４０）—

懸念するところは、氏の見解をもつてして、これを將來の日本文化の指標となし得るか否かといふ一點である。私の

立場はいさゝか超越的であるかもしれぬが、さういふ觀點よりするとき、氏に物足りぬ多くのものを感ずるのである

氏の見解はなるほど過去の日本、ありし日本を説明して餘すところがない、しかしそれをもつて來るべき日本、あら

んとする日本にあてはめんとする時、全くその力を失ふのである。具體的にいふならば、大陸の經營、東亞の建設に

これを適用して果して如何といふことである。解答は唯非制約的な大陸人の感覺を想起するのみで充分であらう。結

局あまりに日本的といふか、純粹に過ぎるといふか、多分に保守的回顧的であるところに我々はふかく物足りぬもの

を感ぜしめられるのである。

三

日本がもつ世界的の哲學者西田幾多郎博士も亦近來日本文化に關する論策を發表された。氏の如き純理家にして此の

ことありとはいさゝか驚かされたのであるが、しかし其處迄思ひを故國に馳せられる御心中には敬服に値ひするもの

があるといはねばならぬ。

さて、氏の御考へは申來くわいじゆうを極め、わかりにくいこと甚だしいのであるが、幸ひにして近來比較的平易

なる一冊を與へられた。岩波版『日本文化の問題』が即ちそれである。ついては、これを典據とするが、最初に斷定

を申よくれば、存外通俗的なのが氏の理論である。周知の通り、矛盾的同一といふことがその骨子であるが、日本文

化の特質はいろ〳〵矛盾したものを吸收消化しつゝ、しかもその本領に於てはつねに同一であるといふのであつて、

何と簡潔且大衆的であることか。日本文化はたえず外國のものをとり入れて、これを自家藥籠中のものとなしつゝ進

行してゆくといふ中學校教科書的教説と何の變りもないではないか。唯それを七面倒くさくのべたのみではないか、

と申せば、いさゝか不遜にわたるかもしれぬが、結局それだけである。

併し今一歩すすんで私見を申上げるならば御考へでは日本的素質の一班が説明されてゐないのである。成ほど日本

ひとり論壇のみに限らず、老大家が反つて活潑であることは事變來の特異現象であるが、その事由は何れにせよ、心強いことゝ申さねばならぬ。で、まづその邊りから取り上げてゆくと、夙に日本文化の本質に對し良心的な反省を加へ、これに高雅な文明史家的評論を與へられた人に長谷川如是閑氏がある。氏は周知の通り、論壇の草分けともいふべき長老で、その著質重厚なる筆致は斯界に拔くべからざる信任を得てゐられるのであるが、就中その日本文化に關する研究は最近各方面より迎へられてゐるのである。併し乍ら私は氏の論文を拜見して、それが著しく保守的、回顧的であることに同意いたしかねるのである。

氏の御考へはさきごろ『日本的性格』（岩波版）と題して一册にまとめられたので、我々讀書子にとつて好都合であるが、その骨子は感性とか知性とか德性とかいつた心理的素質による説明に求められる。氏によれば、日本文化は元來感性文化であるが、しかしそれは知性や德性を含むだところのそれであることを逃べて居られる樣である。ところで氏の感性とは如何なるものであるか。感覺の制約即ちこれである。私はあるひはこれを制約された感覺といつた方がわかりやすいかとも思ふのであるが、それは西歐人の場合と比較するときもつとも判然とする。彼に於ける如く感覺を無制限に發揚するのでなく、これを一定の形式によつて制約する。其處に日本的なるものが形式されるといふのである。

以上は御考への素描にすぎぬが、新奇なところはないにせよ、妥當穩健な所説と申すべく、加へて近來圓熟するど共にいよく、平明化した筆致はその感を深くせしめるのである。とはいへこれに對し一、二の疑問を提出いたしたいが、すでに叙上に於ても明かなる通り氏が目安に置いてゐられるのは、もつとも日本人の藝術的性格である樣である。併し乍ら日本的の性格の特質は唯それにつきるのではなく、知性とか意志とかいふものにもより大いなる役割が與へられてゐると愚考するのである。（明治以來の日本の長足の進運がこれを表はす）とはいへ、これは別として、私の

日本文化論雜感

前川勘夫

事變以來東洋文化、日本文化に關する評論は盛況を極め、猫も杓子もこれをなさざるはなしと言つた盛況であるがそれらの人々に對して私は常にひとつの大きな不滿を抱いてゐる。最近の表現を用ひるならば指導性が無いといふこさなのであるが、迫力がなく、ごつしりしたものを持つて居らず、こにかくひさをひつぱつてゆく力に乏しいのである。

申すまでもなく、我々は今次の事變を契機としてまことに大いなる責務を負荷されてゐる。東洋の諸民族をひきいて人類史に未曾有の新秩序新文化を創造せんとすること即ちこれである。これはすでにもつとも緊迫した至上命法なのである。斯くの如き時においては日本文化論といつたものも、此の大理想、此の大使命の線に沿ふて形成されねばならぬと思ふのである。しかるに斯界の狀況は如何。叙上の如くなるに拘らず、あるものは狹隘に失して保守主義、回顧主義となり、あるものは抽象に流れて浮薄空虛なローマン主義となり、何れも取るに足らぬものが多い。ある意味に於て、大業の前途に大いなる疾患を胚胎せしめるといふも過言ではあるまいか。

甚だ大仰な言ひ方をするならば、これはなんといつても愛ふべきことではあるまいか。ある意味に於て、大業の前途に大いなる疾患を胚胎せしめるといふも過言ではないであらう。

何れにしても我々は今や文字通り雄大高遠な理想と共に、現實に即したごつしりとした指標を樹てるべきであり、これを與へることこそ現代に於ける思想家、評論家の使命なのである。これについて最近公にされた理説の中、代表的なるものの二、三を紹介し、併せて愚感を記してみよう。

—(37)—

間再生の問題として説かれた如く、（ヒューマニズムの哲學的基礎）時代の轉換は新らしい人間の型を要求し、必然的にヒューマニズムに結び付いて來る。併しヒューマニズムは特殊に依り媒介されなければ、現代に於ける指導性は望めないであらう。私共は東亞の經綸を行ふ可き原理として、日本的ヒューマニズムを把握しなければならぬ。私は斯る性格を體現する原理として、八絋一宇の理念を擧げざるを得ない。

『上は則ち乾靈の國を授けたまふ德に答へ、下は即ち皇孫王を養ひたまふ心を弘めむ、然して後に六合を兼ねて以て都を開き、八絋を掩ひて宇を爲む事、亦可ならずや』

とある『神武紀』の御精神の現代的意義は、行先自忍氏の言を借れば、『世界史の源底を穿つて飽くまでもその創造的原理を任持する』點に有り、（日本道德學）之に依つて日本が『主體として他の主體に對立し、之を内在化するのでもなく、又主體たる事を放棄するのでもなく、實に何處までも主體たる儘に、却つて諸々の主體を包越する所の世界となる』（同上）事を得るのである。私共はかくて、日本の特殊性を失はず、而も世界に開かれる原理を把握し得たやうに思ふ。新しき倫理は斯る姿を取らねばならないであらう。

形式化した道德は新らしい現實を盛るには器が狹く、現實の底から改めて形式は汲み出されねばならぬ。新しい倫理への情熱に驅り立てゐるものは、嘗て詩人宮澤賢治が叫んだ如く、實に『世界全體が幸福にならない中は個人の幸福も有り得ない』と言ふ、ヒューマニズムの精神に他ならない。

（以上の素朴なる小論は、半年以前に思ひ就くが儘を書き止めて、函底に放置したものであるが、その間時代の狀勢は著しく變じ、訂正を要すべき點を多く含む事は勿論であるが、閑暇も準備も乏しき現在、根本の論旨の變らざるを理由として、杜撰の謗りを覺悟しつゝ掲載させて頂く。最初の意圖は、文學の倫理性を尋ねるに在つた事を告白し文藝雜誌に適せぬ小論の、一條の辯解をさせて頂く。）

—（３６）—

化を指導する今日に於いては、文化一般も編成變えを要請されてゐるのである。轉換期に遭遇せる世界史の現在を特

性づけるのに、論者達の見解は現代が具體的普遍としての世界史の世界の現成であると爲す點に於いて、略々一致し

てゐるやうに思はれる。即ち高山岩男氏は『歷史的世界の多數性』に基く『現代の世界史の成立』（思想第二百十五

號、世界史の理念）を唱へ、鈴木成高氏は高山氏に反對して、ランケ史學擁護の側に立ち、世界一元論を極力主張さ

れるが、現代を矢張『世界史的世界の段階』と見られる事に變りなく、（理想百十六號、現代の轉換性と世界史の問

題）、又西谷啓治氏にしても世界史の現代の段階を、退去の地中海、太西洋の時機に對して、『太平洋の時機』と地

政學的に意義づけられ、『世界の即而對自態』と性格付けられてゐる如く、（同上、世界轉換期としての現在）異れ

る見解を示すものではない。而して斯る具體的普遍としての世界史の世界は、西谷氏も云ふ如く、日本が世界史の舞

臺へ登場した事に依つて現成した事は、注目に値するであらう。即ち日支事變を契機として世界史の舞台に踊り出た

日本は、自れが媒介となつて現成せしめた世界的世界に依つて、却つて強く影響されたのである。そこに要請せられ

たものは社會性であり、個人性ではなからうと私は思ふのである。社會性は民族の差別を超えた領域に於いて見出さ

れたものであり、個人性は社會性實現の媒介としてそこに自覺されたものである。現代日本の轉換期が、何等かの意

味に於いて混沌を感ぜしめるとするならば、それは退去の家族主義的傳統の、社會性個人性受容の惱みではなからう

か。日本は世界史の舞臺に登場するに際し、己れを東亞新秩序、東亞共榮圈の指導者として見出した。支那とは戰火

と言ひ、高度國防國家と言ふも、それ自身目的であるのではなく、共に新秩序建設に力を合すべき友愛の對象である。戰時體制

ない。日本の政治も文化もかゝる方向を目指してゐる。そこに於いては最早特殊な民族の我意の强制は許されず、民

族の差異を超えた所に道義の理念が求められねばならないであらう。而して斯る立場こそ世界史的意義を有するであらう。嘗て三木淸氏が、ヒューマニズムを人

人道主義に他ならない。而して斯る立場こそ世界史的意義を有するであらう。嘗て三木淸氏が、ヒューマニズムを人

―（35）―

人に負けない働きをしてみせる」と答へ、暗に自己の意惰な生活を肯定する態度に出たと言ふ。成程日々新聞紙上で

皇軍勇士の数々の働きに接する時、私とて國民としての日本人の偉大さを認めるのに客かなるものではない。獨斷を

許されるならば、私は日本には萬古無比なる國家は存しても、眞の意味の社會と言ふものは缺除してゐるやうに思ふ

のである。愚見よりすれば、國家は家に對應する存在であり、社會は個人に對應する概念である。長谷川如是閑氏は

日本を『民族國家』、西洋諸國を『國民國家』として性格附けられてゐる如く、日本は島國であると言ふ地理上の特

性から、西洋諸國に比べて民族單位が一元的に存續してをり、國民が血緣關係の下に結合し、國家そのものが家族的

に統一し、赤子である民草は、天皇を親の如く頂き忠誠を惜しまない。國家と言ふ表現が最も適合する國は、此の日

本をおいて他には無いと思はれるのである。因みに、國家と言ふ概念は、嘗て封建諸侯の領地に用ひられたのであり

天子に於いては、天下と稱せられたと言はれる。(私共は藩と言ふ一社會に於ける君臣關係が、家的性格を持つた事

を想起すべきであらう。)即ち、封建時代には数多の國家を將軍が覇權を以て統轄し、未だ日本の國家意識は藩領の

域を出でなかつたが、將軍の覇權が弛み封建制が否定されると共に、より高次の『天下』に於いて、人々は全體的な

國家意識に目覺めたと思はれる。併し社會は、嘗てマルキシストに反對した人々が、營利會社に於ける勞資の關係が

此の日本に於いては家族的の形態を取ると主張した如く、甚だしく存在性が稀薄である。私はかくて、日本に於ける道

徳的地盤が、家と國家にありと見たい。

以上私は日本道德の在り方を、國家―家的の性格に於いて見て來たのであるが、所謂『轉換期』を境として、倫理の

形態が如何なる方向に向ふ可きかを、以下に於いて尋ねてみたいと思ふ。資本主義經濟より統制主義經濟への轉換、

自由主義より全體主義への轉換等々と呼ばれる所謂『轉換期』とは、特定の一國家の現在に適用される性格に止まら

すして、實に世界史の轉換である點、普遍的價値を擔ふものである。而して斯る轉換期は、持てる國持たざる國、民

主主義國家群と全體主義的國家群との軋轢に於いて自覺された限り、政治の側より喚起されたのであるが、政治が文

—(3 4)—

太郎が鬼共を導いて、鬼ケ島に新天地を開拓すべきであつたらう。今次の事變に於いて、心ある者の鼈愬を買つてゐる如く、日益しに殖える大陸への渡航者達の中には、一攫千金を夢見て、投機的な氣分の人が非常に多く、彼等は纔まつた金を摑んだら眞先に歸國する氣でをり、彼地に落着いて子孫を殘し骨を埋める覺悟で出掛ける人は、數少ないやうに聞く。結局桃太郎はお伽話の世界に止まらず、私等の身近の存在である。私は彼等の一日も早く故郷に錦を飾りたい心根には、成程根強い祖國愛としての反面の美點を敷ふるに吝かではないが、更に將來日本發展の鍵が此の問題の解決に懸るを思ふ時、一抹の不安を覺えずには居られない。所詮は個人の訓練の不足に歸する。

嘗て和辻博士はその著『風土』に於いて、日本道德と西洋道德との差異を兩者の家屋の樣式の相違に求められ、西洋の家屋が個人々々の Apartoment に區切られて、各々が Door に依つて閉されてをり、例へ親が子の部屋を訪ふ時でも Knook して入室の許可を得なければならないのに反し、日本の家屋に於いては、Door の用を爲さない襖が部屋々々を區切る役目を果し、家族成員の間には何等の隔壁も無い。且、彼が Door の前を通する廊下が街路の延長に過ぎず、個々人が靴履きの儘外部より廊下を通つて自が部屋に入るに對し、之は玄關に依つて外部と内部が嚴密に區別され、個人は街路より家に入るのに、靴脱ぎに履物をとらねばならない。和辻博士は斯る見地に立つて西洋道德は個人主義的、日本道德は家族主義的として特性づけられた。谷川徹三氏は又、同樣の意味の事柄を『都市文化論』（改造一月號）に於いて、以下の如く巧みに表現せられてゐる。『一方に於いては日本の戸締りをする家に當るものが

ヨーロッパでは個人の部屋にまで縮少される、と共に他方では、日本の家庭の團欒に當るものが町全體に擴げられる』と。私は嘗て日本人の公德心の缺除の一例として、相當のインテリ青年にして歌舞伎座の絨毯の上に、火の點いた煙草の吸殼を落して行く話を聞いた事がある。電車、バス、列車等の内部、其他街頭に於ける無秩序を思ひ合せてみると、私にはどうも、社會道德、公德等と言はれる場合の、一定の秩序を持つた社會、公と言つたものが、此日本には缺除してゐるのではないかと思はれるのだ。又或青年はその放埓を親に詰責せられた時、『自分でも戰地に行けば

轉換期の倫理

小野勝雄

私共は日本人一般の短所として、公德心の缺除、個人の訓練の不足を屢々聞く。事實私共が街頭に散見する狀景は之等の噂を裏書きするもの許りである。近衞內閣の登場と共に、國內には新體制が布かれ、公益優先が叫ばれる一方、闇取引、買溜め、賣惜しみは、却つて增加する傾向にあり、寶行の伴はない標語が街頭に氾濫する。私は之等を一時的な現象として樂觀視し得ないものを感するのだ。幼い頃から、西洋人との比較に於いて、日本人の性格が云はれるのを聞く每に、長所は兎も角として、指摘される短所が大抵は此の公德心の缺除、個人の訓練の不足と言ふ點に歸したからである。私にはその原因が、日本の社會機構そのものゝ中に深く潛んでゐるやうに思はれるのである。『桃太郞』のお伽話は、最も人口に膾炙いた傳承文學の一つであらう。桃から生れた桃太郞が長じて鬼ヶ島征伐に赴く。一途次犬猿雉に遭遇し、腰に吊した黍團子を乞はれて、『一つは遣れない』と、牛分與へて彼等を家來にするのである。桃太郞の吝嗇なる一面、躍如たるものが有るではないか。仍、鬼ヶ島に到着して、目出度く鬼共を退治したのは良いが、財寶を山と車に積んで故鄕に凱旋する。之は云はゞ掠奪行爲である。鬼征伐の動機は善でも掠奪に依つて惡を犯した事になるであらう。マルキシズム華かなりし頃、左翼理論家は斯る點を指摘して、現行國語讀本が帝國主義的宣傳用具であると毒舌した。斯る神經質な見解は、此傳承を支配するイデオロギーをブルジョアヂーに歸する點に於いて一面誤謬を犯し、他面帝國主義的のと看破した點、些か眞理を含むと思はれる。『桃太郞』はお伽話であるが、何等不合理を感ぜしめずに言ひ傳へられる事實の中に、寧ろ日本的の性格の一面を窺へる氣がするのである。理想としては桃

—(32)—

く、實は萬葉の作品としてその作家の制作態度が反省の資となつたのである。――かう考へられる。傳統的な、といふよりも口傳に頼つた短歌の世界に於いては、制作の態度もその方法も又素材も、すべてが固定し型に篏められてゐた。二條爲世は『心はあたらしきをもとむべきこと』の條に、

此ことは古人のおしふる所更に師の仰に違はず。但あたらしき心いかにも出來がたし。代々の撰集世々の歌仙よみ殘せる風情有べからず。

と云ひ、だがしかし人の面のそれぞれ同じやうで違ふやうに『花を白雲にまがへ木の葉を時雨にあやまつ事は、本より歌のごとくかはらぬを、さすがをのれ〳〵とある所あれば作者の得分となるや』と述べてゐるが、『よみ殘せる風情あるべからず』といふところに二條派の全貌を壓縮して示してゐる。こゝに於いては、人の面云々はも早常識論的な蛇足でしかないであらう。だが爲世の歌論に於ける常識論的なもの、云ひ換へれば口傳的な型的なものが彼の政治的立場と歌譜上の正統と相待つて多くの追從者を得たのである。

これに爲兼の論を引き比べる時、形而上學的抽象性を云はなければならない。爲世には分り易さがあり爲兼には分り憎さがある――當代の人々の受けた感じを云つてゐるのであるが。こゝに吾々は爲兼の革新が受け繼がれなかつた一つの事由を見出す。だかこのことは彼の歌論の價値そのものとは全く無關係である。

とも角も爲兼にとつて根本的に重要なことは制作の態度そのものであり、それと相即する表現の技法であつた。彼の透徹したリアリズムがその作品と如何なる關係にあるかは今は云はない。たゞ考へたいことは、彼のこのリアリズムが突如として彼に惠まれたものであるか、それとも他の何らかの事由に依るか、に就いてゞある。このことに就いては先にも一言したが、しかし、十分には答へられないかも知れない。

大事にてもあるに、たゞ姿詞のうはべをまなびて、立ならびたる心地せんは叶侍なんや。古人はわれと心ざしをの

ぶ。これはそれをまなばんとする心なれば、おほきにかはれるなり、と。

この言葉は明かに二條家に對する批評でもある。だがこれらの言葉は、

その心にはおちゐすしてうはべばかりをまなびて、わざと先達のよまぬ詞を讃み、同事をもよまんには、返々無其詮。

と共に、未だ彼の歌論の本質を十分には表はしてはゐない。それはいまだ序の言葉であり本論が次にある。彼はその

歌論の本領をいかにも哲學的な形而上的な表現で述べてゐる。彼がそこで表現してゐることは制作の態度に就いてで

あり、同時にそれと相即的な表現の技法に就いてゞある。彼は云ふ——

こと葉にて心をよまんとすると、心のまゝに詞のにほひゆくとは、かはれる所あるにこそ。何事にてもあれ、其事

にのぞまばゞそれになりかへりて、さまたげまじはる事なくて、内外とゝのひて成すること、義にてなすともその氣

味になりいりて成ると、はるかにかはる事也

彼は又かうも云つてゐる——

事にむきてはその事になりかへり、そのまことをあらはし、其のありさまをおもひとめ、それにむきてわが心のは

たらくやうをも、心に深くあづけて——

かくして歌は成らなければならない、と。かつて故土田杏村氏は寫象の歌論を客觀的象徵主義として新古今の主觀

的象徵主義に對置せしめたのであるが（註三）、如上の寫象の言葉を制作態度論の觀點から見る時、それは全く客觀

主義の極地と云へれば寫實主義の極地であり、そこに眞の意味の象徵が藏されてゐ

る。『心のまゝに詞のにほひゆく』とはこの制作態度から必然的に生れてくる技術論であるに外ならない。（野守鏡

の見方——先に述べた——は的をはづれてゐると考へられる）先に序の言葉であると見做したものも實はこの觀點から自

らに生れたものであり、しかく理解され直さなければならない。彼に於いては萬葉の素樸美が庶幾せられたのではな

—（３０）—

いて初めて己を充足するものではあるが、行為は又知をその背後に荷ふことなくしては意味をもち得ない。知と行との別離はそれぞれが自己を失つて形骸化することに外ならぬ。この様に形骸化された知、最早動きのとれなくなつた鋳型を以つて、歌が歌はれた時代に為兼は出逢つたのである。

京極為兼は先に一瞥した如く二條為世とは對蹠的に革新家であると見られ、更の歌論の中心は素樸美（萬葉集を背景とした）にあると考へられてゐる（註二）。為兼がその歌論を表明した為兼郷和歌抄が、彼の歌論書が萬葉を背景であると共に当代の、就中二條派短歌に對する批制の書であることは明かであらう。だが彼の歌論の理想が萬葉を背景とする素樸美にあつたと、素朴に云つてしまつていゝか否かは尚一應の研討を要すことではならうか。さいふのは、和歌抄に於いては彼はそれとは異つた點を強張してゐると考へられるからである。成る程彼は和歌抄に於いても萬葉に就いて

萬葉の比は心のおこる所のまゝに、同事ふたゝびいはるゝをもはゞからず、藝晴もなく、歌詞たゝのこと葉ともいはず、心のおこるに隨而ほしきまゝに云出せり。心自性をつかひ、うちに動心を外にあらはすにたくみにして、心も詞も體も性も優に、いきほひ（勢）もおしなべてあらぬ事なるゆへに、かたくも、ふかくも、おもくもあるや。

と云ひ、又『古人はわれと心ざしをのぶ』とも云つてゐる。これは為兼の卓抜な萬葉観といふことが出來よう。『寛平以往の歌にならはゞ』（定家、近代秀歌）の庭訓をひたすら後生大事とする二條派とは正しく新と舊との對照である。

だがしかし、これにつゝけて為兼はかう述べてゐる。即ち

是にたちたちならはんとする人々の、心をきゝさし詞をほしきまゝにする時、同事をもよみ、先達のよまぬ詞をもはゞかる所なくよめる事は……殊（に）おほし、と。

又彼はかうも云つた。

いにしへにたちならはんと思はゞ、古におとらぬこころはいづくよりいかにぞすべきぞと、かなはぬまでもこれを

—（29）—

もこれを述べてゐる。

爲家はその著詠歌一體に於いて

此のごろ歌とて詞ばかりかぎりて、させる事なき物あり。和歌は詠てきゝにくき歌は、しみぐゝときこゆるよし申

をまたり。

と云ひ、爲世は和歌秘傳抄に於いて

大方は世中皆はげ〳〵しくなりてかぎりたる爲にふけりて、實にまよふ事のみ侍るこそ今更なる事にては侍らねど

も、道のために心うく侍れ、

と述べてゐる。

ところが此の二人、爲兼と爲世とは相爭はなければならなかつたのである。爲世は和歌秘傳抄に於いて、爲世派は

野守鏡に於いて一致して京極爲兼に立ち向つた。『かぎりたる爲りにふけりて、實にまよふ事のみ侍る』といふ歎き

は、爲兼に於いても同樣であつた。だが、短歌に對する、又その制作の態度、技法に對する見解の根本的な點に於ける相

異は、政治的事由もさることながら、二條京極兩派の爭論をいよ〳〵必然的なものにしてしまつた。勿論父祖傳來の

正統を守株しようとする二條派と傳來的なものと一應絶緣して自己自らの新しい道を拓かうとする京極派との爭論で

あつた。一應の絶緣か或は傳來的なものゝ否定か、或は傳統の止揚かは、更に探究されなければならぬ問題に屬する。

さて、それならば爲兼歌論の中心は、そして爲世歌論の中心は何處に求められるであらうか。

たゞ『耳にきゝ口にたのしみ候ばかりにて』（爲兼）歌の本筋を離れてしまつた多くの作品、そしてそれらの作家

に爲兼の目は向けられてゐる。彼が『たゞ知らざると同時になりて』といふやうに、單に知の上だけの傳承は、實は

何も知らないといふことに等しい。知る――眞に知るといふことは行爲（制作）を離れては在り得ない。知は行爲に

爲兼はその著和歌抄の冒頭に當代の歌壇を評して次の如く述べてゐる。即ち

歌と申候物は、この比花下に集る好事などのあまねく思ひ候樣にばかりは候はず。心にあるを志といひ、ことにあらはるゝを詩歌とは皆知りて候へども、耳にきゝ口にたのしみ候ばかりにて、ただしらざると同時になりて候にけるよし沙汰候

『心にあるを志といひ、ことにあらはるゝを詩歌』といふ考へ方はもう長い間短歌史の中心を流れて來てゐるものである。野守鏡もかの古今序に想到しつゝ、

それ心に善惡の二あり。故に佛教にも心を師とせざれとへるがごとく、歌も又よき心をたねとさせす。先よき心といふは、おもしろく、やさしうして、俗に近からず、きく人皆感じおもふべし。これを古今序には、感こゝろざしになり、詠ことにあらはるといへり。あしき心といふは、我ひとり義をなして、よき風情とおもへども、なべて人の心にかなはす。これを同序には、歌とのみおもひて、そのさましらぬなるべし、といへり。

と述べ、次いて爲兼への批評に及んでゐる。豫め素材を限定しそれに從つて制作の技法（技巧）をも豫定してかゝる態度はいかにも二條家風であるが、もともとは『感生於志、詠形於言』であり、假名序の『人の心をたねとして云々である。

だが爲兼は『知りて候へども』と云ふ。『たゞしらざると同事になりて』といふ。同じやうな見解は爲世も又爲家

は皇統の迭を交替を以て臨んでゐた。持明院統に身を寄せた彼である。かくして守舊二條と革新京極との存在は、更にこの二つのものゝ爭ひは必然的に生起しなければならなかつた。この爭論の端的な現はれが前に一瞥した延慶兩郷訴陳狀（爲兼五十五六歳、爲世六十又は一）である。

（ 3 ）

—(27)—

と述べてゐるが、又事實といふべきであらう。二條家は大覺寺統のうちに、京極家は持明院統のうちへ、それぞれ自己の政治的足場を置いてゐたといふことも、爲世爲兼論爭の一つの大きな楔機ではあつたが、しかし歌論そのものへ考察はそれら外部的な條件によつて歪められてはならない。周知の如く、爲世の境涯に比べるとき爲兼のそれは變轉極りないものであつた。皇統迭立の時代にあつて京極家の力の擴張に意を用ひた爲兼は、爲世派の策謀の下に佐渡に配流にあひ、花園天皇の御即位と共に再び京に返り、天皇の御信任を辱うし、こゝに二條爲世との間に爭ひを引き起し西郷謝陳狀に見られるやうに雙方相讓らずの論駁をなし、次いで爲兼は玉葉集二十卷を撰し爲世一派の二條家歌學を黙せしめたが、正和二年伏見天皇の御出家に逢ひ自らも同じ十月十七日に出家、正和四年には反對派の二條家歌に捕へられて土佐に流される身となつた。時に六十三歲。その後の消息不明、七十九歲にて沒。これは一つには彼が大覺寺統に從つたからでもあるが、又一つには二條家の歌道に於ける正統を維持し保守しようとするからでもあつた。條件は交錯してゐると考へられなければならぬ。俊成──定家──爲家──爲氏、そして爲家──爲世へ、御子左家の歌は歷史的變遷を經つゝも正統として傳へられて來てゐる。爲世にして見ればこの點を強張しないわけにはゆかない。それが自己の・二條家歌學の於いて立つ唯一の場であり支柱であつたからである。保守的な從つて消極的な、與へられた規繩から逸脫することを父祖の義に違ふとして退けなければならなかつたのも亦不可思議ではない。

ところが京極爲兼は、彼の政治家的或は革新家的性格によるものか、強烈な批評的創造的精神の故か、與へられた規繩から逸脫することを欲しなかつた。のみならず時代ものを以て止まり、そこに安居することができなかつた。むしろかゝる消極的安易を欲しなかつた。のみならず時代

爲世鄕は二條家の嫡々、官は大納言にて、後醍醐天皇の第一第二皇子の御母は爲世鄕の息女なれば、其威站つよく歌の道のことは殊更相綴の家なれば、たとへ僻言と思ふ人も、閉口して、とがむ事なき故、世上に流布したるなるべし（卷一）

─（26）─

じ。

ところが野守鏡の立場は、既に指摘されてゐるやうに立場の先取、つまり、『俊成卿は、和歌に長ぜし事、神に通じ
たりしかば、他家の人なりとも、後生としてたやすくその義をやぶりがたし。いはんや子孫たらんをや』といふとこ
ろに端的に示されてゐるやうに傳習的な、傳統の一面をのみ固執する權威主義であり、更にそれはかの正徹の於歌道は定
家を離ぜん輩は、冥加もあるべかず』に見ることのできる權威主義でありそれに信奉的に依存する立場であり、受繼
いだ型を自己の故に形式的に維持しようとする保守主義でもある。しかしその野守鏡は俊成の短歌と定家のそ
れど更爲家のそれとの相異と歴史とを見究めようとはしなつった。定家七十年の生涯に於いて妖艶優雅有心より更に
平淡にゝと流れて行つた短歌のことを更に爲世の祖父爲家が定家後年の平淡を受繼いだといふことをも。野守鏡はこれ
ら三代に通ずる理念的なものの一面、一般法則的なものゝ一面を記述してゐるに過ぎない。だが此の故に却て鏡は、
又爲世の知歌秘傳抄は、それ自身の中に集合的性格を示し、一般性法則性の上に立つ特殊性個性の記述に二者併存を
行なつてゐるやうである。

それはしばらく措くとしても『彼郷（爲兼）は歌の心にもあらぬ心ばかりをさきとして、詞をもかざらず、ふしを
もつくらず、姿をもつくろはず、たゞ實正をよむべしとて、俗にちかくいやしきを、ひとつの事とするが故に、皆歌
の義をうしなへり』（野守鏡）と爲兼を評した爲世派は、又延慶兩郷訴陳狀に於いて、

老臣所習傳者正也。彼郷（爲兼）所立申者邪也。　正者神之所受也。　邪者神之所　不受也。　と爲世をして語らしめ
（二）

何を以て之を知るかといふに『爲世郷不遂撰歌』（伏見天皇永仁元年）蒙刑之重科、永貽門塵之瑕瑾者、奏覽以前早逝
（一）

云々』であつて、理由とするところは歌そのものに基くのではなく外面的なものにあつた、而も爲世は
自らが『任祖先之先規』が故に『當家（二條家）者、傍若無人也』と放言してゐる。これに就いて梨本集の著者（戸
田茂睡）は

さて以下に私は二條爲世と京極爲兼との歌論に就いて語らうとするのであるが、私の構想は未だ十分に熟してゐない。從つて論述は一つの豫想乃至思ひ付きに止まるかも知れず、又二三の印象の記述に終るかも知れない。一體かういふ前書きには心すゝまないのであるが、今の場合かふ云ふより外にないやうに思はれる。たゞ私は出來るだけ客觀的に歴史を記述することによつて、短歌の傳統と革新との問題を究明する一つの足場を取り込まうとする。

野守鏡はその記述の初めに

　この比爲兼郷といへる人、先祖代々の風をそむき、累代家々の義を被りて、よめる歌どもすべてやまどことのはにもあらずと申候しかど、彼郷は、和歌のうらかぜたえずつたはりたる家にて侍れば、さだめてやうこそあらぬと思待りしほどに、くはしくとふこともなくてやみはき。今またこれをうれへ給へるにこそ、まことのあやまりとはおもひしり待りぬれ。

と述べ、こゝから爲兼批評は入るのであるが、やがて爲郷の歌論に觸れて

　爲兼郷の歌は、心をたねとするぞとなれば、ともかくも、たゞおもはんやうに、その心をたゞちによむべしとて、詞をもかざらず、物がたりをするやうによめる。……

と云ひ、『色なくにほひなき心ことば』を古今序をも引合ひは出して却けやうとした。又野守鏡は、爲兼の『秀歌』なりといへる二首』（なけさなる有明がたの荻の葉をよく〳〵見れば）を引合ひは出し、作品に延いては制作態度にも批評を加へてゆく。批評は三項目に要約されると云ふ。

（一）　心をたねとする詞につきて、たゞしからぬ心をくるひさよめる事、踊躍のよみにまかせてをどるにおなじ。

（二）　次にたゞごと歌のすなほなる事をおもひて人を放言し、見ぐるしき所をかくさざるにおなじ。（三）　次にふるきすがたのやさしき心ことばをまなびやして、俗に近き姿をよめる事、法衣をあらためて馬ぎぬをきたるに同

既に歌論史上では決定的とまでなつてゐる見方として爲棄は革新派であり、爲世は保守的であるといふのがある。爲世がその正系を繼いだ父爲家は『どこまでも隱健主義で、その極は耆想に何らの奇拔もなく清新もなく、平調に了るのである』と評せられたし、爲世に就いては『父祖の消極主義を株守するに過ぎない。爲棄は二條の方から斯道の障魔だといはれるが、その見識は爲世の比ではない』と云はれた。佐々木信綱博士は日本歌學史に於いて『兩者の差を一言にして盡さむか、爲世の主張する所は一言一句、父祖の庭訓を楯にとり、傳來の正雅の歌風を出でざらむとする保守的の思想にして、之に對して爲棄は用語に構想に、新奇ならむとする新派なり。その爭や保守と進歩となり。新舊と革新との對立であると評せられた。又兩者の對立關係に就いて福井久藏博士は『吾人より見れば、京極二條の和歌の爭は新舊の二派の對立であり交極家は革新主義である』と佐々木博士同樣に論評せられ、久松潛一博士は日本文學評論史に於いて極めて積極的に歷史的必然性論を表白しつゝ、爲世を以て父爲家に於いて明白となつた平淡美の正統的繼承者となし。これに對し爲棄を『平淡美の立場から平凡に陷り、陳套になつた時、素樸なる心を求めることによつて新しい生命を與へようとしたのである。……爲棄が素樸から出發して感覺美に向つたことは自然の發展であつたのである』と論ずることにより、『爲棄は常に自己の實感の上に立たなければ何事も出來なかつた人の樣に思はれる。二條派の傳統を守つてそれから一步も出でようとしないのに對して、さういふものからはなれて自己批判、自己の實感を重んじてゐたのである』と述べられ、齋藤淸衞博士は『爲世の父爲家は、歌道を家の業とした宗祖の樣にいはれてゐる（尾張廼家苞參照）。而も爲世にせよ、餘り小さくその匠家氣分の中に堅まりすぎた嫌が多い。俊成の風は幽玄にて及び難し、定家の風は義理深くして學び難し、などゝその匠家氣分の中に堅まりすぎた嫌淡凡庸の調べをのみ押しつけて追隨せしめようとしてゐるのが彼である（水蛙眼目參照）。そこで子息の爲藤や孫の爲定、爲明、何れもが特長のない歌のみ弄するやうになつて來た』と述べられた。以上に於いて爲世、爲棄論の今日までの結論は盡されてゐる。しかしその中に含まれてゐる問題はそれで終たのではない。

—（ 23 ）—

短歌の傳統又は精神と革新（一）

― 二條爲世と京極爲兼 ―

藤 原 正 義

（1）

何時の時代に於いても又如何なる事象に就いても吾々は傳統と、或は保守的な因習と前進的な或は建設的な革新との相尅を經驗する。程度の差はあれ相尅は乃至は新舊の對立は歷史の自然であり必然であらう。だが、時の流れの中にこれらの對立相尅が明かな形をとつて現はれて來る時、此の時は一つの成熟し切つた文化がその成熟から他の萌芽へ、そしてその成長へ變質して行く時でもあらう。江戸文藝の爛熟はやがて明治の御一新への途であり『悲劇の象徴』は止め得ざる必然であり、更に新しい時代の進行は新舊二潮流の對立相尅の裡に行なはれなければならなかつた。

そこには明かに時代精神の變質がある。現代も亦このやうな變質の時代と呼ばれないであらうか。それはともなれ、短歌史を辿つて行く時、吾々はそこにも多くの革新乃至それへの企圖を見出すことが出來る。定家自身の裡に於いて既に變質しつゝあつた御子左家は、子爲家を經て、二條、京極、冷泉と三つに分派して行つた。この中二條爲世と京極爲兼との對立論爭は、新舊乃至は保守、革新の對立相尅を最もよく表明し、保守の立場とそれに對する革新の立場との相違、又その間の根本思想の差違をよく表はしてゐる。

私はこの小論に於いて爲世と爲兼の歌論に於ける根本的性格、その對立關係、又二人の傳統及び革新に對する態度に就いて考へて見たいと思ふのであるが、それに先立つて爲兼、爲世に與へられた批評について一瞥する。

けれIばならない。

　われわれは今、短歌といふものを美しいものとはおもつてはゐない。（美辭的なものを指す）短歌は、わが民族が強く生きてゆくために、強く生きることによつて、生きてゆくべきである。それは單なる希望的なものではない。輝きである。光のやうなものである。よし、その光りが遮えぎられる時の苦難の時にあつても、生きゆくための一つの躍進のかげとも考へられてよい。そのかげの面にある時のニヒル的感情等は、今日の現實と相入れないばかりではなく、われわれとしても組し得ない態度である。――この小感に於いて、僕は作品の例示にあたつて、現代作家の短歌に及びたかつたつもりであるが、早忙のなかに論を進めた關係もあつて、遂にそれを果たすことが出來なかつたことは殘念であつた。

『追記』

　この一文を執筆するにあたつて多くの先達の人々の著書にあづかつた。齋藤茂吉、齋藤瀏、森本治吉、坂田諸男氏の論文には殊に引用語句の恩恵にあづかつたことを感謝したい。其他の著書亦は諸氏団書等に對して更めて深い敬意と、感謝の情を被涯するものである。

—(21)—

的に言へば、もつとも高度的な作品と言へよう。これも、正しい萬葉調と言へる。ただそれが素朴的に眞實的に表現

されるが、古今、新古今と大きい差違を生じてくるわけれめである。

で、以上にわたつて大體のことを述べてきたのであるが、短歌も現代に生き、且つ現代に働きかけるためには現代

のきびしいものに制約されるのは當然であらう。それは歴史的方法が變更されるのではなくして、藝術的意欲が向け

かへられるべきであらう。少し言葉が變であるが。──

けふ、世界を通じてきびしい相剋と展開の歴史的現實にあつて、傳統の觀念に立つものをして、屢々困惑と失望を

感ぜせしめるものがあることは、あるひは一つの傾向であらう。それは外部からのある壓力を避ける事が出來ぬこと

は實にやむを得ないことであるし、藝術どころの騷ぎではないといつた言もきかれるであらう。これは、文學するも

のの弱さを暴露したものであり、自からの内部に於ける生命の稀薄化と、もつとも惡いことは、その外部と本質的な

連繋の喪失によるものであると言はざるを得ない。

われわれはここを深く反省しなければならないであらう。われわれは今、未曾有の戰のなかにある。今日の現實か

らの回避と、しかして空想的なまた詩的なる世界構圖に自己の安心を發見せんとするが如き姿勢は、われわれのとる

べき態度ではない。例へば、文化傳統と道德的秩序の尊重は、それが決してただ回顧的なものではなく、けふの歴史

的現實的にある自己を眞實に生かすべき威嚴ある秩序に寄與せんとする信念に立つ時に、はじめて現實的に從つて眞

實なる意義を持ち有ると云ふのは、たしかな事實でなくてはならない。そしてけふの文化の變動の方向にあつては

まさしく恐らく我々民族的傳統的歴史と、國家的社會的な連帶の中にある存在が一層に重視されて行きつつあるので

ある。

　短歌のみちも、實にこの點にかかつてゐる。われわれが傳統のもとに生きんとする姿態は、理論的なものをもてあ

そぶものではない。われわれは作品を明示すべきである。それがわれわれに存せられたところの第一義的の任務でな

れるのであつて、表面的外像に動かされることが新しいと言はれるのではない。

常に、内容的にも形式的にも發展し得るだけの充實感が背後に蓄積されてゐる時に、一つのゆとりをおもはせるも
のがあるが、これは決して現實から遊離したものであるとは言へない。萬葉集に於ても、――

み吉野の象山の際の木末には幾許も騒ぐ鳥の聲かも
ぬば玉の夜のふけぬれば久木生ふる清き河原に千鳥數鳴く

赤人の右の作が、實に美しい藝術作品と言はれるに對して、一面生活に綠遠い作と批難されることは、赤人の個性
を無視したものである。が、この張りきつた清純なる表現は、逞ましい聲調は感じられないであらうが、泉のあふれ
るひびきのやうな清新感情が流露してゐる。決して『あそび』的の態度から生れたものではない。更に言へば、赤人の作にあつては、その藝術衝動が
かかる精神的發現からして生れてくるものでありたいのである。が、藝術的自然を單に作爲された對象と考へてしまふのであつては藝術の獨立性といふ
自然におかれてゐるのであるが、藝術的自然を單に作爲された對象と考へてしまふのであつては藝術の獨立性といふ
ものはない。これは全く觀念的なものであり、現實感も何もあつたものではない。創造と一つになつたさういふ自然
の觀照にあつてこそ、生命的自然と見られてよく、生活の背後的のものが充實して生み出されてくる作用が高まつて
くるときに、眞の藝術的創作と言はれるのであらう。

自然も生活（現實）も創造の根源的に於いて連績しすべてはつつまれて生命の過程を生き、自然の働きが漸層的に
高まつて現實的形成にいたり、その作品が超出してゆく感情の表現――これが、眞の藝術的と言はれるのであるから
これは何も知性的構成力を意味しないわけである。一つの直觀であり、自己の感情を內に包み、自己の惱みをその內
に翳し、自己の生命の母胎として自己を生かすと言つた態度が、赤人の作品に觀られるのである。萬葉に於いて藝術

—（ 19 ）—

はととぎす鳴くやさつきの短夜も獨しぬればあかしかねつつ　（拾遺）

ももしきの大宮人は暇あれや梅をかざしてここに集へる　（萬葉）

ももしきの大宮人は暇あれや櫻かざして今日もくらしつ　（新古今）

奉すぎて夏きたるらし白たへの衣ほしたりあめのかぐやま　（萬葉）

奉すぎて夏來にけらし白たへの衣ほすてふ天のかぐやま　（新古今）

萬葉時代は、藝術は常に生活と共に――生活の階調をなしてゐたことは自明のことである。が、もとより、生活はそのまま藝術ではないのは當然である。生活が藝術的形象を以て表現された時に始めて藝術となるのであるが、その形象によつてその藝術の現してゐる美は、實生活から遊離した美ではない。生活のなかに、たやすく發見出來るところのものである。であるから、萬葉集の作品は、常に現實に深く根ざしてゐたのである。

ここにわが民族固有の傳統がうけつがれてゆく。文化といふものも生れてくるわけである。短歌の傳統も、これと同樣であつて、末梢神經的字句の模倣ばかりが傳統とは言ひ得ないことは餘りに分かりすぎたことである。が、その字句が如何に生れて表現されたかといふ背景的の眞實さに、重要なる切實なるものがあるのであつて、表現亦これにおのづから伴なふものでなくてはならない。傳統といふものは、石ころのやうに自分の眼前に横たはつてゐるものではない。

石ころが眼前にある。それは歴史であるかも知れない。一つのたしかな歴史である。が、傳統とは石ころではない。『萬葉集』は、「大きい優れた歴史である。わが民族の逞ましい美しい歴史である。が、傳統は、そこから受けつがれて亦、生み出されてゆくべきであらう。正しくうけつがれたものに於いて、われわれはそれを更にひかりのある面に成長させてゆくべきであらう。この意味に於いてのみに、各時代の風貌或は歴史的重歴といふものが、作品に表現さ

―（ 18 ）―

とき時に、はじめて正しい傳統の新しさをかがやかしたものと言ふことが出來るであらう。

尚時代が降つて、萬葉調を崇信したところの賀茂眞淵の作風と、その門人であるところの村田春海の作品と比較すると亦、この間の交渉が明かになつてくる。（萬葉短歌聲調論）即ち、春海が師が手本とした萬葉調を手本として『萬葉調』の歌を作る筈であるのに、實際はさうでなく、寧ろ古今調或は新古今調の歌を作つてゐるのである。

あがたゐのちふの露原かきわけて月見に來つる都びとかも　（眞淵）

月見にと訪ふ人あれや夕庭に露もみだれて萩の花散る　（春海）

さざなみの比良の大わた秋たけてよどめる淀に月ぞすみける　（眞淵）

みぞれ降る比良の大わたさえ暮れて氷によどむ志賀のうら舟　（春海）

ゆふされ ばうなかみ潟の沖つ風雲ゐにふきて千鳥なくなり　（眞淵）

沖つ風雲井に吹きて有明の月にみだるる村千鳥かな　（春海）

にひた山うき雲さわぐ夕立に利根のかは水うはにごりせり　（眞淵）

とね河や消えせで波にながれゆく雪にも今朝はうはにごりせり　（春海）

以上のさ はりである。尚、萬葉集の歌として詠まれてゐるものに就いて、その作品を例示するなら更にその作歌態度が如何に重要であり、且つ亦技巧等の細かい部分がわかつてくる。これを『短歌聲調論』からあげてみる。──

安積山かげさへみゆる山の井の淺き心をわがもはなくに　（萬葉）

安積山かげさへみゆる山の井のあさくは人をおもふものかは　（今昔萬載）

ほととぎす來鳴く五月の短夜も獨しぬれば明かしかねつも　（萬葉）

新古今集の作になると、

梅のはなにほひをうつす袖のうへに軒もる月の影ぞあらそふ

うめがかにむかしをこへば春の月こたへぬかげぞ袖にうつれる

梅の花たが袖ふれしにほひぞと春やむかしの月にとはゝや

浪のうへにほのかに見えつゝ行く舟は浦ふく風のしるべなりけり

しら雲のたなびきわたる足引の山のかけはしけふやこえなむ

東路のさやの中山さやかにも見えぬ雲井によをやつくさん

たび衣たちゆく浪路とほければはいさしら雲のほどもしられず

ことゝへよおもひき津のはまちどりなく出でしあとの月影

野べの露うらわの波をかこちても行衞も知らぬ神の月かげ

故郷のけふのおもかげさそひこゝ月にぞちぎるさ夜の中山

わすれじと契りて出でしおもかげはみゆらん物をふるさゝの月

のやうな一群の作である。いづれも言葉のあそびを連ねたものと言へやう。――所謂文とり遊びである。

『光にい往く』と言ふやうな言葉の運用が新古今に如何に表現されてゐるかといふことは、興味あることがらである。これは、其の背爰にあるところの感情の蓄積感に等しいひそめるものを、われわれは短歌の傳統と言ひたい。表面的に形式されたものは、それが傾向的に、亦時代的に種々の相貌を表示するのであつて、『萬葉的』に現出された

―(16)―

なる歌をも詠み得る人麿の作を評してゐるのは、その無智恐るべきものがあらう。所謂、知的にものを言ふことを止めるべきである。短歌は常識ではないのである。

3169
能燈の海に釣する海人の漁火の光にい往く月待ちがてり

卷十二にある作である。作者は分らないが、極めて注目すべき作であると思ふ。既に、『童馬漫語』のなかに『萬葉の數首』といふ一文のなかに此歌を拔いて『現代の吾等でも歌ひ相な處を然せもこの樣な表現法でやつてゐる。』と記してゐる。語義を簡單にいふと、『い往く』のいは、接頭辭で意味はない。『月待ちがてり』のがてりはある一事に他の事を兼ねて言ふ場合に用ゐるものである。待ちかたがたとも解釋すべきである。卷一に『山の邊の御井を見がてり神風の伊勢處女ども相見つるかも』なりの用例がある。

一首の意は、勿論これは旅中の作であり、私は月を出るのを待ちながらに、能登の海で釣をしてゐる海人の漁火の光で道を辿つて歩いてゆく、位である。

上句は言葉通りであつて、注目すべきは下句、四句の言葉の使用法である。『童馬漫語』の著者が言つて居る、この樣な表現法』と言ふのは『光にい往く』を指してゐるのであらう。下句は如何にも印象が繪畫風であつて情趣のこまやかなものが漂つてゐる。所謂近代的な感覺表現であつて、ある意味に於いては、象徴的なにほひさへ感じられる現時使用されてゐる新しいと言はれる表現等が、遠くこの萬葉集の一作に感じられると云ふのは如何な意味があるのであらうか。われわれに大きい示唆を與へてくれる。

亦、『光にい往く』といふ語句は決して空想的に運用してゐるものではなくて、明かに寫實的に描かれてゐること
は、言ふまでもない。はじめから、象徴的意味を持たしたものとも言へない。ここは、直觀的にその具象的な背後の

き『島國を』といふのから思ひ及したものであらうが、これは必すしもさういふ作歌衝迫に關聯せしめなくどくどもいいと思ふ。

さう解釋してこの歌を味ふと、豐朝とも謂ふべき歌として感ぜしめるものである。從つて再現して來る寫象も誠に美しく、一首のうちに、『らむ』といふ助動詞を二つも使つてゐながら、毫も邪魔にならぬのみならず却つて節奏的となり、その聲調のことを細かに吟味してゆくと、言葉を音樂的に驅使する人麿の力量の如何に大きいかが分るのである。然も人麿は後代の私等の如くに慘憺と意識して手法を骨折るのでなく、ただ全力的に吟誦しながら推敲しつつ行つたものと思はれる。それほど天衣無縫的なところがあるのである。

或人は人麿をただの感覺遊戯の詩人だと評したけれども、佛蘭西の象徴詩をトルストイが評したやうな流儀で簡單に片づけてしまふのは間違つてゐる。人麿のものは常に人間的であり、如何なる場合にも眞率に緊張して、毫しでも輕く戯れ遊ぶといふやうな餘裕を見せてゐないのである。批評家は眼力をそそがねばならぬと思ふのである。——

右の一首のやうな人麿の作を、生活から離れたところの感情としてあげるのであらうが、われわれが注意しなければならないところは、作の急所を描くところのものは印象を非常に鮮明にしてゐることである。亦、聲調の變化屈折をもつて、言葉の遊戯におはつてゐるとするならば、再現してくる寫象もかくまでに鮮明にくるものではなからうか。まして、感覺の遊戯としての象徴とは決して言へない。『珠裳の裾に潮滿つらむか』あたりに、藤原定家あたりの歌調と決して同樣ではないのである。そこに意識して幽玄といふ歌樣を表現したものではない。眞情が流露してゐることに注意すべきである。これを單なる叙景の作と解するものもあるが、萬葉集の作は常に現實的であり、現實に即すればこそ、過ぎにしもの、あるひは過ぎてゆくべきものへの愛着が深まりゆむひが、いよよ切なるものがあるのが當然であらう。

如是閑氏の言ふやうな、後漢な、概念的な、然し幽玄らしく見えると言ひ、環境も體驗もなしに、自由自在にいか

英虞(あご)の浦(うら)に船乗(ふなの)りすらむをとめ等(ら)が珠裳(たまも)の裾(すそ)に潮満(しほみ)つらむか

『幸于伊勢國時留京柿本朝臣人麿作歌』三首の一首であつて、人麿の作である。この一首を鑑賞するにあたつて、語釋から言つてゆくと、これも極めて簡略にして言ふ。——

『船乗りすらむ』の『らむ』は、現在推量の助動詞で次の句に續くもので、船乗りをしてゐるであらうといふ意である。齋藤茂吉氏は、フナノリといふ熟語になつて居るが、船出するといふ語感を持つてゐるやうであり、ただ船漕ぎめぐるといふのではなく、出發といふ氣勢があるやうだから『すらむ』といふ音調が利いてくるのであると言つてゐる。以下齋藤茂吉氏の『柿本人麿』から引いてみやう。——

『をとめらが』は、これは供奉の若い女官等を指すので、複雑に言つてゐるところに注意すべきである。『珠裳の裾に』、これも美しい形容を附けて、タマ裳といつてゐる。——紅色が主調をなしてゐたのかも知れぬ。次に『潮滿つらむか』で、これは遊樂の樂しいさまを想像しての言葉ともおもふが、わびしいさまに同情したのだといふ説もある。——

一首の大意は、天皇の行幸に供奉して行つた多くの若い女官だちが、阿虞の浦で船に乗つて遊びたのしむ時に、あの女等の美しい裳の裾が、海潮に濡れるであらうか。この天皇は持統天皇である。

『鑑賞』
——柿本人麿抄——この一首の氣持は、樂しい朗かな聲調で、さういふ美しい若い女等に對する親愛の情が充滿ちてゐるが、そのヲトメを複数に使つたのは、必ずしも人麿の情人一人を指すのではあるまい。季節は三月六日(陽暦三月三十一日)から、三月二十日(陽暦四月十四日)までに及んだ、陽春の盛りであるし、また、大和から海邊に行つて珍しがるヲトメだちのはしやぎ喜ぶ様が目に見えるやうにおもはれ歌である。古義で『女房はつねに籬中にこそ住もものなるに、たまたま御供奉て、心もどきなき海邊に月日經て、あらき島國に裳裾を潮にぬらしなど、なれぬ旅館やなにこゝちすらむと想像憐みてよめるなるべし』と云つてゐるのは、次の歌(四二)の、『妹乗るらむか荒

—(1 3)—

を觀ない、官能的藝術觀であるといふ。ある藝術的創作がわれわれに官能的の快美を與へ得る形式を『藝術曲線』と呼び、その藝術曲線を産み出し、これを形式づける、基礎的の生活なり態度なりを『生活曲線』と稱す）生活曲線からの遊離――いかへれば社會的現實からの逃避――が比較的少いといふことは、その藝術的價値に千鈞の重さを加ふるものである。萬葉に於いては、藝術曲線が端的に生活曲線を表示してゐる。どちらかといへば生活曲線に足場を置いて藝術曲線を驅使してゐる。といふのが萬葉歌人の態度である。

（この態度こそ、正しい藝術的態度である）ことは、眞實といふべきであらう。これは實に、現實を回避しないといふ強味を有してゐることであり、傳統的性格のうへに、大きく刻されてゐる根源であらねばならない。

が、次に、人麿のやうに、生活曲線から遊離した藝術曲線の發展は、それ故に、生粹の萬葉的態度でないといはねばならぬと言ふ。問題はここである。人麿の作品に對して、現實性が極めて稀薄といふことは、われわれの到底首肯すべきところではない。まして、生粹の萬葉調ではないといふ點にいたつては、甚だ困るのである。

現實を深く追求するにあたつて、生命の極處にふれることは、ある一つの象徴的なものを表はすことが、眞の東洋的な藝術作品を形成するといふことを無視したものである。この象徴的といふことは、言葉を換へて言ふと、純粹とも言へるのである。で、純粹性とはもともと知的構成力や生活曲線を露出せる形式としては持つてゐないものである。それを有してゐるものは眞の純粹性ではない。純粹とはその背後に於ける形象をあらはに實現した形として持つことではなく、持たぬことが自然であると言ふのは、根本的に持たないのではなくして、ひそめる形として持つのである。

人麿の作品が、生活曲線から離れたところの感情の表はれでなり、遊戲的な言葉の官能に終つてゐるといふ觀方は、眞の作家と批評家の立場に於いて分かれるといふよりは、純粹性といふものを、理論的組織力や知的構成力と觀る大きい誤りでなければならない。

短歌の歴史主義と傳統 ═三═

末　田　　晃

凡そ藝術作品として眞實のすがたを描くといふところには必ず生活の反映がなければならない。生活とはなれることのない藝術作品のみが、眞の藝術作品であるべき筈である。その意味から言つても、萬葉集は、眞にすぐれたところの藝術作品といふことが出來るであらう。

僕は、本當に藝術なり學問は、すべては現實の自己表現でなくてはならない。さうした表現をくぐらずに、所謂無媒介的に現實は把握出來るものではない。そして『萬葉集』は現實に徹したところの、亦すくなくとも活きた現實の背景を表現した作品であるといふことを説いたのである。特に詩情の發現といふことに就いて言へば、それは單に、古今、新古今集の作品のやうな言語的亦は、音聲の感傷であつてはならないのである。意味內容によつてわれわれの生活感情が描き出される具象的なものではなしに、內容に乏しい言語乃至音聲の美しさから成立する末梢的感觸におはるものであつたならば、實につまらないことである。

このことは、社會的生活感情から遊離した『美』と言はなくてはならない。しかし、ここに誤解してならない重要なことがある。それは長谷川如是閑氏が言つてゐる。

萬葉のもつ重要な特徴は、萬葉的感覺の社會性に於て求められるのである。即ち、萬葉の藝術曲線の表現に於ては（藝術曲線といふのは、詩に於て求める感情內容は社會的生活感情から遊離した『美』的感情であり、所謂生活曲線

―(11)―

生活は、從來の朝鮮社會のそれより離脱して、日本化してゆかなければならぬのである。日本民族の傳統を己が傳統としなければならないのである。これが完成されたときこそ、眞に内鮮一體は實現されるのである。これは一大事業である。然も、これは絶對に遂行されなければならない。文學は一つの藝術である。さうして、それは民族の傳統の上に成立つのである。文學の變革が、必然にして、然も峻嚴に行はれなければならない。

朝鮮文學の傳統は、朝鮮文學の繼承者によつて、絶えず、その原初の體驗を追體驗してゆくであらう。さうして、現代の意識に於て之を再解釋し、作品にまで、之を華昇するであらう。傳統は、その發生の原初の體驗を追體驗し、再解釋する性質をもつてゐる。これは、傳統が常に現實と結び付いてゐることを示すものであるが、朝鮮の現實は、最早、朝鮮の民族精神がその發生の原初に還つて之を追體驗すべき狀態となつてゐないのである。その繼承し來つた體驗の堆積は、切り換へられて、日本國民として、日本民族の傳統の中に轉生し、日本の傳統を體驗し、之を把握しなければならぬ狀態にあるのである。傳統が現實に於て把握される限り、朝鮮の傳統は一應こゝで終止符を打つべきであり、朝鮮文學も亦こゝで終止符を打つべきである。さうして、半島に於ける新しい傳統に向つて、原初の體驗を體驗すべきである。これが朝鮮に於ける、在來の朝鮮文學作家に課せられたる使命である。これらの作家は一大轉換をなさねばならぬのである。一大飛躍をなさねばならぬ。

新しい傳統がこゝに半島人作家によつて最初の體驗を體驗してゆくのである。これは歴史的な事實である。正に、未曾有のことである。私達内地人作家は、既に有つ二千六百年の傳統であるが半島人作家はこの傳統を原初の體驗として體驗するのである。私達はこれを傍觀してゐてはならない。進んで手を貸すべきである。日本の國民として、日本の傳統に基く新しい文學が半島の風土を土臺として樹立されなくてはならない。半島に於ける國民文學が、今その出發の第一歩を踏まうとしてゐるのである。

解し、如何に之を文學實踐の上に持ち來たすべきかについて協力すべきである。日本の傳統を如何に理

（筆者は國民總力朝鮮聯盟文化部參事）

—（ １０ ）—

日本の國民文學は、この場所から出發するのである。この場所を外しては、國民文學の成立する場所は存在しない

日本人の精神が國民文學の場所である。世界人としての人間の精神は、國民文學の場としては成り立ち得ないのである。國民文學は、日本の精神史を地盤とし、背景とする。これは、日本民族の精神史である。日本國民は、日本民族を本體とすることは説明するまでもないことである。明治の御代に至つて、臺灣、朝鮮はその版圖に加はり、新たにそれらの地方に住む民族が、日本國民の中に加はつたのであるが、それは國民に加はつたのであつて、日本民族となつたのではない。朝鮮民族は、朝鮮の文學をその精神史の上に成立せしめてゐるのであるが、これは朝鮮文學ではあつても、日本の國民文學ではない。然し、これは現在のことである。現在私達の直面してゐる段階に於て、私達はこの樣に言ふのである。難有くも、又恐多くも、

明治天皇には、一視同仁をもつて朝鮮の民衆を遇し給うたのである。この御聖旨に基き、内鮮一體の運動が澎湃として、今半島の空を覆うてゐるのである。内鮮一體は今、完成されてゐるとは思へない。然し、日を追うて、これは實現されてゆくであらう。その窮極は、かつて、古代に於て、半島の歸化人が、全く日本人と同化し去つたが如く、日本民族の一員として、朝鮮民族が同化し去る日が來る筈である。その日には、半島には眞に日本の精神史に地盤を置いた國民文學が成立つであらう。その日まで、朝鮮の精神史を地盤とする文學は續くであらうけれども、それは朝鮮に於ける文學の發展的な方向を示すものでない。

國民文學は國民の精神史の中に出發する。このことは、文學が國民の文學的傳統の上に立つものであることを示すのである。國民文學は日本文學の傳統の上に成立するのである。朝鮮文學は朝鮮の民族精神史、その傳統的精神の上に成立したのである。然し、今、その文學は國民文學としては成立し得ないのである。朝鮮の傳統は、朝鮮の共同社會生活を通じて繼承されて來たのである。今、この共同社會生活は一大變革を齎らさうとしてゐるのである。即ち皇國臣民化である。これを精神史的に言ふなれば、日本民族の傳統の中に之を置き換へることである。朝鮮の共同社會

據點を國民文學の中には持たないのである。

文學は民族の精神に貫かれるものである。かつてそれは、人間の精神といふ觀念をもつて考へられた、所謂世界文學の立場はこゝに求められたのである。その限りに於て、世界文學の立場は肯定し得るであらう。あらゆる民族を超えて、人類であることは更に基本的なことである。人間的な感情、意欲といふ樣なものは、恐らくは、種々の表現の差異を示さうとも、總べての人類にとつて共通のことどもであらう。戀に喜び、戀に泣く感情は、總ての人間が、總てにとつて感することであらう。さうしてそこに、愛の喜び、愛の悲みは文學となつて、總ての人類に愛讀されるであらう。まことに、愛こそは人間の世界的に共通する感情であり、その限りに於て、世界文學は成立するのである。

然し、さうした人間が、今日どこに、單なる個人として、民族を離れ、國家を離れて生活してゐるであらう。コスモポリタンの觀念は抽象することが出來ようとも、今日何處に國籍を持たぬ人間がゐるであらう。國際聯盟の崩壞と共に、世界人の思想は旣に滅亡したのである。世界文學成立の基調は、自由主義を謳歌する英米諸國に於てすら、その好むと好まざるとに拘はらず、旣に樞軸國との對立意識に於てのみ之を考へざるを得ない狀態になつてゐるのである。世界人は最早居ない。今は、一つの國民であり、一つの民族である。國民の一人であり、民族の一人である。この嚴然たる事實に眼をみはらなくてはならないのである。

人間の精神は、國家民族を超越した世界人的の存在としての單一なる個人たる精神を離脱したのである。人間はこの樣な個人である前に、國民であり、民族をなしてゐることに驚かなくてはならないのである。私達は個々の人間の精神に對する前に、國民としての精神に先づ思ひ到らなくてはならないのである。私達は日本人なのである。日本人の精神を承け繼ぎ來つてゐるのである。この日本人の精神の中に私達の個の人間的精神は生きてゐるのである。このことを忘れてはならない。私達は日本の民族の精神を通して、はじめて、その中に於ける個の私の精神を見出すのである。今や、私達の人間的自覺は、その志向を逸脱することを許されぬ退つ引きならぬ處にまで到つてゐるのである。

—(8)—

文 學 傳 統

ー牛島に於ける國民文學序論の二ー

田 中 初 夫

朝鮮に於て、文學は如何に在るべきであらうか。この點について、既に前號に之を述べたのである。朝鮮に於て、あるべき文學は、國民文學、日本帝國の國民としての文學であつて、それが朝鮮の風土に於て生長したものであるべきであらう。それは從來の概念に於て考へられる朝鮮文學の範疇に屬するものではない筈なのである。さういふ文學は實はまだ朝鮮には生れてゐるとは言ひ得ないのである。いや、生れてゐるかも知れないのであるが、十分な所にま

では、何としても到達してゐないのである。

朝鮮文學といふ言葉のもつ內容は、朝鮮の土地に存在する文學といふ樣な單純なものではないのである。朝鮮文學といふ言葉の內容には朝鮮の土地の上に發生し展開した人々の生活が影を宿してゐるのである。朝鮮の精神史の背景をもつて創作せられる文學なのである。これは日本文學といふ言葉とは全く觀念を異にするものなのである。事實、それは國語をもつて書かれてはゐない。古くは漢文で書かれた。今は諺文をもつて書かれてゐる。この朝鮮文學は、朝鮮の精神史を背景としてゐるのであつて日本の精神史を背景とする日本文學とは別個の位置にあるものなのである。それは朝鮮の民族文學であつて、日本の國民文學ではない。日本の文學は當然、日本の民族文學を基調とする。日本の民族文學の中にのみ、日本の國民文學はその依據すべき地點を見出すのである。然し、朝鮮の民族文學はさういふ

ー（ 7 ）ー

目 次

國民詩歌

十二月號

國 民 詩 歌 發 行 所

國民詩歌

十二月號

역자 소개

엄인경(嚴仁卿) | 고려대학교 일본연구센터 HK교수. 일본고전문학/ 한일비교문화론 전공.
　　　주요 논저에『일본 중세 은자사상과 문학』(저서, 역사공간, 2013),『몽중문답』(역서, 학고
　　　방, 2013),『마지막 회전』(역서, 학고방, 2014),『재조일본인과 식민지 조선의 문화 1』(공
　　　편저, 역락, 2014),「일제강점기 재조일본인의 '향토' 담론과 조선 민요론」(『일본언어문화』
　　　제28집, 2014.9) 등이 있으며, 최근 식민지기 한반도에서 널리 창작된 일본 고전시가 장르
　　　에 관하여 연구하고 있다.

정병호(鄭炳浩) | 고려대학교 일어일문학과 교수. 일본근현대문학 / 한일비교문화론 전공.
　　　주요 논저에『동아시아의 일본어잡지 유통과 식민지문학』(편저, 역락, 2014),『강 동쪽의
　　　기담』(역서, 문학동네, 2014),『요오꼬, 아내와의 칩거』(역서, 창비, 2013),『동아시아 문학
　　　의 실상과 허상』(공편저, 보고사, 2013),「<일본문학> 연구에서 <일본어 문학> 연구로-
　　　식민지 일본어 문학 연구를 통해 본 일본현대문학 연구의 지향점」(『일본학보』제100집,
　　　2014.8) 등이 있으며, 최근 일제강점기 한반도 일본어 문학에 관하여 연구하고 있다.

일제강점기 일본어 시가 자료 번역집 ③
國民詩歌　一九四一年 十二月號

　　　초판 인쇄　2015년 4월 22일
　　　초판 발행　2015년 4월 29일

　　　역　자　엄인경·정병호
　　　펴낸이　이대현
　　　편　집　권분옥·이소희·오정대
　　　펴낸곳　도서출판 역락
　　　주　소　서울시 서초구 동광로 46길 6-6 문창빌딩 2층
　　　전　화　02-3409-2060(편집부), 2058(영업부)
　　　팩　스　02-3409-2059
　　　등　록　1999년 4월 19일 제303-2002-000014호
　　　이메일　youkrack@hanmail.net

　　　정　가　20,000원
　　　ISBN　979-11-5686-179-9 94830
　　　　　　　979-11-5686-176-8(세트)

이 도서의 국립중앙도서관 출판예정도서목록(CIP)은 서지정보유통지원시스템 홈페이지(http://seoji.nl.go.kr)와 국
가자료공동목록시스템(http://www.nl.go.kr/kolisnet)에서 이용하실 수 있습니다.(CIP제어번호: CIP2015010885)